U0115984

中華文化思想叢書

還原脂硯齋

中冊

歐陽健　著

目次

序……………………………………………………………………… 1
自序………………………………………………………………… 1

上冊

第一章　脂硯齋的存在 ………………………………………… 1

第一節　脂硯齋是「存在」的 …………………………………… 1
第二節　脂硯齋存在的「證明」………………………………… 7
　　一　脂硯齋存在的第一份「證言」………………………… 7
　　二　脂硯齋存在的第二份「證言」……………………… 28
第三節　脂硯齋的「存在狀態」……………………………… 58
　　一　脂硯齋「依存」的母體—脂本 ……………………… 59
　　二　脂硯齋自身的「存在狀態」………………………… 104
石頭記卷一—脂硯齋 ………………………………………… 110
　　一　署「脂硯」的，見於第十六回的有二條 …………… 111
　　二　署「脂研」的，見於第十六回的有十條 …………… 112
　　一　署「脂硯」的，見於第十六回的二條 ……………… 115
　　二　見於第二十四回二條 ………………………………… 116
　　三　署「脂研」的共十一條，見於第十六回十條 ……… 117
　　四　署「指研」的一條 …………………………………… 119
　　五　見於第四十八回的三條 ……………………………… 121

六 見於第四十九回的二條 …………………………… 122

第二章 脂硯齋「自白」中的個人訊息 …………… 145

第一節 脂硯齋的家世 ……………………………… 147

一 脂硯齋的家庭境況 ……………………… 147

二 脂硯齋的籍貫遭際 ……………………… 151

第二節 脂硯齋的秉性 ……………………………… 153

一 脂硯齋的秉性 …………………………… 153

二 脂硯齋的素養 …………………………… 155

第三節 脂硯齋的時代 ……………………………… 157

一 脂硯齋的時代 …………………………… 157

二 畸笏叟的時代 …………………………… 183

中冊

第三章 脂硯齋與曹雪芹第一節曹學的「權威發言人」
………………………………………………………… 193

一 「曹學」的界定 ………………………… 193

二 曹學「核心文獻」的檢閱 ……………… 194

第二節 脂硯齋對雪芹著作權的確認 ……………… 213

一 脂硯齋對《紅樓夢》作者的關注 ……… 213

二 脂硯齋對雪芹著作權的論證 …………… 215

第三節 脂硯齋對雪芹家世生平的了解 …………… 219

一 脂硯齋對雪芹家世的介紹 ……………… 219

二 脂硯齋對雪芹生平的介紹 ……………… 230

三 「造化主再出一芹一脂」辨 …………… 237

第四章　脂硯齋與《紅樓夢》……………………………… 247

第一節　《紅樓夢》成書的「歷史文獻」………………… 247

第二節　脂硯齋對書名的取捨 …………………………… 247

　　　一　「作者承認」辨 ………………………………… 247

　　　二　「仍用《石頭記》」辨 ………………………… 251

　　　三　「石頭記」正名 ………………………………… 256

第三節　脂硯齋對素材的「了解」……………………… 269

　　　一　脂硯齋「知道」的原始訊息 ………………… 270

　　　二　脂硯齋「不知道」的原始訊息 ……………… 281

第四節　脂硯齋對小說創作的參與 …………………… 289

　　　一　「宜分二回方妥」辨 ………………………… 290

　　　二　「缺中秋詩」辨 ……………………………… 294

第五節　命刪「秦可卿淫喪天香樓」證辨 …………… 298

　　　一　小說文本的敘寫和歷來讀者的接受 ………… 299

　　　二　「秦可卿淫喪天香樓」證謬 ………………… 306

第五章　脂硯齋與紅學……………………………………… 316

第一節　「能解者」辨 …………………………………… 316

　　　一　脂硯齋的「真幻」「主旨」觀 ……………… 316

　　　二　脂硯齋對《紅樓夢》文本的「賞鑒」……… 327

第二節　「首席紅學家」辨 ……………………………… 347

　　　一　「重評」型脂批一瞥 ………………………… 347

　　　二　「極關緊要」之評與「全沒相干」之評 …… 364

　　　三　脂批的理論價值重估 ………………………… 389

第三節　「紅學兩支」臺柱辨 …………………………… 410

一　「原本」的偽證炮製者 …………………………… 411

二　「探佚」的虛誕訊息源 …………………………… 425

下冊

第六章　脂硯齋的「還原」 …………………………… 447

第一節　以有正本為參照係 …………………………… 447

一　有正本「尋根」 …………………………… 449

二　第一條「線路」的求證 …………………………… 471

三　第二條「線路」的求證 …………………………… 495

四　脂硯齋對新紅學的「證實」 …………………………… 511

五　脂本炮製過程揭秘 …………………………… 541

第二節　「還原」脂硯齋 …………………………… 563

一　被「創造」的脂硯齋 …………………………… 563

二　掙脫夢魘，面向文學 …………………………… 581

第三章
脂硯齋與曹雪芹第一節曹學的「權威發言人」

一　「曹學」的界定

《紅樓夢大辭典》「曹學」條說，曹學是「研究《紅樓夢》作者曹雪芹的一門學問，是紅學深入發展以後分離出來的一個新學科。它的研究範圍，包括曹雪芹的生平經歷、思想文化、家庭遭際以及親友故舊的情況。」（頁 1072）這一界定大體上是合適的；曹學研究的正是曹雪芹，是作為《紅樓夢》作者的曹雪芹。

二十世紀八〇年代，圍繞《紅樓夢》的著作權問題，紅學界曾有過一場激烈論爭。鄧遂夫先生當年寫了一篇《脂批就是鐵證》，文中云：

> 脂硯齋和畸笏到底是作者的什麼人，此處暫不探討。但有一點是大家公認的，即，他們都是曹雪芹的親人和寫作《紅樓夢》的助手，對作者的身世情況和《紅樓夢》成書的過程極為了解，而且都死在曹雪芹之後。將這樣的人看作有關《紅樓夢》成書問題的權威發言人，大概不算過譽之辭。（《紅樓夢著作權論爭集》，山西人民出版社，1985 年，頁 253）

鄧遂夫先生稱脂硯齋是紅學「權威發言人」，是一點也不誇張

的。由於研究的深入，脂硯齋在曹學領域「權威發言人」的地位，呈現出越來越重要的勢頭。

二 曹學「核心文獻」的檢閱

作為一門人文學科，曹學自然需要文獻史料的支持。檢閱現存曹學的「核心文獻」，最可靠的莫過於曹氏的檔案。故宮博物院整理出版的《關於江寧織造曹家檔案史料》，為曹學研究提供了極大的方便。可惜的是，其中並沒有曹雪芹的任何材料，更沒有他寫作《紅樓夢》的任何訊息。

除了檔案，曹氏家譜也要算客觀的史料了。北京燕山出版社一九九〇年出版的《五慶堂重修曹氏宗譜》的「出版說明」稱：「此譜的歷史真實性與曹雪芹的血統關係不容否認，它對於研究曹雪芹家世具有重大的史料價值。」這一評價，並沒有受到所有人的認同。周汝昌先生就一口氣指出「遼東五慶堂重修曹氏族譜的十點問題」（《紅樓家世》，頁 343-350）。這十點問題是否存在，姑且不去管它，但將沒有曹雪芹的家譜稱作「曹雪芹家譜」，終難免讓人心悅誠服。

與曹雪芹有關的主幹史料，是清代文人的著述筆記。隨著紅學研究的深化，它們的權威性陸續受到嚴峻挑戰。

如《棗窗閒筆》，紅學家一般都相信是裕瑞的手稿，被視為研究曹雪芹的重要史料，仍有許多學者對它的可靠性表示懷疑。張錦池先生指出：「《紅樓夢》作者是誰，裕瑞自己也不甚了了……焉知這不是『小道消息』！」（〈《紅樓夢》的作者究竟是誰〉，《紅樓夢著作權論爭集》，頁 143-144）鄧遂夫先生更直截了當地說：「裕瑞這個人，是在曹雪芹逝世八年之後才出生的，到他寫《棗窗閒筆》提到《紅樓夢》這部書時，已是程偉元印行高鶚續纂的百二十回本之後的嘉慶、

道光、甚至咸豐年代（因書中還論及《鏡花緣》和七種『續紅樓夢』），距曹雪芹逝世至少已達四五十年之久。為什麼一般人會那麼注意他關於《紅樓夢》及其作者的記載呢？因為他在《棗窗閒筆》中標榜過自己的『前輩姻戚有與之（雪芹）交好者』。這一情況，不能不說對人們具有很大的吸引力。但實際上，他所記載的情況，大多在前面加了個『聞』字；就連標榜『前輩姻戚有與之交好者』這一點，也在前面加了個『聞』，說明連這一點也是他聽家裏人傳說的（並非『交好者』自己所稱）。姑且不論在當時《紅樓夢》已經膾炙人口的情況下，這種查無實據的『交好』之說，多麼具有慕名攀附、誇大其詞的嫌疑，即使他家真有一位與雪芹『交好』（而不是一般熟識或僅知其人）的老祖宗，經過數十年之後的輾轉傳聞，也難免真偽混雜。更何況從《棗窗閒筆》的某些記載中，可以明顯看出，裕瑞往往將自己一知半解的主觀臆測，也冒充成事實加以渲染。」（《紅樓夢著作權論爭集》，頁 262-263）現在既已證明，《棗窗閒筆》不是裕瑞的手筆，它之被排除出文獻範疇，便是理所當然的事情。

其實，最早提及曹雪芹家世及其《紅樓夢》創作情況的，是袁枚的《隨園詩話》。此書乾隆五十七年（1792）本卷二，有一段所有紅學家都耳熟能詳的話：

> 康熙間，曹練亭為江寧織造，每出，擁八騶，必攜書一本，觀玩不輟。人問：「公何好學？」曰：「非也。我非地方官，而百姓見我必起立，我心不安，故藉此遮目耳。」素與江寧太守陳鵬年不相中，及陳獲罪，乃密疏薦陳，人以此重之。其子雪芹撰《紅樓夢》一部，備記風月繁華之盛，明我齋讀而羨之。當時紅樓中有某校書尤豔，我齋題云：「病容憔悴勝桃花，午汗潮回熱轉加，猶恐意中人看出，強言今日較差些。」「威儀棣

棟若山河，應把風流奪綺羅。不似小家拘束態，笑時偏少默時多。」

但胡適一九二一年三月撰寫《紅樓夢考證》時，看到的卻是《隨園詩話》道光四年（1824）的刻本，此本在「其子雪芹撰《紅樓夢》一部，備記風月繁華之盛」之後，添有：「中有所謂大觀園者，即余之隨園也。」又將「明我齋讀而羨之」數字刪去，將「我齋題云」改為「雪芹贈云」。胡適因此在《紅樓夢考證》（初稿）中說：

我們現在所有的關於《紅樓夢》的旁證材料，要算這一條為最早。近人徵引此條，每不全錄；
他們對於此條的重要，也多不曾完全懂得。這一條紀載的重要，凡有幾點：
（1）我們因此知道乾隆時的文人承認《紅樓夢》是曹雪芹做的。
（2）我們因此知道曹雪芹是曹棟亭的兒子。（《詩話》誤作練亭）
（3）此條說大觀園即是後來的隨園。（此說前人多不信，其實甚重要，說說下。）
（4）關於曹雪芹本人的旁證材料，只有此條。
俞樾在《小浮梅閒話》裏曾引此條的一小部分，又加一注，說：
納蘭容若《飲水詞集》有〈滿江紅〉詞，為曹子清題其先人所棟亭，即雪芹也。
今袁刻《飲水詞鈔》無此詞。《評增完叢刻》內的納蘭詞也無此詞。大概俞氏所見的是《飲水詞》的全本，是袁鈔本的底子。但俞氏說曹子清即雪芹是大謬的。曹子清即曹棟亭，是雪芹的父親。

　　曹雪芹的事實，除了《隨園詩話》一條外，別無他種可靠的材料。我們且考他父親的事實。（圖 3-1）（耿雲志編：《胡適遺稿及秘藏書信》第 10 冊，黃山書社，1994 年，頁 25）

　　可見在胡適當時的心目中，《隨園詩話》的文獻價值是何等重大。但過了不久，胡適因為發現了別的材料，對袁枚的說法產生了懷疑。他在一九二一年十一月的《紅樓夢考證》（改正稿）中說：

　　曹寅究竟是曹雪芹的什麼人呢？袁枚在《隨園詩話》裏說曹雪芹是曹寅的兒子。這一百多年以來，大家多相信這話，連我在這篇《考證》的初稿裏也信了這話。現在我們知道曹雪芹不是曹寅的兒子，乃是他的孫子。最初改正這個大錯的是楊鍾義先生。楊先生編有《八旗文經》六十卷，又著有《雪橋詩話》三編，是一個最熟悉八旗文獻掌故的人。他在《雪橋詩話》續集卷六，頁二三，說：
　　敬亭（清宗室敦誠字敬亭）……嘗為《琵琶亭傳奇》一折，曹雪芹（霑）題句有云：「白傅詩靈應喜甚，定教蠻素鬼排場。」雪芹為棟亭通政孫，平生為詩，大概如此，竟坎坷以終。敬亭挽雪芹詩有「牛鬼遺文悲李賀，鹿車荷鍤葬劉伶」之句。
　　這一條使我們知道三個要點：
　　（一）曹雪芹名霑。
　　（二）曹雪芹不是曹寅的兒子，是他的孫子。（《中國人名大辭典》頁九九◎作「名，寅子」，似是根據《雪橋詩話》而誤改其一部分。）
　　（三）清宗室敦誠的詩文集內必有關於曹雪芹的材料。
　　敦誠字敬亭，別號松堂，英王之裔。他的軼事也散見《雪橋詩

話》初二集中。他有《四松堂集》詩二卷，文二卷，《鷦鷯軒筆塵》一卷。他的哥哥名敦敏，字子明，有《懋齋詩鈔》。我從此到處訪求這兩個人的集子，不料到如今還不曾尋到手。我今年夏間到上海，寫信去問楊鍾羲先生，他回信說，曾有《四松堂集》，但辛亥後遺失了。我雖然很失望，但楊先生既然根據《四松堂集》說曹雪芹是曹寅之孫，這話自然萬無可疑。因為敦誠兄弟都是雪芹的好朋友，他們的證見自然是可信的。（《胡適紅樓夢研究論述全編》，頁 93-95）

自從胡適改變觀點以後，很多人便從根本上否定《隨園詩話》的文獻價值，理由是：1、《詩話》中的「曹練亭」，明顯是「曹楝亭」之誤；2、「其子雪芹」，應是「其孫雪芹」之誤；3、「紅樓中有某校書尤豔」云云，更是袁枚並未讀過或未認真讀過《紅樓夢》的證據，馴致產生「看朱成碧」之訛，把仙姬林黛玉當作「校書」了。於是，袁枚的材料受到徹底冷落，基本上被排除在曹學文獻之外了。

然而，被紅學家看重的敦誠、敦敏方面的材料，也是漏洞百出，難以彌補。胡適當年得到敦誠《四松堂集》，見《寄懷曹雪芹》「揚州舊夢久已覺」詩之下帖了一張箋條，小注云：「雪芹隨其先祖寅織造之任。」便改口曹雪芹是曹寅之孫，將《紅樓夢》榮國府世次與曹家世系加以對比，得出結論說：「曹寅死後，曹顒襲織造之職。到康熙五十四年，曹顒或是死了，或是因事撤換了，故次子曹頫接下去做。織造是內務府的一個差使，故不算做官，故《氏族通譜》上只稱曹寅為通政使，稱曹頫為員外郎。但《紅樓夢》裏的賈政，也是次子，也是先不襲爵，也是員外郎。這三層都與曹頫相合。故我們可以認賈政即是曹頫；因此賈寶玉即是曹雪芹，即是曹頫之子，這一層更容易明白了。」（《胡適紅樓夢研究論述全編》，頁 102-103）只是胡適在認定時，沒有認真考慮兩個非同小可的問題：

第一，曹雪芹是否可能隨曹寅「織造之任」？

按袁枚的說法，雪芹是曹寅之子，故能經歷那段「風月繁華之
盛」；胡適相信雪芹是曹寅之孫，認定他生於一七一九年（即曹寅死
後七年）。既然是這樣，他怎能「隨其先祖寅織造之任」呢？胡適已
發現這個漏洞，解釋說：

> 關於這一點，我們應該聲明一句。曹寅死於康熙五十一年
> （1713），下距乾隆甲申，凡五十一年。雪芹必不及見曹寅
> 了。敦誠《寄懷曹雪芹》的詩注說「雪芹曾隨其先祖寅織造之
> 任」，有一點小誤。雪芹曾隨他的父親曹在江寧織造任上。曹
> 做織造，是康熙五十四年到雍正六年（1715-1728）；雪芹隨在
> 任上大約有十年（1719-1728）。曹家三代四個織造，只有曹寅
> 最著名。敦誠晚年編集，添入這一條小注，那時距曹寅死時已
> 七十多年了，故敦誠與袁枚有同樣的錯誤。（《胡適紅樓夢研究
> 論述全編》，頁 135）

既然承認「敦誠與袁枚有同樣的錯誤」，卻在無版本依據的情況
下，對敦誠的話作了「小小」的校勘——將「雪芹曾隨其先祖寅織造
之任」，修改為「雪芹曾隨他的父親曹在江寧織造任上」，這種做法，
實際上已陷入被他自己指責過的「捨版本而空談校勘的迷途」。胡適
為陳垣先生《元典章校補釋例》所作序中說：「校勘的需要起於發見
錯誤，而錯誤的發見必須倚靠不同本子的比較。」又說：「改正謬誤
是最難的工作，主觀的改定，無論如何工巧，終不能完全服人之
心。……改定一個檔的文字，無論如何有理，必須在可能的範圍之內
提出證實，凡未經證實的改讀，都只是假定而已，臆測而已。」（《校
勘學釋例》，上海書店出版社，1997 年，頁 3-4）他對於敦誠文字所

作出的改定，就既沒有「倚靠不同本子的比較」，更沒有「在可能的範圍之內提出提出證實」。胡適先生沒有想到，在「雪芹曾隨其先祖寅織造之任」這句陳述話語中，隨曹寅「之任」，說的是實際存在的事情；「其先祖寅」，說的則是兩個人的關係。從記憶的規律看，事實本身是不大會記錯的，而某人與某人的關係倒常會搞錯；如果承認雪芹隨曹寅「之任」所指稱的是事實，就必定要否定「其先祖寅」所指稱的關係。

第二，曹雪芹既是曹寅之孫，他是誰的兒子呢？

胡適以雪芹為曹頫之子的意見為許多人所贊同，且認定他生於雍正二年（1723）。推算方法是：先確定曹雪芹死於壬午除夕（1763 年 2 月 12 日），再據敦誠的挽詩「四十年華付杳冥」，扣去四十。也有人持不同的意見，他們將曹雪芹卒年推遲到癸未除夕（1764 年），再據宜泉《春柳堂詩稿》「年未五旬而卒」，扣去四十六七。但不論是推前錯後，也只有幾年的出入，不論你怎麼精確核算，這位「曹雪芹」都實在太小了：他出生於曹寅死後（曹寅死於 1712 年）好多年，是絕不可能「隨其先祖寅織造之任」了；而當雍正六年（1728）曹頫抄家的時候，這位「曹雪芹」只有四歲或稍大一點，也實在無法體驗那「風月繁華之盛」。正如夏志清先生《中國古典小說史論》的小注所說：「當他於一七二八年和父母一同去北京時就太年幼了，他不可能記得許多住在南京時的生活。既然他創作這部小說部分是依據他在南京那一段時間的生活的回憶，那麼他離開南京去北京時至少應是十歲到十三歲左右。」（江西人民出版社，2001 年，頁 308-309）

所以，不少紅學家主張曹雪芹是曹顒的遺腹子。康熙五十四年（1715）三月初七曹顒奏摺云：「奴才之嫂馬氏因現懷妊孕，已及七月，恐長途勞頓，未得北上奔喪。將來倘幸而生男，則奴才之兄嗣有在矣。」（《關於江寧織造曹家檔案史料》，頁 129）又，《五慶堂遼東

曹氏宗譜》十三世曹顒名下，有「生子天祐」字樣；十四世天祐名下，有「子，官州同」字樣，有人便斷定曹雪芹是出生於康熙五十四年（1715）夏的曹顒遺腹子曹天祐。夏志清先生說：「這種意見從許多方面看都是很有道理的，而且提供了一個確切的依據，我們至少可以肯定曹雪芹生於一七一五年。」（《中國古典小說史論》，頁 309）紅學家所以樂於接受這一判斷，潛意識裏就是要將曹雪芹的生年盡可能提前，以便使曹雪芹能夠趕上那「隨其先祖寅織造之任」。

　　有鑑於此，劉廣定先生指出：「曹顒之妻馬氏究竟是否生男？甚至是否順產？均無記載，而曹頫在接奉御批『你家大小事為何不奏聞』之摺後，於該年七月十六日向皇帝報告了家中大小瑣事，並未提及馬氏生男，可證並無『遺腹子』存在。換言之，據筆者所知，目前沒有哪一件資料可以證明曹頫確有遺腹子。因此，凡是基於曹頫有遺腹子之假設而得到的『結論』，都應該重予檢討而不可輕信。」（〈細讀原典，再研紅學〉，《明清小說研究》，1992 年第 3 期）相信曹雪芹是曹天祐的人，還須面對下列難題：曹天祐既然都「官州同」了，怎麼還在《紅樓夢》中反對「仕途經濟」，大罵「國賊祿蠹」呢？又怎麼還在說自己「一技無成，半生潦倒」呢？

　　除了事實上的「講不通」，文獻上也得不到印證。敦誠兄弟都未說曹雪芹寫過《紅樓夢》。敦誠《寄懷曹雪芹》詩中說：「感時思君不相見，薊門落日松亭樽（小注：時予在喜峰口），勸君莫彈食客鋏，勸君莫叩富兒門，殘杯冷炙有德色，不如著書黃葉村。」其中「不如著書黃葉村」一句，頗被看成勸說曹雪芹寫作《紅樓夢》的證據。小注：「時予在喜峰口」，據敦敏所作的小傳，知其在喜峰口時為乾隆二十二年丁丑（1757），按「甲戌抄閱再評」的說法，《紅樓夢》在乾隆十九年甲戌（1754）已「披閱十載，增刪五次，纂成目錄，分出章回」，又何勞敦誠去提醒他著書黃葉村呢？詩中將曹雪芹說成是「朝

扣富兒門，暮隨肥馬塵」的角色，亦與《紅樓夢》作者的器度志向不符。

曹學的另一類主幹文獻，是清代文人的詩集。隨著紅學研究的深化，它們的權威性同樣受到嚴峻的挑戰。

明義的《綠煙瑣窗集》和永忠的《延芬室集》等，是經常被人引用的曹學史料。明義就是《隨園詩話》中提到的明我齋，道光四年（1824）的《隨園詩話》刻本，將「明我齋讀而羨之」數字刪去，又將「我齋題云」改為「雪芹贈云」，抹殺了明義兩首詩的著作權；《綠煙瑣窗集》抄本《題紅樓夢》題下小注：「蓋其先人為江寧織府，其所謂大觀園者，即今隨園故址。」居然會與道光四年《隨園詩話》增添的「中有所謂大觀園者，即余之隨園也」一致，卻令人難以捉摸。明義是袁枚同時代人，《綠煙瑣窗集》抄本卻是很晚才出現的，所以很難判定「大觀園即今隨園故址」是不是販運了假貨。但它沒有提供有關曹雪芹任何新的信息，卻是一目了然的。至於永忠，已明說他與曹雪芹「可恨同時不相識」，也就談不上有文獻價值了。

引人注目的是《春柳堂詩稿》，署「宜泉先生著」。《詩稿》有四首著名的詩：〈懷曹芹溪〉、〈和曹雪芹〈西郊信步憩廢寺〉原韻〉、〈題芹溪居士〉、〈傷芹溪居士〉，其中兩首題下還加了小注：

〈題芹溪居士〉（姓曹，名〔霑〕，字夢阮，號芹溪居士。其人工詩善畫。）（圖 3-2）
〈傷芹溪居士〉（其人素性放達好飲，又善詩畫，年未五旬而卒。）

最早發現這份材料的王利器先生，在一九五五年撰寫了《重新考慮曹雪芹的生平》，認為它解決了曹雪芹生平研究的四大問題：1、確

認雪芹「姓曹，名，字夢阮，號芹溪居士」；2、確認「曹家敗落後，雪芹是住在北京西郊」；3、暗示「曹雪芹的善畫和清宮畫苑的關係」；4、確認曹雪芹「年未五旬而卒」。幾乎所有的紅學家都認定：宜泉詩中的曹雪芹，就是敦誠詩中的曹雪芹，卻沒有注意二者在若干要件上的差別：

1、名：敦誠《寄懷曹雪芹（霑）》說雪芹名「霑」；而《春柳堂詩稿》則說他名「〔雨沽〕」（圖 3-3）。

2、字：宜泉說曹芹溪（不是曹雪芹）字「夢阮」，敦誠雖未言曹雪芹有此字，惟「步兵白眼向人斜」之句，二者似有某種聯繫。《禮記・檀弓上》云：「幼名，冠字，……周道也。」疏云：「人年二十，有為人父之道，朋友等類不可復呼其名，故冠而加字。」按慣例，一個人的「字」應據本名涵義，且由父執一輩來取。雪芹之父執會為他取「夢阮」為字，慫恿他效法阮籍的「狂傲放達」，在那個時代是絕無可能的。換句話說，「夢阮」只可能是自取的號，而不是父執所取的表字。

3、號：敦誠《四松堂集》抄本卷上有《贈曹芹圃》，原注：「即雪芹。」宜泉則謂其號「芹溪居士」。乍看都有一「芹」字，二號似可並存。然「圃」乃種植瓜蔬之園地，與「芹」尚有聯繫，卻不聞「芹」與「溪」掛鉤的典故。

4、年齡：敦誠《挽曹雪芹》：「四十年華付杳冥」，似在三十八至四十一歲之間；宜泉則謂「年未五旬而卒」，雖係大約而言，但至少應在四十八、四十九歲。

5、家世：敦誠云「雪芹曾隨其先祖寅織造之任」，如此重要大事，宜泉卻毫不知情；敦誠《挽曹雪芹》有「孤兒渺漠魂應逐，新婦飄零目豈瞑」之句，下注：「前數月伊子殤，因傷感成疾。」宜泉雖有《傷芹溪居士》詩，卻未提及有關「孤兒」、「新婦」的事。

　　總之，一一扣除下來，二者所言之「曹雪芹」，恐怕只剩「放達好飲，又善詩畫」一條相近了。但封建時代的文人，又有多少不是「放達好飲，又善詩畫」的呢？

　　最為關鍵的是，巴嚕特恩華的《八旗藝文編目》別集五，著錄了《春柳堂詩稿》一書，並提供了令人掃興的訊息：

　　　　《春柳堂詩稿》，漢軍興廉著。興廉原名興義，字宜泉，隸鑲黃旗，嘉慶己卯（1819）舉人，官侯官知縣，鹿港同知。

　　巴嚕特恩華生平不詳，可能是大學士柏的後人，或系蒙古正藍旗人，約與柏之孫、著有《道咸以來朝野雜記》的崇彝同時。恩華的《八旗藝文編目》（四卷、補一卷、訂一卷），是一部目錄學著作，《中國目錄學家辭典》對它的評價很高：「此目採輯滿、蒙、漢八旗人的著述。先著錄書名，次著者姓名，並考述他的經略於後。按經、史、子、集四部排列。這些書是編者收藏的，則注一『收』字；轉抄的，則注一『抄』字；不是自己收藏，或曾見過原書，或據別種書目著錄，都加附注。」（申暢等編：《中國目錄學家辭典》，河南人民出版社，1988 年，頁 329）《八旗藝文編目》說《春柳堂詩稿》的作者是漢軍興廉，原名興義，字宜泉，嘉慶己卯（1819）舉人，曾官侯官知縣，鹿港同知。一查《閩侯縣志》，卷六十〈職官〉六「侯官」知縣，果然清楚地記載著：

　　　　興廉，漢軍鑲黃旗人，舉人，道光二十九年（1849）任。

　　又，《臺灣通志》「政績」亦載：

興廉，字宜泉，漢軍旗舉人。咸豐八年（1858），由閩縣擢任鹿港同知。教士如師，愛民如子。比三年，頌聲載路。同治三年（1864），復來任。值戴萬生亂後，鹿港兵防未撤，月餉費數萬金。興廉為設法，義輸不足，則以廉俸彌補之。如是三年，軍無乏用，而善後事宜，亦無不濟。以實心行實政，民受其益，商旅無怨言，皆興廉之力也。（《採訪冊》）」

《八旗藝文編目》所說興廉的情況，已得到充分證實，因而是完全可信的。

劉廣定先生又發現丁紹儀《聽秋聲館詞話》，此書成於同治八年（1869）秋九月，比《春柳堂詩稿》刊行要早二十年。其「宜興廉詞」條云：「歲乙卯，道出邵武，鐵嶺宜泉司馬興廉觴余丞廨，出示所藏書畫，辯證真贋甚確，余實懵然不解。……宜泉原名興義，隸旗籍，嘉慶己卯孝廉，任侯官令，躓而復起，升鹿港同知，卒於任。」（〈《春柳堂詩稿》的作者問題試探〉，《紅樓》，1999 年第 1 期）丁紹儀之所述，與恩華的著錄完全合榫。《春柳堂詩稿》有〈詠鳥啼竹叢明月圖〉一詩：「妙墨無人識，黃筌我獨驚。」黃筌，字要叔，成都人，善畫，事前蜀王衍為待詔，入宋，隸圖畫院，其畫宋秘閣珍之為上品。《春柳堂詩稿》此詩所詠，與丁紹儀言其「出示所藏書畫，辯證真贋甚確」，適可互相印證，證明乙卯（1855）宜泉正在福建邵武府任上。丁紹儀和巴嚕特恩華二人，都未介入後世《紅樓夢》著作權的爭論，他們是絕無「存心誤導」的動機的。

有紅學家為了維護《春柳堂詩稿》的文獻地位，試圖將《春柳堂詩稿》的作者「張宜泉」與興廉的「生平事歷」的差異具體化。如劉世德先生說：「興廉和張宜泉二人的生活經歷截然不同，前者中過舉，做過官，後者一生與官場無緣。」（〈張宜泉的時代與〈春柳堂詩

稿〉的真實性、可靠性〉,《紅樓夢學刊》,1993 年第 3 輯)蔡義江先生則將二者的差別概括為:1、「興廉一生中許多時間都在江南度過,而張宜泉自幼至老足跡極少離開北京一帶。」2、「興廉中過舉,宦海浮沉多年,曾率兵勇平過『亂』,南下閩臺還有姬妾陪伴;張宜泉無功名家業,一門屢遭不幸,勉強靠教館課徒糊口,直到老來髮稀齒缺,仍坎坷貧窮。」(〈《春柳堂詩稿》釋疑〉,《紅樓夢學刊》,1999 年第 3 輯)以此為標驚來檢驗《春柳堂詩稿》,如果其中有作者到過南方或做過官的訊息,就能證明《八旗藝文編目》關於《春柳堂詩稿》作者是漢軍興廉的說法不誤了。

事實正是如此。首先,《詩稿》屢屢詠及南方的風物。〈閒奕〉云:「別墅花仍植,巴園橘尚栽。風流高所寄,作賦見奇才。」巴園栽橘,當不是北京的事。〈書春兒遠持蓮蓬藕見貽走筆以示〉云:「有意儻懷橘,池中物可嘗。買來途最遠,獻處幾生香。苦粒含蓮子,情絲斷藕腸。」又一次提到橘,還買了池中新採的蓮蓬藕來嘗,這也不是北方的景象。〈冬暮二首〉其一云:「絲雞虛餞臘,粉荔失迎年。」所詠是地地道道的福建特產——荔枝。再看〈別田舍主人〉:

> 兵廚相謝罷,束載上歸驂。
> 冬別原非一,秋逢每是三。
> 田園催北去（注:家當身北,故近身之田園催而去之）,
> 松竹憶行南（注:身寄家南,故在家之松竹憶其歸之也）。
> 知得皇恩重,何由補自慚。

宜泉在詩中明明白白告訴當地友人:他是身寄南方的北方人。最可尋味的是《晚投彩嶼村》:「彩嶼原無嶼,尋名駐晚天。孤村千店月,冷樹萬家煙。犬吠長街靜,牛鳴短巷連。當爐能助興,頻送酒如

泉。」按，「嶼」字有二解。左思〈吳都賦〉：「島嶼綿邈，洲渚馮隆。」《文選》注：「嶼，海中洲，上有山。魏武《滄海賦》曰：『覽島嶼之所有。』」則「嶼」為小島。又，宋戴侗《六書故》：「平地小山也，在陸為嶼，在水為島。」則「嶼」為平地小山。此二解，都不好解釋詩中「彩嶼原無嶼」的緣故。按福建閩江下游，古來多沿海沿江的小島，習稱為「嶼」，後來因泥沙的淤積，陸地逐漸向海中延伸，使許多原先在海中江中的「嶼」，漸漸成了陸地的組成部分。這種由地形變動帶來的地理現象，惟福建之閩侯所特有。鄭祖庚纂修《侯官縣鄉土志》卷六《地形略》，就記有厚嶼、董嶼、郭嶼、葛岐嶼、南嶼、北嶼、下嶼、薛嶼、吳嶼、蟠嶼、白嶼、柯嶼等。查今日之福州、閩侯地圖及《福州市地名錄》，在閩江兩岸仍有南嶼、北嶼、厚嶼、吳嶼、葛嶼、董嶼等地名，復有橫嶼、盤嶼、東嶼、唐嶼、洋嶼、象嶼、猴嶼、照嶼、鼎嶼、海嶼、前嶼、後嶼、過嶼、臺嶼、英嶼、竹嶼等，除了極少數尚有山形殘留，其餘多是「名嶼原無嶼」的村莊。「彩嶼」雖未查實，但肯定不是北方的地名。

　　《春柳堂詩稿》還有一首〈過馬橋弔古〉：「橋名呼馬，有廟建何年？紅日來相照，白雲去不還。東村莎逕集，南苑土牆連。或恐迷行客，停車話灌田。」馬過留，本平常之事，然以「馬」名橋，當有其特殊之典。查《中國古今地名大辭典》，以「馬」命名之山有二：一在江西鄱陽縣東北二十里，山勢縈旋，眾峰環拱（《明統志》）；一在陝西省旬陽縣，《水經注》二七〈沔水〉：「縣北有懸書崖，高五十丈，刻石作字，人不能上，不知所道，山下有石壇，上有馬跡五所，名曰馬跡山。」又，以「馬」名之山有三：一在江蘇武進縣東南七十里太湖中，《輿地紀勝》：「崖壁間有馬隱然，世傳秦始皇遊幸馬所踐。」一在江蘇丹徒縣東南三十五里，在今紫府觀（《鎮江府志》）；一在湖北鄂城縣南一百三十里，「石上有雙馬。」（《輿地紀勝》）此五

處之馬跡,皆與山有關,則其地無橋可知。而福建光澤縣有地名馬跡者,地處富屯溪之支流,與江西鄰近,今屬寨里鄉,見《福建省地圖》(圖 3-4)。其「馬跡」之名,自有典故可考。據光緒丁酉(1897)《重纂光澤縣志》卷二十九〈雜錄〉云:

> 龔祐成,崇仁人,販鹽為生。遇騎而過者,請以馬易鹽,祐成審非妄,易之。引至獅子河洗焉,則鬐內隱隱見鱗甲,大驚,以為龍馬,深自秘匿。偶有事福州,平明騎出關,抵家日未中,計往返已千六百里。又遇人授以劍,奇光溢目,亦非常佩,益自負。稍聚里中無賴,剽掠諸村,遠近附者益眾,郡縣不能制,購其首千金。有甥出入其臥內,伺熟寢,取其首以獻,縣境以寧。初,祐成發難,據險為巢,官兵即之,蕣成期來日戰。是夜,壞山為城,分兵五隊,隊各千人,祐成仗劍騎馬,陣兵城外,甲仗旌旗,五色耀目,金鼓之聲,震動山谷,官兵駭退。既授首,劍飛東山,其首沒石,馬亦失所在。今操兵坪馬跡當蹄處,深入寸許,樵者至今見之。(據舊補志)

此中之崇仁,屬光澤縣之北鄉。宜泉詩謂:「橋名呼馬,有廟建何年?」對於這一奇特地名,作為外地人,是不免感到興趣的;當他發現橋旁居然又有一所古廟,就更加好奇了。福建民間信仰之盛,為全國之最,地方上為抗拒官府的龔祐成建廟,是民眾心理的自然寄託。詩中又云:「東村莎逕集,南苑土牆連。或恐迷行客,停車話灌田。」莎為香附子,附子蔓生;車水灌田,分明是南方田野的景象。由此可見,《春柳堂詩稿》作者確實到過福建。

那麼,宜泉到南方去幹什麼呢?答案是:做官。《春柳堂詩稿》提供了作者確實做過官的大量內證。

　　《五十自警》云：「天命知還未，蹉跎五十春。服官慚計拙，衣
帛愧家貧。玉液觴稱舊，銀絲面挑新。晚年別無望，有子喜呼麟。」
詩中的關鍵，在「服官」一詞。服，有從事、擔任之意，務農曰「服
田」，經商曰「服賈」，出仕則曰「服官」。鈕琇〈觚賸〉自序〉云：
「幼而就傅，延吳札於楓江；長且服官，謁徐陵於柏府。」（有康熙
三十九年刊本）王《秋燈叢話》（有乾隆四十三年原刊本）卷六第十
六條云：「某監司家失火，有王氏客負其二子出，監司謝之。又曰：
『箱篋中尚有部照一紙，繫某他日服官券，不識猶肯為力否？』」汪
堃《寄蝸殘贅》卷一〈石殿撰受冥秩〉云：「乾隆庚戌殿撰石公韞
玉，吳縣人，官山東按察司，因案降編修，疾不出，壽八十餘而終。
歿後見夢於門下士黃某，云：『我平日服官，功過僅足相抵；惟全活
八百餘命為大功，得受冥秩矣。』緣在成都府任內，制軍擒獲叛黨八
百餘人，欲盡誅之，公婉轉陳請，僅戮渠魁十餘人，余俱安插得生，
全活甚眾，故冥司錄為大功云。」都是「服官」為做官的傍證。古代
平民為「布衣」，做了官才有資格「衣帛」，詩中以「服官」與「衣
帛」對舉，表明宜泉確實做了官。魏子雲先生早就據「傳家笏未遺」
之句，判斷宜泉為世家子、宦門後，「笏」就是做官的標誌，況且此
句下有注云：「謂余先世曾累受國恩。」（〈治學考證根腳起──從《春
柳堂詩稿》的曹雪芹說起〉，《明清小說研究》，1993 年第 2 期）。

　　宜泉的社會地位如何，《詩稿》中亦不乏內證。〈為過友家陪飲諸
宗室阻雪城西借宿恩三張秀書館作〉云：「踏雪移筵地別尋，留連非
只為知音。朝遊北海朋滿座，風起南州玉滿林。」如若宜泉不是旗
人，一個窮教館，能陪飲諸宗室嗎？〈五十自警〉「玉液觴稱舊」之
句，亦顯示宜泉為舊家子弟。〈題祖先堂畫軸〉云：「廟貌開圖畫，先
靈寄此中。表功輝烈日，述德肇遺風。」家中分明有規模不小的祖先
堂，廟中陳列著歷代祖先的畫軸，顯示著他們輝煌的功績。〈先塋祭

掃〉云：「自慚沾世德，未獲丕家聲。」對於宜泉來說，「世德」、「家聲」，都是值得誇耀於人的。

〈感遇二首〉其二云：「顧養慚無力，竭誠事已淹。志心何可問，口體尚難兼。捧檄當為悅，監池詎避嫌。空能獨戲彩，母悶轉增添。」「捧檄」一典，是理解詩義的關鍵。《後漢書》卷六十九云：「廬江毛義少節家貧，以孝行稱。南陽人張奉慕其名，往候之，坐定而府檄適至，以義守令，義奉檄而入，喜動顏色。奉者，志尚士也，心賤之，自恨來，固辭而去。及義母死，去官行服。數辟公府為縣令，進退必以禮。後舉賢良，公車徵，遂不至。張奉歎曰：『賢者固不可測。往日之喜，乃為親屈也，斯蓋所謂家貧親老，不擇官而仕者也。』」注：「檄，召書也。」《駱賓王集》三〈瓜步〉：「捧檄辭幽徑，鳴下貴洲。」檄，是召書，是官符，是委任狀，「捧檄」，就是奉命就任。宜泉在詩中以毛義自許，表明自己也是「家貧親老，不擇官而仕」，況且毛義和他恰好都是做的縣令。明白了「捧檄」的典故，再來看「監池詎避嫌」，就好理解了。「池」是城池，「監池」就是擔任縣令之職，「詎避嫌」，就是恪守職責，不避嫌疑。

〈自嘲〉云：「癖性成清懶，吾廬廢掃除。蛛絲牽幕細，鼠跡印床疏。零落囊中句，縱橫架上書。陳蕃期可作，應料喜同居。」《後漢書》卷九六〈陳蕃傳〉：「蕃年十五，嘗閒處一室，而庭宇蕪穢。父友同郡薛勤來候之，謂蕃曰：『孺子何不灑掃，以待賓客？』蕃曰：「大丈夫處世，當掃除天下，安事一室乎？」勤知其有清世志，甚奇之。」郡舉孝廉，再遷為樂安太守，累拜太尉、太傅，封高陽侯。宜泉在詩中以陳蕃自許，表明自己也懷有「大丈夫處世，當掃除天下」之志，且已中舉（孝廉），期望與陳蕃一樣，前程無量。〈冬暮二首〉其二云：「家景殘冬紀，元龍鑒賞高。梅含春入意，竹帶雪淩操。題柱情猶壯，書裙興尚豪。試謳心曲血，幾度染恬毛。」「題柱」之典

出《華陽國志・蜀志》，謂司馬相如初赴長安，過成都仙橋，題句於橋柱，自述致身通顯之志，曰：「不乘高車駟馬，不過汝下也！」《太平御覽》卷七三、《藝文類聚》卷六三引此，橋名作「陞遷橋」。岑參〈仙橋〉：「長橋題柱去，猶是未達時。及乘駟馬車，卻從橋下歸。」蘇軾〈復改科賦〉：「雖負凌雲之志，未酬題柱之心。」可以相見，宜泉當日亦懷致身通顯的題柱之志，如今壯志已酬，故有以陳登（字元龍，舉孝廉，為廣陵太守）自比之豪情。

除此而外，《春柳堂詩稿》還有許多寫實的詩篇，記錄了宜泉的官宦生涯。〈璧彩對參差〉云：「月向冰池照，人同璧彩看。高低光互映，上下影相干。合處成雙美，分來訝二難。球琳輝殿陛，圭瓚煥樓欄。天寶交珍席，國祥並著盤。晶瑩明盡炫，比象體俱完。朗矣還多潤，溫其尚帶寒。羨伊工賦物，珥筆藻思殫。」末批曰：「宏敞秀麗，是金華殿中人語。」按，《漢書》卷一百上《敘傳》云：「（班）伯少受詩於師丹，大將軍王鳳薦伯宜勸學，召見晏昵殿，容貌甚麗，誦說有法，拜為中常侍。時上方鄉學，鄭寬中張禹朝夕入說《尚書》、《論語》於金華殿中，詔伯受焉。」顏師古注曰：「金華殿在未央宮。」曹植上疏曰：「若得辭遠遊，戴武弁，解朱組，佩青紱，駙馬奉車，趣得一號，安宅京室，執鞭珥筆，出從華蓋，入侍聖問，拾遺左右，乃臣丹誠之至願，不離於夢想者也。」（《三國志》卷十九）後世因以「珥筆」謂侍從之臣插筆於冠以備記事。宜泉以「金華殿中人」的身份，來寫他看到的大內宮殿的輝煌景象，說明他確實在宮中當過侍從之臣。〈孟冬廿五日恭紀駕幸瀛臺北海闡福寺道場〉，寫十月廿五日「車駕幸臨」北海闡福寺，他「恭紀」這一盛況的情景：「每聞鐘鼓喧朝日，今見鑾輿下曉風。柳岸霜連宸幄白，梅堤春映御衣紅。」而這正是他的工作。〈春色滿皇州〉云：「閶闔開黃道，東風出紫宸。霏微香陌迴，澹蕩御階勻。彩日輝綸掞，晴煙嫋錦。花明三殿

曉，柳媚九重新。穿樓燕翦頻。應昌徵鎬晏，鳴盛葉韶鈞。喜洽趨朝履，歡生入覲紳。願言臨帝闕，拜首詠長春。」詩中的「紫宸」、「御階」、「綸掖」、「三殿」、「九重」、「帝闕」，或敬空，或抬頭，都是有關帝王的事物，「喜洽趨朝履，歡生入覲紳，願言臨帝闕，拜首詠長春」之句，更是非官宦人士所不能言。〈秋月如圭〉，首句「九秋清禁月，高湧一輪圓」，結句「朗耀彤庭上，疑持黻座前」；〈早起過大宮門〉：「御苑晴煙合，宮門曉霧開。百輿花底散，千驪柳邊來。鹿下龍岩草，鳥眠鳳沼苔。無為符至化，眺望獨徘徊。」批：「寫景逼真，獨得太平點綴。」〈春曉御河橋即景口咕〉：「芳塘流水闊，晴暖禁園春」，「勝景皇情愜，年來遊幸頻。」〈再疊前韻〉：「小臣忻聖化，經過不辭頻。」「閶闔」、「帝闕」、「清禁」、「彤庭」、「御苑」、「禁園」，都是他經常出入的地方。

　　《詩稿》還反映了宜泉地方官的任職情景。〈殉節詩十二韻〉題下注：「黃門次女齎志從夫，慨歸泉壤，因具疏上聞，表彰鄉閭，詩以紀之。」將本地節婦烈女事蹟及時上疏朝廷，予以表彰，以正風化，正是地方官的職責。詩中有「鳳簫梅嶺弄（上年十月于歸），鸞扇麥田空（次年四月殉節）」之句，末有「紳維由此振，聲價倍江東」之句。查《中國古今地名大辭典》，「梅嶺」有八，其中有四處在江西，一處在浙江，三處在福建，它們是：一在閩侯縣北，一在崇安縣東南六十里，一在詔安縣東南三十里海濱。查《福州市地名錄》「郊區地名圖」四（圖3-5），梅嶺在宦溪鄉。「江東」通常指長江下游之南，宋代又稱「江南東路」，而以江西全境為「江南西路」，福建處江西之東，或可以「江東」稱之。既稱「江東」，則四處在江西之梅嶺，自可排除；閩侯之梅嶺在閩江之東北，稱為「江東」，亦無不可。可以肯定的是，北方是絕無稱作「江東」的。

　　要之，《春柳堂詩稿》的作者是身寄南方的北人，他的詩中同時

出現了地處閩侯的梅嶺和地處光澤的馬跡，這三個因素彙集在同一人身上，足以說明他就是《八旗藝文編目》所著錄的《春柳堂詩稿》作者，原名興義字宜泉、隸鑲黃旗的嘉慶己卯舉人、官光澤侯官知縣的興廉。則與他交往的曹芹溪，肯定不是「卒於乾隆壬午癸卯間」的曹雪芹，此書對曹學來說，也就毫無價值了。

在諸多曹學的「核心材料」遭到質疑乃至否定的嚴峻形勢面前，脂硯齋作為曹學的「權威發言人」的地位就更加突出了。

第二節　脂硯齋對雪芹著作權的確認

一　脂硯齋對《紅樓夢》作者的關注

現存清代所有的《紅樓夢》版本，都不題撰人的姓名；各種版本的序跋，也沒有一篇指明作者的名號。第一次將《紅樓夢》排印出版的程偉元，只在序中提到：「作者相傳不一，究未知出自何人，唯書內記雪芹曹先生刪改數過。」這種現象，與古代傳統觀念對小說的輕視有很大的關係。小說是供販夫皂隸、市井愚氓閱讀的「閒書」，作小說的人根本沒有什麼社會地位，有誰會從「知人論世」的角度，去關心《紅樓夢》的作者是誰，他的家世生平又如何呢？道光四年（1824），訥山人的〈《增補紅樓夢》序〉說：「《紅樓夢》一書，不知作自何人，或曰曹雪芹手筆也，姑弗深考。」（《紅樓夢卷》，頁 53）同治五年（1866）前後，解居士的《石頭記臆說》也說：「其果否為曹雪芹，固不必深考。」（《紅樓夢卷》，頁 184）就是典型的無所謂態度的反映。對於多數讀者來說，知道《紅樓夢》作者叫曹雪芹，似乎也就夠了。終清之世，可以說沒有一篇認真考證《紅樓夢》作者的文章，有的只是隨筆短札記錄的傳聞軼事。袁枚之後，如陳其元《庸

閒齋筆記》卷八云:「此書乃康熙間江寧織造曹練亭之子雪芹所撰。練亭在官有賢聲,與江寧知府陳鵬年素不相得,及陳被陷,乃密疏薦之,人尤以為賢。」(《紅樓夢卷》,頁 15)俞樾〈小浮梅閒話〉云:「此書末卷自具作者姓名曰曹雪芹,袁子才〈詩話〉云:『曹練亭康熙中為江寧織造,其子雪芹撰《紅樓夢》一書,備極風月繁華之盛』,則曹雪芹固可考也。」文後又加一注:「納蘭容若《飲水詞集》有〈滿江紅〉詞,為曹子清題其先人所構棟亭,即雪芹也。」(《紅樓夢卷》,頁 390-391)夢癡學人〈夢癡說夢〉云:「《紅樓夢》一書,作自曹雪芹先生。先生係內務府漢軍正白旗人,江寧織造曹練亭公子。」(《紅樓夢卷》,頁 219)葉德輝〈書林清話〉云:「今小說有《紅樓夢》一書,其中寶玉或云即納蘭。是書為曹寅之子雪芹孝廉作,曹亦內府旗人,以同時人記同時事,殆非架空之作。」(《紅樓夢卷》,頁 16)

這些材料,都說曹雪芹是曹寅的兒子,康熙間人。有的材料還對《紅樓夢》的寫作過程作了介紹,如趙烈文〈能靜居筆記〉引宋翔鳳的話說:「曹實棟亭先生子,素放浪,至衣食不給。其父執某鑰空室中,三年遂成此書。」(《紅樓夢卷》,頁 378)李慈銘〈越縵堂日記補〉則認為:「自言改定者為曹雪芹,袁子才詩話稱雪芹為江寧織造之子,或又謂容若自撰。以予觀之,蓋即所謂賈寶玉者創草此稿,故於私情密語,描寫獨真。曹雪芹殆其家包衣,因為鋪敘他事,加以醜語,嗣又有淺人改之,不知經幾人手,故前後訛舛,筆墨非一色也。」(《紅樓夢卷》,頁 374)鄧狂言〈紅樓夢釋真〉據《紅樓夢》第一回「抄閱十載,增刪五次,纂成目錄,分出章回」發揮道:「蓋原本之《紅樓夢》,明清興亡史也;增刪五次者,曹氏之崇德、順治、康熙、雍正、乾隆五朝史也。鄙人曾見《紅樓夢》殘本數篇,事蹟相類,而略如隨筆手記,或者尚未成書,曹氏據為藍本,乃有此十

六字之標題焉。蓋《紅樓夢》之作，當在康熙時代（疑是吳梅村作，或非一人作）。其言或多不謹，一則為遺老文字多放恣，二則隱語甚難，三則事實太近，故清宮亦多有知之者。歷代以來，燒書甚多，或已燒，或未燒，均不可知。厥後文網愈益加嚴，曹氏知其有不能久存之傾向，乃嘔心挖血而為之刪。」（《紅樓夢卷》，頁 336）

　　相比之下，脂硯齋對曹雪芹表現了極大的關注。據統計，「雪芹」二字，甲戌本脂批提到四次，己卯本脂批提到一次，庚辰本脂批提到二次（其中 1 次與己卯本同）；「芹溪」二字，甲戌本脂批提到一次；「芹」字，甲戌本脂批提到二次，庚辰本脂批提到一次。至於「作者」、「作書人」，在一定程度上可視為雪芹的同義語。其中「作者」二字，甲戌本脂批提到七十三次，己卯本脂批提到十九次，庚辰本脂批提到六十五次；「作書人」二字，甲戌本脂批提到一次，庚辰本脂批提到二次。「石兄」二字，有時也被作為作者的代稱，甲戌本脂批提到八次，己卯本脂批提到一次，庚辰本脂批提到十次。所有這些，都充分反映了脂硯齋對作為《紅樓夢》作者的曹雪芹的關切。

二　脂硯齋對雪芹著作權的論證

　　甲戌本第一回，敘空空道人將《石頭記》（石上所記之文）「從頭至尾抄錄回來」後的情形道：「……因空見色，由色生情，傳情入色，自色悟空，遂易名為情僧，改《石頭記》為《情僧錄》。至吳玉峰題曰《紅樓夢》，東魯孔梅溪則題曰《風月寶鑒》。後因曹雪芹於悼紅軒中披閱十載，增刪五次，纂成目錄，分出章回，則題曰《金陵十二釵》。」小說文本稱曹雪芹是「披閱十載，增刪五次」，從字面看，好像只是對《石頭記》的修改：這一微妙的措詞，馴致《紅樓夢》作者問題成了千古之謎。脂硯齋彷彿預見到了這點，在「東魯孔梅溪則

題曰《風月寶鑑》」上加了一條眉批：

A0049【◎甲戌眉】雪芹舊有《風月寶鑑》之書，乃其弟棠村序也。今棠村已逝，余睹新懷舊，故仍因之。

脂硯齋在批語中說，在《石頭記》、《情僧錄》、《紅樓夢》、《風月寶鑑》、《金陵十二釵》五種書名中，《風月寶鑑》是雪芹的「舊有之書」；為了證明此說的可信性，他還請出了一位證人：「其弟棠村」，說他曾為此書作過序，又以感慨的語氣說：「今棠村已逝，余睹新懷舊，故仍因之。」「睹新懷舊」，所睹的「新」，自然是這部《紅樓夢》；而所懷之「舊」，當然就是《風月寶鑑》了。於是，誰都可以贊同如下的結論：既然《風月寶鑑》是雪芹的舊作，以同一題材「更新」的《紅樓夢》，無疑也是雪芹的作品了。

翻過去一頁的天頭上，脂硯齋又寫了一條眉批：

A0050【◎甲戌眉】若云雪芹披閱增刪，然則開卷至此，這一篇楔子又係誰撰？足見作者之筆，狡猾之甚。後文如此者不少。這正是作者用畫家煙雲模糊處，觀者萬不可被作者瞞弊了去，方是巨眼。

這條批評，分明是衝著「披閱十載，增刪五次」而來，目的是既要揭穿書中的「謊話」，又要糾正讀者的「誤會」。脂硯齋使用邏輯推導的方法，巧妙地反駁道：好罷，就算空空道人「從頭至尾抄錄回來」的《石頭記》，是經雪芹「披閱增刪」的；但從開卷至此敘述寫作修改過程的「這一篇楔子」，又是誰的撰呢？既然「石上所記之文」不會包括「這一篇楔子」，答案便只有一個，那作者就是曹雪芹

了。餘下來的推理便是：「楔子」既係曹雪芹所撰，則全部《紅樓夢》也是曹雪芹撰寫的了。臨了，脂硯齋還告誡讀者（觀者），萬不可被作者瞞弊（蔽）了去；並誇獎只有認同曹雪芹著作權的人，方是「巨眼」。如此這般，還有誰不認可曹雪芹《紅樓夢》作者的身份呢？

還有不少批語，如 A0123【◎甲戌夾】：「余謂雪芹撰此書中，亦為傳詩之意。」A0172【◎甲戌夾】：「此等才情，自是雪芹平生所長。」J0292【●己卯夾】、G0554【●庚辰夾】：「雪芹題曰『金陵十二釵』，蓋本宗《紅樓夢》十二曲之義。」乃至 G2173【●庚辰回前】：「乾隆二十一年五月初七日對清，缺中秋詩，俟雪芹。」G1216【●庚辰回後】：「此回未成而芹逝矣，歎歎。」A0066【◎甲戌眉】：「壬午除夕，書未成，芹為淚盡而逝。」都是為強化這一意念而批上的。

確認曹雪芹的著作權，是《紅樓夢》愛好者都傾心擁護的。但作為學術問題，還要看是用什麼方式或程序去論證。一書多名，同書異名，乃古代小說版本常見的現象。突出的例子如《肉蒲團》，由於屢遭禁燬，就有《覺後禪》、《耶蒲緣》、《巧姻緣》、《巧奇緣》、《鍾情錄》、《野叟奇語》、《迴圈報》等七八種異名。對《紅樓夢》來說，《石頭記》、《情僧錄》、《紅樓夢》、《風月寶鑒》、《金陵十二釵》，書名雖異，只是各人的不同命名，其文本實體完全是同一的。脂硯齋用「雪芹舊有《風月寶鑒》之書」來證明他的著作權，卻與正文「……改《石頭記》為《情僧錄》，至吳玉峰題曰《紅樓夢》，東魯孔梅溪則題曰《風月寶鑒》」產生了矛盾。如果脂硯齋說的情況是真實的，則正文說《風月寶鑒》為東魯孔梅溪所題就不能成立；我們是相信脂硯齋後來所加的批評，還是相信《紅樓夢》文本的交代？面臨這一原則性的抉擇取捨，大約誰也不會贊同連《紅樓夢》本文都加以否定的。再說，「雪芹舊有《風月寶鑒》之書」，與他之題曰《金陵十二釵》又

有什麼關係？也是脂硯齋需要澄清的問題。紅學家尚且主張曹雪芹是曹顒的遺腹子，他又從何有一位弟弟棠村呢？事實上，《風月寶鑒》的書名只與孔梅溪有關連，與曹雪芹是兩不相涉的。「雪芹舊有《風月寶鑒》之書」云云，純屬不根之論。有學者頗為看重這條眉批，想從脂批中去「鉤沉」棠村的序文，或推斷《紅樓夢》的「二次成書」，都是過於輕信的結果。

對於這個問題，我們最需要思考的是，脂硯齋「甲戌抄閱再評」之時，再三再四突出曹雪芹的著作權，其主觀動機是什麼？或者換一個角度來設問，他是在怎樣的社會環境或學術環境下說這些話的？

按照紅學家的通常認識，《紅樓夢》此時（甚至直到曹雪芹去世）還沒有寫完，部分書稿只在少數親朋「圈子」中傳閱。也就是說，誰是小說的真正作者，「圈子」中的每個人都是清楚不過的。那麼，脂硯齋批上這些話語，難道是為了「備忘」？或者防止有人「剽竊」？顯然都不是。

按照紅學家另一種通常認識，《紅樓夢》是在文字獄的重重陰影籠罩下進行的，連貴為宗室的弘也「恐其中有礙語」，而「終不欲一見」；曹雪芹對於署名的含糊其詞，就是完全可以理解的事了。G1047【◎庚辰眉】「壬午九月，因索書甚迫，姑志於此」之批，曾被認為是某一嚴重事件的記錄，紅學家還有極為豐富的推論。按照脂硯齋的說法，曹雪芹死於壬午除夕；三個月前的壬午九月，他雖然沒有死，身體想來已很衰弱。就在這一嚴峻當口，知悉內情的脂硯齋出來說：「有礙語」或其它違規問題的《紅樓夢》，其真正作者就是曹雪芹；小說中寫他「披閱增刪」，乃是「作者用畫家煙雲模糊處」，你們「萬不可被作者瞞弊了去」！試問，這豈不是要將曹雪芹置於死地嗎？要知道，「狡猾之甚」的話頭，份量是相當重的，當今學界名人不正為「狡猾」兩字，打著「侵害名譽權」的官司，並向人家索賠十

六萬元（見《東方家庭報》2002 年 8 月 29 日）麼？

也許有人會辯解說：脂硯齋何嘗是向統治當局「出首」，他只是為了消解讀者的疑問，批語中不是說「觀者萬不可被作者瞞弊了去」嗎？是的，批語之所指向，自然也包含「觀者」。但在甲戌之年，有誰能「觀」到尚未完稿的《紅樓夢》？還不是脂硯齋「圈子」中的那幾位嗎？如果一定要說這「觀者」是指社會上的讀者，脂硯齋作批就是為了解開他們心頭的《紅樓夢》作者之謎，這種批語就不可能作在乾隆甲戌那個時候。

第三節　脂硯齋對雪芹家世生平的了解

一　脂硯齋對雪芹家世的介紹

人們看重脂硯齋的「價值」，主要是因為他對曹雪芹家世生平的了解。《紅樓夢大辭典》「脂硯齋」條稱他「了解曹雪芹的生平家世」，「與曹雪芹及《紅樓夢》的創作有著非常密切的關係」（頁 979-980）；《中國文學批評通史》清代卷「脂硯齋評《紅樓夢》」節稱他「非常熟悉曹雪芹」，他的批語「為研究曹雪芹及其家世生平」「提供了可貴的線索」（頁 832-833），都是從這一角度著眼的。

就《紅樓夢》著作權而論，光認定它屬於「曹雪芹」是不夠的；人們還需要「驗明正身」，確證他是某一位「曹雪芹」。脂硯齋深知個中道理，以對作者家世十分熟悉的口氣，寫下了一系列批語。

其中最著名的一條，是批在第五十二回晴雯補裘畢，「一時只聽自鳴鐘已敲了四下」句下的 G2012【●庚辰夾】：

按：「四下」乃寅正初刻。「寅」此樣法，避諱也。

　　雪芹本人姓「曹」，在小說中又避了「寅」字的諱，可見其先人中必有名「寅」者。人們於是自會想到任過江寧織造的曹寅，進而判定雪芹是曹寅的後人。當然，雪芹與曹寅這一層關係，脂硯齋並不是明白說出的，而是借「避諱」巧妙地加以暗示的。

　　不過，只要稍稍翻閱一下《紅樓夢》，就會發現事情並不如脂硯齋所說：

　　1. 第十回「張太醫論病細窮源」，敘張太醫言：「肺經氣分太虛者，頭目不時眩暈，寅卯間必然自汗，如坐舟中。」

　　2. 第十四回「林如海捐館揚州城」，敘「那鳳姐必知今日人客不少，在家中歇宿一夜，至寅正，平兒便請起來梳洗」。

　　3. 第二十六回「蜂腰橋設言傳心事」，敘「眾人都看時，原來是『唐寅』兩個字」。

　　4. 第六十九回「覺大限吞生金自逝」，敘天文生言：「奶奶卒於今日正卯時，五日出不得，或是三日，或是七日方可。明日寅時入殮大吉。」

　　這四條例句中，「唐寅」為古人名，「寅卯間」乃為推論病情，因敘事之需要，只得直書，可置勿論；而「寅正」、「寅時」之單言時辰，卻是完全可以相避的，尤其是「寅正」與「四下乃寅正初刻」文意全同，能避而不避，足見雪芹並無避「寅」之例。其實，「自鳴鐘已敲了四下」一句，純從人的聽覺寫出，夜深人靜，饒有意境，與第五十一回「只聽外間房中十錦格上的自鳴鐘當當兩聲」，第五十八回「方才胡吵了一陣，也沒留心聽鐘幾下了」，第六十三回人回「二更以後了，鐘打過十一下了」，屬同一筆法。

　　另有一組經常被提及的批語是：

1、甲戌本第二回「冷子興演說榮國府」，敘賈雨村道：「就是後一帶花園子裏，樹木山石也都還有蓊蔚洇潤之氣」，A0230【◎甲戌側】批道：

> 「後」字何不直用「西」字？恐先生墮淚，故不敢用「西」字。

2、第二十八回，敘寶玉在馮紫英家與薛蟠、蔣玉菡等行令飲酒，寶玉笑道：「聽我說來：如此濫飲，易醉而無味。我先喝一大海，發一新令，有不遵者，連罰十大海，逐出席外，與人斟酒」，A1560【◎甲戌側】批道：

> 誰曾經過，歎歎。西堂故事。

3、同回，G1749【◎庚辰眉】批道：

> 大海飲酒，西堂產九臺靈芝日也。批書至此，寧不悲乎？壬午重陽日。

西堂為江寧織造府內堂，曹寅曾在此宴集賦詩。據《八旗藝文書目》，曹寅自號「西堂掃花行者」。脂硯齋這三條批語，同樣在暗示雪芹與曹寅的關係。但從批語與正文「相須而行」考量，又存在如下的矛盾：

1、第二回賈雨村的原話是：「去歲我到金陵地界，因欲遊覽六朝遺跡，那日進了石頭城，從他老宅門前經過。街東是寧國府，街西是榮國府，二宅相連，竟將大半條街佔了。大門前雖冷落無人，隔著圍牆一望，裏面廳殿樓閣也還都崢嶸軒峻，就是後一帶花園子裏面樹木

山石，也還都有蓊蔚洇潤之氣，那裏像個衰敗之家？」原話中說「後一帶花園子裏」，「後」，指花園的方位，意在與大門「前」的冷落無人相對比；若按脂硯齋的意思寫成「西一帶花園子裏」，簡直就不成語句了。

2、脂硯齋說雪芹不敢用「西」字，是「恐先生墮淚」，這位「先生」會是誰呢？若是指曹寅，不論是甲戌、壬午，他早已去世，已無從墮淚矣；若是指雪芹本人，又無稱其「先生」之理。

3、「大海」，是一種稍大的酒碗或酒杯，《紅樓夢》第二十六回敘「馮紫英笑道：『這又奇了。你我這些年，那回兒有這個道理的？果然不能遵命。若必定叫我領，拿大杯來，我領兩杯就是了。』眾人聽說，只得罷了。薛蟠執壺，寶玉把盞，斟了兩大海。」以大海飲酒，乃司空慣見之事，決非「誰曾經過」的西堂獨有風俗；況且書中所寫的「大海飲酒」，一次在薛蟠家，一次在馮紫英家，都與曹寅的西堂無干。作為「正人君子」的曹寅，豈能像薛蟠、馮紫英一般爛醉狂飲？

4、脂批提示，雪芹死於壬午除夕，G1749【◎庚辰眉】批在「壬午重陽」，此時之「大海飲酒」，應無可悲之事。「西堂產九臺靈芝」本為祥瑞之事，「批書至此，寧不悲乎？」頗有矯飾之嫌。

克非先生早將此說駁得體無完膚，他說：

> 靈芝，不過是一種硬度頗大的木菌，有玄芝、肉芝等品。產生於落葉喬木（主要是櫟科）的枯樹樁上，須濕度較大既蔭蔽又向陽的環境，故一般僅見於高山密林的陽坡、陽崖上。中藥鋪可買到，現在人工已能栽培。從前人很迷信靈芝，皆以為它具有非凡的藥性，能使人起死回生，把它說得神乎其神，進而認定為祥瑞之物。大約因為它生長條件苛刻，產量甚少，許多地方難得一見，甚至代代傳聞，卻從無人見過實物。即便是產

地，也並非人人見過人人都識，相反因其狀貌不揚，見者往往亦不相信就是那種東西。

「九臺靈芝」之說，古人早已有之。但大約和「一禾九穗」的故事差不多，乃是一種「藝術加工」，背後往往隱藏著某種政治宣傳。除了「堯階九芝」之外，不是有傳說趙匡胤在夾馬營中呱呱墜地時，他母親的產床下面的地上就曾長出過一枝「九莖靈芝」嗎？

江寧織造署在南京城內，西堂是齋名，有牆有頂的房子，不是森林。那樣的地方當時產不產靈芝，不清楚。要產恐怕也不產在室內，除非織造署有異人，已掌握二十世紀才有的人工栽培靈芝的技術。就算西堂外面什麼樹下產靈芝吧，但「九臺」何謂？是說長得像塔子那樣，或如臺階式的九層，由下而上疊連在一起？筆者在川西北出產靈芝的大山區生活多年，見過的靈芝菌不少，有個時期還喜歡收集。所見多為獨枝單莖。一兩枝，甚至三枝連並而生的也有，但極少極少，卻未見過，也未聽見採芝出售的山民說過疊成若干層的，連類似的傳說也沒有。事實上也不可能有這樣的靈芝。因為，天然環境下，它的菌種只能在枯樹椿上才能存活繁殖，發展成植株時每株都有單獨的根蒂，並靠根蒂從朽爛的木質中吸取營養。否則就活不起來。如果長成臺狀，重重疊疊，第二層以上，其根蒂託足無所，失去養料供給源，豈能成長！畸笏筆下的那種東西，西堂真正產過？實在叫人懷疑。

「大誨飲酒」，是說因為出了那樣的祥瑞，設宴擺酒慶賀、狂歡吧？事情發生在何年何月，批語未說，可能是曹家鼎盛的曹寅時代，所以畸笏提起來才那樣「悲哀」。

擺酒祝賀，並要放肆地大海喝酒，其熱鬧其隆重狂歡之態，可

以想見。然而，曹寅有多大的膽量？有幾個腦袋？當彼之際，他就不曾想到那個「黃袍加身」的老故事？就不怕傳到皇帝老倌的耳朵裏去？！（《紅樓霧瘴》，四川文藝出版社，1997年，頁122-123）

還有一類脂批，是圍繞「樹倒猢猻散」而發的：

先是第五回〈收尾·飛鳥各投林〉，在「好一似食盡鳥投林，落了片白茫茫大地真乾淨」句下，A0682【◎甲戌夾】批道：「又照看葫蘆廟。與『樹倒猢猻散』反照。」後是十三回秦氏託夢，在「倘或樂極悲生，若應了那句『樹倒猢猻散』的俗語，豈不虛稱了一世的詩書舊族了」句上，A1087【◎甲戌眉】批道：「『樹倒猢猻散』之語，全猶在耳，屆指三十五年矣。傷哉，寧不痛殺。」G0090【◎庚辰眉】批道：「『樹倒猢猻散』之語，今猶在耳，屆指卅五年矣。傷哉，寧不痛殺。」最後是第二十二回賈母燈謎：「猴子身輕站樹梢。」G1206【●庚辰夾】批道：「所謂『樹倒猢猻散』是也。」《紅樓夢大辭典》專門為此設了「樹倒猢猻散」的詞條云：

樹倒猢猻散，為古時俗語。猢猻即猴子。傳宋人龐元英《談藪》記載，秦檜當朝為宰相時，曹詠奉承拍馬為戚黨。至秦檜死後，曹詠亦被貶新州。厲德新寫了一篇〈樹倒猢猻散賦〉，派人給曹詠送去，譏諷曹詠。元代陶宗儀《南村輟耕錄》卷二十八〈嘲回回〉：「阿剌一聲絕無響，哀哉樹倒猢猻散。」另外，清代施《隋村先生遺集·病中雜賦》之八，「楝子花開滿院香，幽魂夜夜楝亭旁。廿年樹倒西堂閉，不待西州淚萬行。」詩末自注：「曹楝亭公時拈佛語對坐客云：『樹倒猢猻散』，今憶斯言，車輪腹轉，以受公知最深也。楝亭、西堂皆

署中齋名。」曹楝亭即《紅樓夢》作者曹雪芹之祖父曹寅。据施詩自注，得知曹寅生前曾對坐客云「樹倒猢猻散」。曹寅康熙二十九年（1680）四月出任蘇州織造，三十一年（1692）任江寧織造，五十一年（1712）六月曹寅病故，正合詩「廿年樹倒西堂閉」。脂批所引「樹倒猢猻散」，實指曹寅生前之語，第十三回庚辰、甲戌本眉批說得最清楚，「余猶在耳」也好，「今猶在耳」也好，似批者親自聽過（甲戌本為「全猶在耳」，「全」字當為「余」字誤）。此條批語撰寫時間，如至遲按曹寅病故之年一七一二年算，「屈指三十五年矣」，則為西元一七四七年（乾隆十二年丁卯），如以甲戌本獨有的「至脂硯齋甲戌抄閱再評，仍用石頭記」來算，甲戌為一七五四年（乾隆十九年），上推三十五年為西元一七一九年（康熙五十八年己亥），但此時曹寅已病故。如脂批「屈指三十五年矣」不妄，則至遲為西元一七四七年。第十三回這條脂批是否為初評時的評語，待確證。作批者反覆引用「樹倒猢猻散」一語，既有對曹家家世的哀傷的感慨，而主要又暗示了小說中賈府徹底敗落的結局。（頁 986-987）

施自注稱「樹倒猢猻散」是「佛語」，是不錯的。如《五燈會元》卷二十：「僧問首山：『如何是禪？』山云：『猢猻上樹尾連顛。』」《古尊宿語錄》卷四十：「問：『如何是第一要？』師云：『蛇穿鼠穴。』『如何是第二要？』師云：『猢猻上樹。』」都是佛語用猢猻的著名例子。「樹倒猢猻散」又是古時的俗語，明清通俗小說中用得很多。如《拍案驚奇》卷二十二「錢多處白丁橫帶，運退時刺史當艄」：「若是富貴之人，一朝失勢，落魄起來，這叫做『樹倒猢猻散』，光景著實難堪了。」《二刻拍案驚奇》卷三十四「任君用恣樂深

閨，楊大尉戲宮館客」：「試看紅拂離了越公之宅，紅綃逃了勳臣之家，此等之事不一而足。可見生前已如此了，何況一朝身死，樹倒猢猻散，殘花嫩蕊，盡多零落於他人之手。要那做得關盼盼的，千中沒有一人。」宣揚的是「人生榮華富貴，眼前的多是空花，不可認為實相」。《紅樓夢》秦氏託夢所言之「樹倒猢猻散」，無非亦是「否極泰來，榮辱自古周而復始，豈人力能可保常的」之類，並無任何新異深刻之處。

「樹倒猢猻散」這一極其平常的俗諺，既非曹寅一人曾說，亦非曹寅一人能說。縱使曹寅確曾對坐客說過，也不能證明此處就一定出曹寅之口。《紅樓夢》的這番話，是秦可卿託夢時說的，不論是性別、身份、地位、性格，都與曹寅截然不同。「借」第四代曾孫媳之口，來轉達曾祖父生前的話，完全不符合脂批的慣例。當馬道婆向賈母講「祖宗老菩薩那裏知道，那經典佛法上說的利害，大凡那王公卿相人家的子弟，只一生下來，暗中就有許多促狹鬼跟著他，得空便擰他一下，掐一下，或吃飯時打下他的飯碗來，或走著推他一跤，所以那大家子的子孫多有長不大的」時，A1306【◎甲戌側】批道：「一段無倫無理、信口開河的渾話，卻句句都是耳聞目睹者，並非杜撰而有。作者與余，實實經過。」「賈母」聽到的「一段無倫無理信口開河的渾話」，尚且句句如實描述；按此通例，曹寅極其鄭重說出的「樹倒猢猻散」之語，亦應讓曹寅的「替身」說出才行。即便他已經過世，至少也該讓夫人「賈母」轉述才是。

「今猶在耳，屈指三十五年矣」的話頭，《紅樓夢大辭典》是相信了的，並進一步推算道：「此條批語撰寫時間，如至遲按曹寅病故之年一七一二年算，『屈指三十五年矣』，則為西元一七四七年（乾隆十二年丁卯），如以甲戌本獨有的『至脂硯齋甲戌抄閱再評，仍用石頭記』來算，甲戌為一七五四年（乾隆十九年），上推三十五年為西

元一七一九年（康熙五十八年己亥），但此時曹寅已病故。如脂批『屈指三十五年矣』不妄，則至遲為西元一七四七年。」《紅樓夢大辭典》的作者不知因何忘記了自己考證的成果：曹寅康熙三十一年（1692）任江寧織造，五十一年（1712）六月病故，正合詩「廿年樹倒西堂閉」，則曹寅對坐客云「樹倒猢猻散」之時，應在康熙三十一年（1692）前後；從康熙三十一年（1692）到乾隆十九年（1754），應是六十二年。認真追究起來，曹寅為官一直十分順利，一般不會無緣無故說出「樹倒猢猻散」之語，定有相當嚴重的背景在。查康熙四十年（1701），曹寅曾要求將十四關銅斤交由他獨自經辦，許諾「八年交本銀及節省銀總共一百萬兩，每年交內庫銀十二萬兩」（《關於江寧織造曹家檔案史料》，頁 16），到康熙四十八年（1709）期限已滿，曹寅二月二十八日奏摺稱「今已八年辦完無誤」（《關於江寧織造曹家檔案史料》，頁 64）；不料兩個月後，卻發現應交之三萬九千五百三十兩尚未交納。康熙四十八年四月十三日，《內務府奏曹寅辦銅尚欠節銀應速完結並請再交接辦摺》中云：「曹寅……又一年應交之三萬九千五百三十兩，尚未交納。」（《關於江寧織造曹家檔案史料》，頁 68）這可能是他遇到的最大難關，曹家或許面臨「樹倒猢猻散」的邊緣。若從康熙四十八年（1709）算起，至乾隆十九年（1754）亦有四十五年。再退一步說，就算曹寅念叨「樹倒猢猻散」直到臨終，與曹寅死後方得出生的雪芹年齡差近的脂硯齋，也不可能「樹倒猢猻散」之語「今猶在耳」！請問這「非杜撰而有」，又會是什麼呢？

最引人注目的脂批，是甲戌本第十六回「賈元春才選鳳藻宮，秦鯨卿夭逝黃泉路」的 A1203【●甲戌回前】：「借省親事寫南巡，出脫心中多少憶惜感今。」批語指明曹雪芹之寫元妃省親，目的是藉以寫康熙的南巡和曹家的接駕，以「出脫」心中的「憶惜（昔）感今」之

情。原來,此回敘趙嬤嬤與鳳姐議論預備接大小姐的事,鳳姐笑道:「說起當年太祖皇帝仿舜巡的故事,比一部書還熱鬧,我偏沒造化趕上。」趙嬤嬤道:「那時候我才記事兒,咱們賈府正在姑蘇揚州一帶監造海舫,修理海塘,只預備接駕一次,把銀子都花的淌海水似的。」又道:「江南的甄家,獨他家接駕四次。」康熙南巡與曹寅接駕之事既為公眾所知曉,曹雪芹是曹寅的後人,便更有了確證。

與紅學家相信書中的賈家就是現實中的曹家不同,蔡元培先生質疑道:「若以趙嬤嬤有甄家接駕四次之說,而曹寅適亦接駕四次,為甄家即曹家之確證,則趙嬤嬤又說賈府只預備接駕一次,明在甄家四次之外,安得謂賈府亦即曹家乎?」(《《石頭記索隱》第六版自序》)這尚是從邏輯推理著眼的。而從小說的情節描寫看,「借省親事寫南巡」云云,可以作兩種理解:一種理解是,曹雪芹原想正面寫南巡的盛況,但由於題材的先天限制,只好把那宏大的場面挪移到省親中來。不過,無論性質、場面、氣勢,區區貴妃朝往暮歸的省親,與帝王的南巡都是無法比擬的。還有一種理解是,曹雪芹忍不住要彰揚他先人南巡接駕的榮幸,可情節總也安插不上,只好借省親的由頭來透露一下。不過這樣一來,曹雪芹其人就未免太小兒科了。

脂硯齋大約為了加強信息來源的權威性,在第十六回趙嬤嬤說「咱們家也要預備接咱們大小姐了」側,G0328【◎庚辰側】批道:「文忠公之嬤。」不料一下捅出了漏子。

從版本鑒定講,這條批語的位置有點不正常。趙嬤嬤的登場見影印本頁三二八第六行:「一時賈璉的乳母趙嬤嬤走來,賈璉鳳姐忙讓吃酒,令其上炕去,趙嬤嬤致意不肯」(「致意」三脂本皆誤,程甲本作「執意」);頁三二九、頁三三〇、頁三三一、頁三三二,趙嬤嬤一直與賈璉鳳姐說話,脂硯齋一無反應,到了頁三三二最後一行,忽添上一句側批:「文忠公之嬤」,且又錯了位置,可見加批者之粗疏。

　　脂硯齋透露的有關曹寅的幾條，總括起來無非是家有「西堂」，有「大海飲酒」的「西堂故事」，還產過九臺靈芝；曾說過「樹倒猢猻散」的佛語，接過皇帝南巡之駕等等。掂量一下，對於作者「圈子」中人來說，這些都是盡人皆知的事情；對於局外人來說，亦夠不上「秘聞」的檔次，其訊息量甚至不及《隨園詩話》。袁枚生於一七一六年，曹雪芹如生於一七一五年左右（姑按紅學家所定），兩人相差只有一歲，應該算是同齡人了。袁枚的是「詩話」作者，以評論詩歌記載詩人故實為目的。他「話」的對象原不是曹寅，甚至不是曹雪芹，而是明義，準確地說是他的兩首詩：「病容憔悴勝桃花，午汗潮回熱轉加，猶恐意中人看出，強言今日較差些。」「威儀棣棣若山河，應把風流奪綺羅。不似小家拘束態，笑時偏少默時多。」袁枚要評論明義的詩，便須交代作詩的緣起——因讀《紅樓夢》而羨之，遂涉及《紅樓夢》作者問題——「雪芹撰《紅樓夢》一部，備記風月繁華之盛」。那麼，雪芹為何能有此條件？於是因交代詩緣起而涉及其家世生平——他是江寧織造曹家之子。按詩話因「詩」及「人」，因「人」及「事」的寫法，尚且能有「言」有「行」地介紹說：「康熙間，曹練亭為江寧織造，每出，擁八騶，必攜書一本，觀玩不輟。人問：『公何好學？』曰：『非也。我非地方官，而百姓見我必起立，我心不安，故藉此遮目耳。』素與江寧太守陳鵬年不相中，及陳獲罪，乃密疏薦陳，人以此重之。」脂硯齋與曹雪芹親密程度，無疑要大大地超過袁枚，況且他批書的目標就是《紅樓夢》，為什麼對於如此重要的作者家世，只會說些含糊其詞、漏洞百出的話呢？

　　即便如此，脂硯齋仍未能明確告訴讀者，曹寅到底是雪芹的祖父還是父親。避諱也好，「西堂」也好，也都不能解決這個問題。如若「憶惜（昔）感今」是事實，曹寅該是雪芹的父親，否則就趕不上目睹接駕的盛況，怎麼談得上「憶昔」呢？但甲戌本「長子賈代善襲了

官」旁，A0245【◎甲戌側】批：「第二代。」「長子賈赦，次子賈
政」旁，A0247【◎甲戌側】批：「第三代。」「遂額外賜了這政老爹
一個主事之銜」旁，A0249【◎甲戌側】批：「嫡真實事，非妄擬
也。」在脂硯齋看來，作為第二代原型的曹寅，又成了第三代原型曹
的父親，第四代原型雪芹的祖父了。蔡元培先生曾評論道：「因賈政
為員外郎，適與員外郎曹相應，遂謂賈政即影曹。然《石頭記》第三
十七回有賈政任學差之說，第七十一回有『賈政回京覆命，因是學
差，故不敢先到家中』云云，曹固未聞曾放學差也。」這些話如果讓
脂硯齋聽到，想來也是無法回答的。

　　至於雪芹的兄弟，脂硯齋除了在 A0049【甲戌眉】中說有弟棠
村，且已逝世之外，第二回又借賈雨村說甄寶玉「每打的吃疼不過
時，他便『姐姐』『妹妹』亂叫起來」，加了一條 A0273【◎甲戌
眉】：「以自古未聞之奇語，故寫成自古未有之奇文。此是一部書中大
調侃寓意處。蓋作者實因鶺鴒之悲，棠棣之威，故撰此閨閣庭幃之
傳。」小說明明是說「姐姐妹妹」，脂硯齋偏批「鶺鴒之悲」，「棠棣
之威」，用意無非是坐實其有弟棠村、且已早逝而已。那麼，雪芹有
沒有姊妹呢？脂硯齋在「只可惜他家幾個好姊妹，都是少有的」旁，
A0274【◎甲戌側】批道：「實點一筆。余謂作者必有。」「實點一
筆」，是確定；「作者必有」，卻是推測。真的有沒有，看來誰也說不
清。好在也無關大局，聽之可也。

二　脂硯齋對雪芹生平的介紹

　　當然，如果光說父、祖、兄、弟的事，而沒有對雪芹本人的介
紹，脂批的價值就要打折扣。《漢書‧藝文志》云：「左史記言，右史
記事，事為《春秋》，言為《尚書》。」古代史家懂得，要寫出活生生

的歷史人物來，給讀者留下深刻的印象。暫且不論《棗窗閒筆》的真贗，其作者尚能描繪雪芹「身胖頭廣而色黑，善談吐，風雅遊戲，觸境生春，聞其奇談娓娓然，令人終日不倦」，以至「若有人欲快睹我書不難，惟日以南酒燒鴨享我，我即為之作書」的戲語，以滿足讀者的好奇心理；對以雪芹知己、至親自居的脂硯齋，人們提出更高要求是很自然的。

但是，脂硯齋又告訴人們一些什麼呢？

1、第十四回　G0191【◎庚辰回後】：「此回將大家喪事詳細剔畫，如見其氣概，細聞其聲音，絲毫不錯，作者不負大家後裔。」作者既是曹寅後人，無疑是「大家後裔」；至於是否僅僅為「將大家喪事詳細剔畫，如見其氣概」，方算得「不負大家後裔」呢？

2、第一回「無材補天，幻形入世」句旁，A0029【◎甲戌側】批道：「八字便是作者一生慚恨。」乍看似乎甚為深刻，細思之，從屈原到李白、杜甫，古今多少志士仁人不是「無材補天，幻形入世」？有共性而不見個性，說了也等於白說。

3、第二十一回「誰知四兒是個聰敏乖巧不過的丫頭」下，G1030【●庚辰夾】批道：「又是一個有害無益者。作者一生為此所誤，批者一生亦為此所誤，於開卷凡見如此人，世人故為喜，餘犯抱恨。蓋四字誤人甚矣。被誤者深感此批。」脂硯齋說「作者一生為此所誤」，「此」者，「聰敏乖巧」四字耳。看來作者之「無材補天」，本人恐怕要承擔一定責任。

4、第三十八回敘菊花詩、螃蟹詠，黛玉要喝口燒酒，寶玉「便令將那合歡花浸的酒燙一壺來」，J0674【●己卯夾】、G1847【●庚辰夾】批道：「傷哉，作者猶記矮〔頹〕舫前，以合歡花釀酒乎？屈指二十年矣。」用親切的口氣提醒作者，可見他與雪芹是從幼相識的朋友。對於這一條批語，克非先生有很好的評論，他說：「合歡花，即

馬纓花樹的花，豆科，落葉喬木，俗名夜合樹。皮及花均有藥用價值，性平、味甘，能安神、活血、解鬱。小說描寫可信。值得注意的是，小說中說是『浸酒』，批語卻說『釀酒』。浸和釀完全兩碼事。浸酒只須將藥料投入酒中密封即可。釀酒則複雜得多，須將原料和各種助料浸泡、蒸煮，裝桶、發酵、蒸餾。即是說，要時間，要一整套特製的工具，還要埋鍋設灶。當然，其間還須有足夠的專門的技術知識。否則你是釀不出半滴酒來的。合歡花浸酒，肯定可以，釀酒恐怕不行。浸泡、蒸煮、發酵、蒸餾，前後半月乃至數月折騰，那一點點藥性尚能入酒幾何？故一般製作藥酒，都為浸泡，從無人直接用於釀，除非製作某種具有相當傳統的風味酒。凡釀酒，即使用民間原始的土法小量生產，每次也須相當數量的原料。人們斷不會為生產幾斤酒而去釀（起碼數十斤、數百斤），數量過少，勞神不討好，且沒有那樣的微型工具。……『矮〔顒〕舫前」，就是說，『釀酒』的地點，是在舫之外。舫之外什麼地方，必是在空地上（如另有屋子，就不會說舫前，而要說某某屋內），且距舫甚近（否則『前』字不通）。這樣的地方──無論該『舫』是花園中的書房，還是有紀念意義的小軒──會被用來搭灶安鍋、煙薰火燎地搞釀造活動嗎？如果是浸酒，他該拿上工具（比如長杆或木梯。因合歡材是較高大的喬木）採了花，到房子內去進行；把裝了酒的容器搬到樹下等摘了花投入，只有十足的笨伯才會幹。稍稍動動腦筋，便知道，這條批語所說的事，是一個愚蠢傢伙的捏造。」（《紅樓霧瘴》，頁 138-140）

　　──真也好，假也好，脂硯齋所說的關於曹雪芹的情況，僅此而已。劉福勤先生說：「『脂批』雖似豐富，但思想、文學水準都多有懸殊，泛泛之批多，其它矛盾也很多；有些批語雖像是透露與作者關係之親近，或是合作者，雖然往往顯露，要揭老底，卻沒有一處寫出作者的確鑿史實。況且，『甲戌』本發現之前《紅樓夢》資料中毫

無脂硯齋蹤影。所以我覺得『脂批』很可疑，若用來考作者『史實』，是很險的。」（〈《紅樓夢》研究三人談〉，《明清小說研究》，1998 年第 2 期）

脂硯齋當然懂得，光說曹雪芹而不與《紅樓夢》掛鉤，總是要打折扣的。果然，對於曹雪芹創作《紅樓夢》的動機，脂批也著重進行了介紹：

1、第一回敘賈雨村「因而口占五言一律云」句下，A0123【◎甲戌夾】批道：「這是第一首詩。後文香奩閨情，皆不落空。余謂雪芹撰此書中，亦為傳詩之意。」第二回題詩云：「一局輸贏料不真，香銷茶盡尚逡巡。欲知目下興衰兆，須問旁觀冷眼人。」A0172【◎甲戌夾】批道：「只此一詩，便妙極。此等才情，自是雪芹平生所長。余自謂評書，非關評詩也。」照脂硯齋的意思，曹雪芹「平生所長」是能詩，所以撰寫《紅樓夢》的動機，無非「亦為傳詩之意」。可是，我們從《紅樓夢》石頭笑答「我師」的話中，卻看到了相反的答案：「歷來野史，或訕謗君相，或貶人妻女，姦淫兇惡，不可勝數。更有一種風月筆墨，其淫穢污臭，屠毒筆墨，壞人子弟，又不可勝數。至若佳人才子等書，則又千部共出一套，且其中終不能不涉於淫濫，以致滿紙潘安子建、西子文君，不過作者要寫出自己的那兩首情詩豔賦來，故假擬出男女二人名姓，又必傍出一小人其間撥亂，亦如劇中之小丑然。」曹雪芹明確表示，他最厭惡的是為「寫出自己的那兩首情詩豔賦」、「終不能不涉於淫濫」的佳人才子小說。這是曹雪芹的心聲，曹雪芹的文學宣言。脂硯齋卻說「余謂雪芹撰此書」之意，就是為了「傳」幾首「香奩閨情」的詩，豈非有悖作者之初衷？

2、第二十二回「聽曲文寶玉悟禪機」，在「回頭試想真無趣」下，G1181【●庚辰夾】批道：「看此一曲，試思作者當日發願不作此書，卻立意要作傳奇，則又不知有如何詞曲矣。」《紅樓夢》開卷

亦有作者自云：「今風塵碌碌，一事無成，忽念及當日所有之女子，一一細考較去，覺其行止見識，皆出於我之上。何我堂堂鬚眉，誠不若彼裙釵哉？實愧則有餘，悔又無益之大無可如何之日也！當此，則自欲將已往所賴天恩祖德，錦衣紈袴之時，飫甘饜肥之日，背父兄教育之恩，負師友規談之德，以至今日一技無成，半生潦倒之罪，編述一集，以告天下人：我之罪固不免，然閨閣中本自歷歷有人，萬不可因我之不肖，自護己短，一併使其泯滅也。」曹雪芹不肯「自護己短」，而要務使「閨閣昭傳」，其決心是堅定的，不可不移易的，哪裏談得上「當日發願不作此書」呢？至於他「立意要作傳奇」，又有什麼證據呢？

脂硯齋在批語中，還透露了《紅樓夢》「未完」的訊息：

1、A0066【◎甲戌眉】批道：「能解者方有辛酸之淚，哭成此書。壬午除夕，書未成，芹為淚盡而逝。余嘗哭芹，淚亦待盡。每意覓青埂峰再問石兄，余不遇獺頭和尚何，悵悵。」這條由脂硯齋提供的訊息，除了揭示曹雪芹的卒年，還認定《紅樓夢》為「未完」之書。

其實，《紅樓夢》的寫作狀況，「曹雪芹於悼紅軒中披閱十載，增刪五次，纂成目錄，分出章回」的話，已經說得非常清楚。人們以往只注意「披閱十載，增刪五次」，卻將「纂成目錄，分出章回」八字輕輕放過了。須知中國古代詩文崇尚的是自然，所謂「佳句本天成，妙手偶得之」，所謂「行於所當行，止於不可不止」是也；而古代通俗小說宣導的卻是人智，那對仗工巧的章回標目，那在高潮處戛然中止、以「且聽下回分解」收束的結構方式，都需要調動作家的智慧與心思。可以相信，在全書完稿之後，多數作家都會仔細審定章回劃分與回目擬定，以求得通體的和諧與完美。因此，當曹雪芹說「纂成目錄，分出章回」之時，無疑是宣佈《紅樓夢》全書已告完成。

即從甲戌本自身的版本現象考察，此本第一回有其它版本（不論

是抄本還是印本）沒有的「至脂硯齋甲戌抄閱再評仍用《石頭記》」十五個字，它們是抄寫在正文之內的；「壬午除夕書未成」是眉批，書寫時間肯定比正文晚。二者相比，「甲戌」該比「壬午」可靠。依照甲戌本的邏輯，早在乾隆十九年甲戌（1754）前十年，曹雪芹就開始《紅樓夢》的寫作，經過十年努力，《紅樓夢》已經成書，怎麼到了十八年之後的乾隆二十七年壬午（1762），還會「書未成」呢？我們是相信曹雪芹自己「披閱十載，增刪五次，纂成目錄，分出章回」的話，還是相信脂硯齋的「書未成，芹為淚盡而逝」呢？

最可尋味的是，「書未成」這條眉批的位置也有疑問。依照情理，只有讀到《紅樓夢》殘稿的末尾，發現書還沒有寫成，方會感歎曹雪芹的早逝，從而批上傷感話語。也就是說，「書未成」的批語，最合適的地方該是書末。但偏偏這條「壬午除夕，書未成」，卻批在小說開卷第一回！這種不合常理的現象表明，批者意在將它與「脂硯齋甲戌抄閱再評」寫在同一頁（圖 3-6），以突出「甲戌」與「壬午」兩個干支，卻沒有考慮到「甲戌」與「壬午」兩個干支不宜扯在一起，而犯了一個不該有的錯誤。

2、第二十二回 G1216【●庚辰回後】批道：「此回未成而芹逝矣，歎歎。丁亥夏，畸笏叟。」由於批語位置不對，A0066【◎甲戌眉】未能說清雪芹寫到哪回就「淚盡而逝」；庚辰本發覺了這一點，便將其落實到第二十二回。只是由於考慮不周，這位用墨筆加批的畸笏叟沒有注意：它與另一條 G1214【◎庚辰眉】「此後破失，俟再補」的朱筆批語，形成了一對矛盾。庚辰本上還有一條筆跡與「畸笏叟」一致的 G1215【●庚辰回後】：「暫記寶釵制謎云：朝罷誰攜兩袖煙，琴邊衾裏總無緣。曉籌不用人雞報，五夜無煩侍女添。焦首朝朝還暮暮，煎心日日復年年。光陰荏苒須當惜，風雨陰晴任變遷。」（圖3.7）既然已經有了此謎，可見「此後」不是「未寫」，而是所據

的底本破失難辨，有一謎恍惚為寶釵所制，故暫記回未以待補。暫記謎語中「人雞」乃「雞人」之誤。雞人，原為官名。《周禮・春官・雞人》：「掌共雞牲，辨其物，大祭祀夜呼旦以叫百官。」後世泛指宮廷裏報晨之人。王維〈和賈至舍人早朝大明宮之作〉：「絳幘雞人報曉籌，尚衣方進翠雲裘。」李商隱〈馬嵬〉：「空聞虎旅鳴宵柝，無復雞人報曉籌」。「人雞」既為抄錄者所誤，更證明非作品之不完。總之，「破失」指底本殘破丟失，「俟再補」指擬另覓底本補抄，都與「書未成」截然不同。已經殘缺的甲戌本，尚且存有第二十八回，怎麼會到了雪芹逝世的壬午年，連第二十二回都沒寫成呢？《紅樓夢》是有結構的長篇說部，不會是東一回西一回拼湊起來。脂硯齋甚至沒有想到，如果連二十二回都沒有完成，曹雪芹還算得上《紅樓夢》作者嗎？

與此相關的，就是對雪芹卒年的揭示了。因為有了「壬午除夕，書未成，芹為淚盡而逝」這句「明明白白」的話，紅學家多肯定他死於乾隆二十七年壬午除夕（1763），持不同意見者也不過挪後一年，定為乾隆二十八年癸未除夕（1764）。這樣一來，曹雪芹的生卒年代便有了穩定的說法，確是紅學研究的大事。然而唯其重大，便需特別慎重。比如這段「明文」中，就有許多並不「明明白白」的地方：

1、批語開頭一句「能解者方有辛酸之淚，哭成此書」，就很不可通。正文中，曹雪芹題一絕云：「滿紙荒唐言，一把辛酸淚，都云作者癡，誰解其中味？」他以作者身份設問：誰解其中味？也就是問誰是此書的知音？脂硯齋站出來說：我是《紅樓夢》的知音，我能解其中之味，所以才舉筆批下：「能解者方有辛酸之淚」。細繹文意，批語所指的不是作者，而是作者殷切期待的讀者（「能解者」）；因此，「哭成此書」的也應是「能解者」，是批者的自述，表明他是帶著淚批成此書的，脂批中「余不禁失聲大哭」、「寧不放聲一哭」之類屢見，可

為明證。這就同下句「芹為淚盡而逝」不相連接了。

2、曹雪芹既死於壬午除夕（1763），四五年以後，畸笏忽然在丁亥（1767）夏於第二十二回後批上「此回未成而芹逝矣」；十一二年以後，脂硯齋忽然在甲午（1774）八月緊挨「壬午除夕，書未成，芹為淚盡而逝」的批語，都是完全不合事理的。

三　「造化主再出一芹一脂」辨

不過，曹雪芹是否死於壬午除夕，雖很難找到肯定或否定的根據，但甲戌本還有一條重要批語，情況就不同了：

> A0067【◎甲戌眉】今而後，惟願造化主再出一芹一脂。是書何本，余二人亦太快遂心於九泉矣。甲午八日淚筆。（圖 3-8）

由於脂硯齋用了「一芹一脂」與「余二人」這樣的措詞，遂使紅學家萌生出許多推論，《紅樓夢大辭典》還特為設立「一芹一脂」的詞條，注云：「指曹雪芹與脂硯齋自己。……脂硯齋在這條批語中用『一芹一脂』來說明與作者曹雪芹的密切關係，尤其是在曹雪芹創作《石頭記》，脂硯齋作批上，更表明了他們不尋常的關係。」（頁 978）周汝昌先生甚至說：「由這種口氣看，也足見脂硯齋是隱然以部分作者自居，而往往與作者並列的。」（《紅樓夢新證》，頁 855）

為此，克非先生剖析道：

> 倘如脂硯齋真的為「書未成」而痛惜，真的希望造物主再生一芹一脂來續書批書。按常情，他該在曹雪芹死後，即著手做一些工作，比如通過脂批，較為詳細地介紹部分稿子因何迷失，

提出線索供後世之人追尋；告訴清楚，曹雪芹的遺稿存於何處，掌握在誰人之手，篇幅多長，有無副本；認真地而不是躲躲閃閃地介紹曹雪芹在八十回後的構思、設想，和確實已寫成的情節；記下曹雪芹的創作生活，乃至其身世經歷。總之，儘量給他所希望的後來的續書者提供方便。明、清時代這類記錄亡友行狀、詩文、佚事的筆記體文章，實在不少。脂硯齋不會完全沒讀到過。他模仿金聖歎，模仿批《金瓶梅》的張竹坡，到了直接抄襲的地步，為什麼就不學一學那些文章呢？脂硯齋不是疏漏之人，觀脂批，他有時簡直心細如髮，自該想到這一層；按他當時的情況，作過幾次脂批，閒暇又多，記錄下一些上面說的文字，可謂不費吹灰之力。可他偏偏銷聲匿跡，不著一字，不說一語。而在曹雪芹死後多年才忽然跑出來開口，卻照樣不負責任。除開一通不著邊際的胡話外，對實際毫無用處；徒使後世的研究者們發憎，發昏，互相爭吵不休。（《紅樓霧瘴》，頁94）

相信脂硯齋的梅節先生也說：

試想想，脂硯己卯、庚辰整理其四閱定本時，他的本子已有殘缺，如二十二回末頁破失，就要「俟補」。但從己卯到甲申，有兩三年時間，始終沒有補上。如果說脂硯是作者的叔父或舅父，一個住在城裏，一個住在西山，年老行動不方便，聯繫不易，還說得過去。脂硯齋若是曹雪芹的「新婦」，兩個人生活在一起，何須「俟補」，難道雪芹和他的「新婦」脂硯齋已協議分居？而且第二十二回並非孤證。第七十五回寶玉、賈環、賈蘭詠中秋詩留空，庚辰本回前總批云：「乾隆二十一年五月

初七日對清。缺中秋詩，俟雪芹。」丙子下距甲申足足八年，雪芹始終未把三首詩補上。雪芹原稿第十七、八回未分開，共用一個回目。有同前總評云：「此回宜分二回方妥」。脂硯斷不開，雪芹不幫忙。他的四閱評本便出現這樣怪誕的合回目：「第十七回至十八回大觀園試才題對額，榮國府歸省慶元宵」。脂硯的定本，不僅有破失、缺文，有許多編輯工作尚未完成，還遺失了六十四、六十七兩整回。曹雪芹生前對此統統不理，反映他對脂硯齋的冷淡和疏離。脂硯整理四閱評本也絕得很，不說「曹雪芹原著」，連「曹雪芹編次」的字樣都不願加上，這那裏像妻子替丈夫整理遺稿，恐怕連好朋友都夠不上。(〈也談靖本〉，《紅樓夢學刊》，2002 年第 1 期)

淋漓盡臻地揭穿了脂硯齋的矯情，即使起脂硯齋於九泉，恐怕也難以說清楚、道明白。不寧惟是，劉廣定先生為天津「新世紀海峽兩岸中青年紅樓夢學者研討會」撰寫了一篇文章，題為〈庚辰本《石頭記》七十一至八十回之版本研究〉，二〇〇一年九月十三日從臺灣寄達福州，使我有幸拜讀了這篇至今未曾刊出的佳作。文中精闢之論甚多，如第五節「批改用的現代詞彙」，舉庚辰本第七十七回「你如今不是副小姐了」墨筆旁改「副」為「二號」，指出：「『二號』實是近代的語彙，十九世紀末之前，恐怕是沒人用的。從這一點看來，點改『庚辰本』的應是一位近代人，不是十九世紀末以前的人。」他還對「造化主」作了考訂：

「造化主」一辭為亦中國古時所無，可能是基督教傳入後才出現的。梁啟超光緒壬寅旅居日本時首用之，見為《新民叢報》所著〈論中國學術思想變遷之大勢〉一文(《飲冰室文集》第

三集):「中國古代思想,敬天畏地,其第一著也。其言天也,與今日西教言造化主者頗近,但其語圓通,不似彼之物墟跡象,易滋人惑。」此辭很可能是從日本引進。諸橋轍次的《大漢和辭典》收有此辭,但沒有注明來源,應是近代辭彙。

劉先生發現「造化主」是近代辭彙,真是獨具慧眼!查新版《漢語大詞典》頁六二九八,立有「造化主」詞條,注釋云:「基督教等宗教稱創造萬物的上帝。」所舉的唯一例句,即梁啟超《論中國學術思想變遷之大勢》第二章:「中國古代思想,敬天畏天,其第一著也。其言天也,與今日西教言造化主者頗近。」梁啟超既是中國最早使用「造化主」一詞的人,則下這條批語決不會早於光緒壬寅(1902)。

問題還可以作深一層的推想。誠如梁啟超所言:造化主為「今日西教」概念,中國古代之言「天」者,其意緒雖與之頗近,「但其語圓通,不似彼之物墟跡象,易滋人惑」。按《聖經》開頭說:「起初上帝創造了天地。」《創世紀》則說上帝用六天時間創造全部世界,第七天創造了人:「神說,我們要照著我們的形象,按著我們的樣式造人,使他們管理海裏的魚,空中的鳥,地上的牲畜,並地上所爬的一切昆蟲。」固然言之鑿鑿,卻不免「物墟跡象,易滋人惑」。

相形之下,中國古代之言「天地」、言「造化」,「其語」就「圓通」得多了。《莊子‧大宗師》云:「今一以天地為大爐,以造化為大冶,惡乎往而不可哉?」將造化與天地對舉,皆視作大自然的創造者。《文選》卷一班固〈東都賦〉云:「紹百王之荒屯,因造化之蕩滌。」注:「《淮南子》:『大丈夫恬然無為,與造化逍遙。』高誘曰:『造化,天地也。』」更將「天地」「造化」二者視為同一。中國的傳統觀念裏,萬物由天地造化生成。《周易正義‧上經乾傳》卷一引莊氏云:「天地瑾,和合二氣,共生萬物。」且加發揮道:「然萬物之

體，有感於天氣偏多者，有感於地氣偏多者，故《周禮‧大宗伯》有『天產』、『地產』，《大司徒》云『動物』、『植物』，本受氣於天者，是動物含靈之屬，天體運動，含靈之物亦運動，是親附於上也。本受氣於地者，是植物無識之屬，地體凝滯，植物亦不移動，是親附於下也。」《太平廣記》卷五六〈雲華夫人〉云：「且氣之彌綸天地，經營動植，大包造化，細入毫髮。在人為人，在物為物，豈止於雲雨龍鶴，飛鴻騰鳳哉？」《朱子語類》卷九十四〈周子之書〉云：「『無極二五，妙合而凝。』凝只是此氣結聚，自然生物。若不如此結聚，亦何由造化得萬物出來？無極是理，二五是氣。無極之理便是性。性為之主，而二氣、五行經緯錯綜於其間也。得其氣之精英者為人，得其渣滓者為物。生氣流行，一滾而出，初不道付其全氣與人，減下一等與物也，但稟受隨其所得。」可見，中國的傳統觀念不光「其語圓通」，且充滿辯證的色彩，與「易滋人惑」的萬物皆由「神」造說完全不同。《周易正義‧繫辭上》卷七正義云：「天下萬物，皆由陰陽，或生或成，本其所由之理，不可測量之謂神也，故云『陰陽不測之謂神。』」雖然也提到「神」，也只是說「陰陽不測之謂神」，並不是那有意志的「天主」。

人乃萬物之一。關於人的降生，古代中國人強調的亦是陰陽二氣。《周易正義‧繫辭下》卷八云：「天地絪縕，萬物化醇，男女構精，萬物化生。」正義云：「構，合也。言男女陰陽相感，任其自然，得一之性，故合其精則萬物化生也。」《周易正義‧下經咸傳》卷四云：「乾坤乃造化之本，夫婦實人倫之原。」《孝經》引孔子曰：「身體髮膚，受之父母，不敢毀傷，孝之始也。」這種人是天地陰陽產物的觀念，《紅樓夢》也有闡發。甲戌本第二回賈雨村道：「天地生人，除大仁大惡兩種，餘者皆無大異。若大仁者，則應運而生，大惡者，則應劫而生。運生世治，劫生世危。堯，舜，禹，湯，文，武，周，

召，孔，孟，董，韓，周，程，張，朱，皆應運而生者；蚩尤，共
工，桀，紂，始皇，王莽，曹操，桓溫，安祿山，秦檜等，皆應劫而
生者。大仁者，修治天下；大惡者，撓亂天下。清明靈秀，天地之正
氣，仁者之所秉也；殘忍乖僻，天地之邪氣，惡者之所秉也。今當運
隆祚永之朝，太平無為之世，清明靈秀之氣所秉者，上至朝廷，下及
草野，比比皆是。所餘之秀氣，漫無所歸，遂為甘露，為和風，洽然
溉及四海。彼殘忍乖僻之邪氣，不能蕩溢於光天化日之中，遂凝結充
塞於深溝大壑之內，偶因風蕩，或被雲催，略有搖動感發之意，一絲
半縷誤而泄出者，偶值靈秀之氣適過，正不容邪，邪復妒正，兩不相
下，亦如風水雷電，地中既遇，既不能消，又不能讓，必至搏擊掀發
後始盡。故其氣亦必賦人，發洩一盡始散。使男女偶秉此氣而生者，
在上則不能成仁人君子，下亦不能為大凶大惡。置之於萬萬人中，其
聰俊靈秀之氣，則在萬萬人之上，其乖僻邪謬不近人情之態，又在萬
萬人之下。若生於公侯富貴之家，則為情癡情種；若生於詩書清貧之
族，則為逸士高人；縱再偶生於薄祚寒門，斷不能為走卒健僕，甘遭
庸人驅制駕馭，必為奇優名倡。如前代之許由，陶潛，阮籍，嵇康，
劉伶，王謝二族，顧虎頭，陳後主，唐明皇，宋徽宗，劉庭芝，溫飛
卿，米南宮，石曼卿，柳耆卿，秦少游，近日之倪雲林，唐伯虎，祝
枝山，再如李龜年，黃幡綽，敬新磨，卓文君，紅拂，薛濤，崔鶯，
朝雲之流，此皆易地則同之人也。」第三十一回湘雲道：「天地間都
賦陰陽二氣所生，或正或邪，或奇或怪，千變萬化，都是陰陽順逆。
多少一生出來，人罕見的就奇，究竟理還是一樣。」可見，曹雪芹時
代是不會有「造化主」造人這種意念的。

　　在人的出生問題上，「造化」通常指命運的好壞。《初學記》卷十
四《禮部下》引蔡邕〈協和婚賦〉：「惟情性之至好，歡莫偉乎夫婦。
受精靈之造化，固神明之所使；事深微以玄妙，實人倫之端始。」

《姑妄言》第二十四回敍陰氏勸丈夫納妾生子，丈夫道已年老力衰，陰氏道：「事情不是這樣論，這叫做撞造化。必定有個可生的東西，你去撞了看，或者撞著了，竟生個兒子，亦未可料。」在更多的場合，「造化」是指人一生的福份、幸運，這在《紅樓夢》中也有許多例證。《紅樓夢》共用了三十九個「造化」，除第十八回「文章造化」的匾額外，其餘三十八個，都是用的福份、幸運之義。如鳳姐道：「我偏沒造化趕上」（第十六回），寶玉道：「想必他將來有些造化」（第十九回），「就是我的造化了」（第二十四回），佳蕙道：「我好造化」（第二十六回），襲人道：「大家落個平安，也算是造化了」，（第三十四回），王夫人道：「寶玉果然是有造化的」，（第三十六回），李紈道：「你倒是有造化的。鳳丫頭也是有造化的」（第三十九回），金家媳婦道：「我們也沒有這麼大造化」（第四十六回），鴛鴦道：「若有造化，我死在老太太之先，若沒造化，該討吃的命」（第四十六回），鳳姐兒道：「將來不知那個沒造化的挑庶正誤了事呢，也不知那個有造化的不挑庶正的得了去」（第五十五回），趙姨娘道：「沒造化的種子」（第六十二回），興兒道：「但凡小的們有造化起來」（第六十五回），迎春道：「是他的造化」（第七十三回），「阿彌陀佛！你不近寶玉是我的造化」（第七十四回），王夫人道：「只怕他命裏沒造化」（第七十八回）等等。

　　或許有人會說：「今而後惟願造化主再出一芹一脂」云云，只是脂硯齋表達他對曹雪芹的欽慕，希望他能夠再世或重生，寫出更多更好的作品。這也不合中國傳統的意念。舉例來說，讀者對蒲松齡同樣無限欽慕，甚至產生過徐昆（後山）為「蒲留仙後身」的傳說。王友亮〈《柳涯外編》序〉云：「乾隆戊戌（1778）春，余來京應禮部試，學士朱竹君先生招飲，座遇一客，氣豪談偉。先生指告曰：『此徐後山孝廉，山右之名士，而蒲留仙後身也。』」不想此種神奇之事，居

然得到蒲氏弟子李金枝的認可，他的《〈柳涯外編〉敘》對此有繪聲繪影的描述：

憶余少師蒲柳泉先生，柳泉歿，泫然無所向。一日遊濟南，自趵突散步至杜康泉，見柳下繫款段馬，一少年書生品茶籬落間，旁侍老髯奴進筆，如得句，欲有所題。余欽其典雅，進揖之，問姓，曰：「徐氏。」問住址，曰：「濼干。」余因問曰：「省垣以濟南名，而城北有清河無濟水；或謂趵突泉即濟，而泉在城南不在城北；濼鎮濱大清河，乃名濼口，何也？」答曰：「大清河即濟舊址也。濟三伏三見，至趵突出地，折而北；其由響閘北流入口處，獨名樂。折而東，合東平、平陰諸山之水，匯為大清河耳。」餘心佩其博。次日至濼干，將以老友任子健為先容而訪之，甫曰：「此地有少年，年十五六許，狀何如。」任急應曰：「子殆詢徐氏奇童也，有奇事語汝。徐子太翁敬軒先生，寓金家莊，時年四十三，無子，祈夢小峨嵋山。夢至一境，垂楊映清泉。一老儒至，手執蒲葉，彷彿聞聲曰：『此汝子也。』既寤，不甚解。次年，舉一子。周生，天微雨，徐翁佇莊門看雨，客有踉跟冒雨而行者，翁識為讀書人，邀諸家。見堂設几筵，問故，曰：兒子周歲也。請視，抱出見之而笑。客問莊名，曰：金家莊。客歎曰：『是矣，是矣！公之子，吾之師也。』問故，曰：『吾師蒲柳泉，績學而歿，在去年此日，有句云：紅塵再到是金鄉。吾遍訪金鄉縣不可得，不圖今日遇之。』翁曰：『爾師之狀貌吾知之，膛如何，須如何，是否？』客曰：『然。』問何知，曰：『峨嵋夢也。然則執蒲，其姓也；柳近泉，其號也。菩薩祐我，兼聞子言，夢始解矣。』厚款客而別。自是人傳其事。吾子昨所見，

即徐子後山，蒲柳泉先生後身也。太翁名以昆，字以後山，號曰柳崖，別號嘯仙，皆因此。三歲識字，翁授以書，率一二遍可成誦。今住灤上，年十五矣。詩文出手，老氣橫秋，請共訪之。」余狂喜蒲師之再見也，亟訪之，遂訂交。詢前生事，後山秘不言。問《志異》稿，則有記出者若干篇，與余所藏本皆相符。嘻，後山子一人兩世，前世師之，今世友之，幸矣。前時快讀《志異》稿，每歎柳泉先生歿，無能繼者。二十年又快讀後山之作數百篇，余又幸矣。余與後山為忘年交，每至博陵，與余倡酬吟詠，縱談今古，輒覺生人之樂無逾者，因序《外篇》，為備述其夙慧有來歷如此。

李金枝對蒲松齡無疑是有感情的，但他卻沒有說希望老天「再出一個蒲松齡」，而是將徐昆作為一人兩世，「前世師之，今世友之」；「前時快讀《志異》，今又快讀《柳涯外編》」，從而慶幸柳泉先生之後繼有人。此一傳說，符合佛教以宇宙間一切事物，大至世界，小至微塵，都是前後相續、剎那變滅，大小相通、生滅相續，處於無始無終的生命大流之中的觀點。脂硯齋呼喚「造化主」再造出一個曹雪芹來，決不可能是古代人的意念。同時，還千萬不要忘記：當脂硯齋寫下「再出一芹一脂」幾個字的時候，他本人卻還好好地活著；試想，如果造化主真的「再出一脂」了，世上不是有了另一個「克隆」出來的脂硯齋了麼？

「造化主」一詞既然不可能為乾隆時人所用，曹雪芹卒於壬午除夕之說就不可採信；懷疑脂硯齋說了假話，是一點也不過分的。

第四章
脂硯齋與《紅樓夢》

第一節　《紅樓夢》成書的「歷史文獻」

　　脂硯齋的重要地位在於：其它「紅學文獻」，都沒有涉及《紅樓夢》的創作；他的批語是有關成書過程唯一的「歷史文獻」。周汝昌先生說：「脂硯齋不是和小說兩不沾惹的人物」，「是隱然以部分作者自居，而往往與作者並列的」（《紅樓夢新證》，頁 853）。《紅樓夢大辭典》「脂硯齋」條說：「脂硯齋是曹雪芹生前創作《紅樓夢》時做評語最多的一個。從批語看，脂硯齋不僅是《紅樓夢》思想藝術方面的評點家，而且他了解曹雪芹的生平家世，熟知《紅樓夢》的創作過程，參與過小說的抄閱、對清等工作，在語詞的音、義和八十回後的情節內容上做了提示，並提出過修改意見，而且脂硯齋的名字，被曹雪芹直接寫入小說的正文和題目中。因此，脂硯齋與曹雪芹及《紅樓夢》的創作有著非常密切的關係。」（頁 979-980）

　　下面就讓我們對脂批的陳述，逐一進行考察。

第二節　脂硯齋對書名的取捨

一　「作者承認」辨

　　甲戌本正文有「至脂硯齋甲戌抄閱再評仍用《石頭記》」這十五個字，紅學家認定：「脂硯與金人瑞等人不同，他是經過作者本人承

認而且寫入正文的批者」。金聖歎、張竹坡與他們所批的作品，在時空上都有相當的距離；脂硯齋作為雪芹的親友，情況就完全不同了。他不僅熟悉作者的家世，是共同生活的「身歷者」，而且直接參與了修改和整理，他的創作指導者與決策者的身份，是得到作者「承認」的。

這就引出兩個重要問題：

第一，這十五個字是不是《紅樓夢》原文固有的？

甲戌本是手抄本，究竟抄成於何時，還找不到版本學或目錄學所需要的確鑿依據。用通達的眼光看，既有可能抄閱於乾隆十九年甲戌（1754），也有可能抄於一九二七年前的任何時間；寫入正文的「脂硯齋」三字，既有可能作者本人認可的，也有可能是冒充抄入的。用胡適先生的話說：「凡作考據，有一個重要的原則，就是要注意可能性的大小。可能性（probability）又叫做『幾數』，又叫做『或然數』，就是事物在一定情境之下能變出的花樣。把一個銅子擲在地上，或是龍頭朝上，或是字朝上，可能性都是百分之五十，是均等的。把一個『不倒翁』擲在地上，他的頭輕腳重，總是腳朝下的，故他有一百分的站立的可能性。」（《胡適紅樓夢研究論述全編》，頁151，著重號為原文所有）這裏的關鍵，在於弄清這十五字的「語言環境」，從邏輯上與語法上判斷是否為原文所固有。

讓我們把這段文字再揣摩一遍：

> ……因空見色，由色生情，傳情入色，自色悟空，遂易名為情僧，改《石頭記》為《情僧錄》。至吳玉峰題曰《紅樓夢》，東魯孔梅溪則題曰《風月寶鑒》。後因曹雪芹於悼紅軒中披閱十載，增刪五次，纂成目錄，分出章回，則題曰《金陵十二釵》，並題一絕云：

> 滿紙荒唐言，一把辛酸淚。
>
> 都云作者癡，誰解其中味？
>
> 至脂硯齋甲戌抄閱再評，仍用《石頭記》。出則既明，且看石
> 上是何故事。

俞平伯先生說：「依照本文，曹雪芹披閱增刪題曰『金陵十二釵』，脂硯齋抄閱再評仍用『石頭記』，是兩句話兩回事，或者連接得相當近，總非一句話一回事。」（《影印〈脂硯齋重評石頭記〉十六回後記》）他的話是說得很對的。這段文字介紹的是《紅樓夢》的撰寫經過，由空空道人至吳玉峰，至孔梅溪，至曹雪芹，歷歷分明。最後的定稿人曹雪芹做的是：「披閱十載，增刪五次，纂成目錄，分出章回」，並在錄完所題詩句以後，用「出則既明」四字直承前文，語意十分連貫。甲戌本前一句話尚未說完（「出則既明」緊接前文「分出章回」），忽從中添加「至脂硯齋甲戌抄閱再評」一句，將兩句話兩回事攪亂了，顯然是後來所添加。郭樹文先生在對我的《脂本辯證》進行商榷時說：

> 《辯證》認為：「『出則既明』四字直承前文，語意十分連貫。」此本從中添出十五字，「變換了主語，頓使氣勢中泄」。這鑒賞感知敏銳細緻，辨析鞭闢近理。對十五字「其為後來所加，至為顯然」的判斷，也完全正確。（〈《脂本辯證》質疑──與歐陽健先生商榷〉，《紅樓夢學刊》，1995 年第 4 期）

耐人尋味的是，到了脂硯齋「四閱評過」的「庚辰秋月定本」，這十五個字都消失了（庚辰本、有正本、舒元煒序本、蒙府本作「出則既明」，夢覺主人序本作「出處既明」，程甲本作「《石頭記》緣起

既明」，均無「至脂硯齋甲戌抄閱再評」一句）。那麼，是脂硯齋不好意思再提了呢，還是出於某種考慮不得不刪去？自然都無法稽考了。但庚辰本既標以「四閱評過」，它以甲戌本繼承者自命是至為明顯的。脂硯齋後來的行為表明：他已經拋棄了這種無稽之談。

第二，這十五個字是不是得到作者本人的承認？

這個問題，自然更無法找曹雪芹對證。不過，甲戌本特有的「凡例」，卻能給我們以確切回答。甲戌本首頁卷端題「脂硯齋重評石頭記」，次行低一格寫「凡例」二字。其位置在第一回回目及正文之前，三頁版心均寫作「石頭記□卷一□□□一（二、三）□□□□□□脂硯齋」，表明抄者已將其納入卷一範圍。凡例書寫工整，與正文及批語均出同一人之手，且是全書最早抄寫的部分，絕沒有後人添加的可能。凡例第一則云：

> 《紅樓夢》旨義□是書題名極多□□□《紅樓夢》是總其全部之名也。又曰《風月寶鑒》，是戒動風月之情；又曰《石頭記》，是自譬石頭所記之事也。此三名皆書中曾已點睛矣。如寶玉作夢，夢中有曲名曰《紅樓夢》十二支，此則《紅樓夢》之點睛；又如賈瑞病，跛道人持一鏡來，上面即鏨「風月寶鑒」四字，此則《風月寶鑒》之點睛；又如道人親眼見石上大書一篇故事，則係石頭記所記之往來，此則《石頭記》之點睛處。然此書又名曰《金陵十二釵》，審其名則必係金陵十二女子也。然通部細搜檢去，上中下女子豈止十二人哉？若云其中自有十二個，則又未嘗指明白係某某；極至《紅樓夢》一回中，亦曾翻出《金陵十二釵》之簿籍，又有十二支曲可考。

凡例之末有詩曰：

> 浮生著甚苦奔忙？盛席華筵終散場。
> 悲喜千般同幻渺，古今一夢盡荒唐。
> 謾言紅袖啼痕重，更有情癡抱恨長。
> 字字看來皆是血，十年辛苦不尋常。

「凡例」者，發凡起例之謂也。述作有述作的凡例，評點也有評點的凡例。甲戌本所獨有的凡例，被不少人當作「古本」的標誌。從種種跡象看，它是書賈雜湊的產物。如第五條云：「此書開卷之第一回也」，就是從刊本第一回「此開卷之第一回也」挪移來的。「也」在文言中作判斷，「此，開卷之第一回也」，意即「這是開卷的第一回」；而凡例說「這書是開卷的第一回」，就不通了。且凡例位於第一回前，也談不上「是第一回」。凡例後有一詩，末二句為：「字字看來都是血，十年辛苦不尋常！」按「脂硯齋甲戌抄閱再評」，一般理解為「第二次評閱」，那時尚不可能有「十年」的辛苦；故此詩從理論上講是曹雪芹所作，是他對「披閱十載」的回顧，並抒發大功告成的喜悅。凡例第一條申明：「是書題名極多，《紅樓夢》是總其全部之名也。」假如真出於曹雪芹之手，只能說明他不贊成脂硯齋「仍用《石頭記》」的意見，也就更談不上是「經過作者本人承認而且寫入正文的批者」了。

二　「仍用《石頭記》」辨

幾乎人人都知道一條「紅學常識」——《石頭記》是《紅樓夢》的原名。這一「常識」是從何處獲得的呢？是脂硯齋自己告訴大家的

嗎？不是。脂本一律稱「重評石頭記」，從頭至未見有「稿本」或「原本」的標記，書中也沒有任何人的序跋（不論是出作者之手還是評者之手）說明本子的來歷與源流。翻遍所有現存的紅學文獻（包括被當作「脂本系統」的其它版本），唯獨程偉元寫於乾隆五十六年（1791）的程甲本《序》中，有一句「《紅樓夢》小說，本名《石頭記》」的話，在脂本說「出則既明」時，程甲本卻說「《石頭記》緣起既明」，這才是這條「常識」的真正出處。

那麼，脂硯齋會不會說《石頭記》是小說的原名呢？只要推敲一下「仍用《石頭記》」中的「仍用」二字，你就會豁然開朗。「仍」者，恢復原狀之謂也。脂硯齋為什麼要「仍用」《石頭記》？就是因為有人曾經「不用」《石頭記》。那麼，是誰「不用」《石頭記》為書名了呢？是程偉元。這位程偉元明明知道「小說本名《石頭記》」，卻偏要在正式出版時題作《紅樓夢》！「仍用《石頭記》」云云，分明是從「《紅樓夢》小說本名《石頭記》」推衍來的；之所以要下「仍用」二字，正反映了脂硯齋潛意識中固有的書名演變次第：

　　　1.「本名《石頭記》」
　　　　　　　↓
　　　2.「程偉元用《紅樓夢》」
　　　　　　　↓
　　　3.「脂硯齋『仍用』《石頭記》」。

這恰好表明《脂硯齋重評石頭記》的晚出。

脂硯齋一方面宣稱，他已將書名改為「石頭記」了，另一方面「仍」下意識地稱它為「紅樓夢」，或徑直把《紅樓夢》當作小說的書名。如己卯本《石頭記》抄到第三十四回回末，忽然另行頂格寫：

「紅樓夢第三十四回終。」（圖 4-1）有人以為，這是脂本中「第一個」出現的《紅樓夢》標名，反映了由《石頭記》向《紅樓夢》書名的「過渡」；其實，這不過是抄閱者一時的疏忽，他在將程甲本「轉化」為《石頭記》時，沒有將其「紅樓夢第××回終」的款式清除乾淨。

　　當然，脂硯齋在作批的時候，是比較地注意用「石頭記」這一「仍用」的書名的。據統計，甲戌本批語用了二十二次「石頭記」，己卯本批語用了十次「石頭記」，庚辰本批語用了三十五次「石頭記」。如 A0088【◎甲戌側】：「《石頭記》得力處在此。」A0396【◎甲戌眉】：「余是評《石頭記》，非鄙薄前人也。」A0787【◎甲戌側】：「窮親戚來看是好意思，余又自《石頭記》中見了，歎歎。」但在另一些場合，脂硯齋又忘記了自己「仍用」的決定，不由自主地用起「紅樓夢」來。梅玫先生已經注意到脂批「大量《紅樓夢》的使用」：

　　　　在《石頭記》批語中提到這小說時，絕大多數情況下都稱之為《石頭記》，共四十多條，這是很正常的，但是，也有幾處稱之為《紅樓夢》，這就值得注意了。在批語中，提到「紅樓夢」三字共有十處，其中有的指第五回或此回中寶玉作的夢，有的則是專指《紅樓夢舞曲》，還有可作不同解釋的，但是，有三處則是無疑義地指小說自身。這三處是：第五回講到寶玉聽《紅樓夢舞曲》時只是釋悶而已，有批語：「妙，設言世人亦應如此法看此紅樓夢一書，更不必追究其隱寓。」（甲眉74）；二十二回黛玉向寶玉發小性子時，有批語：「問的卻極是，但未必心應。若能如此，將來淚盡夭亡已化為烏有，世間亦無此一部紅樓夢矣。」（庚雙 493）；庚辰本二十四回末評語

中有「紅樓夢寫夢章法總不雷同，此夢更寫得新奇，不見後文，不知是夢。」（梅玫、閻大衛：〈《石頭記》批語是個龐雜的集合——關於《石頭記》手抄本批語思考之一〉，《紅樓》，2002 年第 3 期）

梅玫先生的編號與我不一樣，為便於查找，順便將所有包含「紅樓夢」字樣的脂批抄錄於後：

1. 「新添《紅樓夢》仙曲十二支。」A0607【◎甲戌側】：「點題。蓋作者自云所歷，不過紅樓一夢耳。」

2. 「因此也不察其原委，問其來歷，就暫以此釋悶而已。」A0663【◎甲戌眉】：「妙，設言世人亦應如此法看此《紅樓夢》一書，更不必追究其隱寓。」

3. 「暫且別無話說。」A0702【◎甲戌夾】：「一句接住上回《紅樓夢》大篇文字，另起本回正文。」

4. 「家中冬事未辦，狗兒未免心中煩慮，吃了幾杯悶酒，在家閒尋氣惱。」A0710【◎甲戌眉】：「自《紅樓夢》一回至此，則珍饌中之虀耳，好看煞。」

5. 「先找著了鳳姐的一個心腹通房大丫頭。」A0743【◎甲戌夾】：「著眼。這也是書中一要緊人，《紅樓夢》內雖未見有名，想亦在副冊內者也。」

6. 「每日家偷狗戲雞，爬灰的爬灰，養小叔子的養小叔子。」A0903【◎甲戌眉】：「一部《紅樓》淫邪之處，哈（恰）在焦大口中揭明。」

7. 「向反面一照，只見一個骷髏立在裏面。」J0047【●己卯夾】：「所謂『好知青冢骷髏骨，就是紅樓掩面人』是也。

作者好苦心思。」（G0071【●庚辰夾】同。）

8. 「今年才十八歲，法名妙玉。」J0292【●己卯夾】：「雪芹題曰『金陵十二釵』，蓋本宗《紅樓夢》十二曲之義。後寶琴、岫煙、李紋、李綺皆陪客也，《紅樓夢》中所謂副十二釵是也。」（G0554【●庚辰夾】同）

9. 「這物出自太虛玄境空靈殿上，警幻仙子所制。」G0064【◎庚辰眉】：「與「紅樓夢」呼應。」

10. 第二十一回 G0972【●庚辰回前】：「有客題《紅樓夢》一律，失其姓氏，惟見其詩意駭警，故錄於斯。」

11. 「我惱他與你何干？他得罪了我，又與你何干？」G1157【●庚辰夾】：「問的卻極是，但未必心應。若能如此，將來淚盡夭亡，已化烏有，世間亦無此一部《紅樓夢》矣。」

12. 「那紅玉急回身一跑，卻被門檻伴倒。」1377【◎庚辰側】：「隆夢中當然一跑，這方是怡紅之鬟。」G1378【◎庚辰回後】：「《紅樓夢》寫夢，章法總不雷同，此夢更寫的新奇，不見後文，不知是夢。」

13. 「花謝花飛飛滿天。」G1672【◎庚辰眉】：「開生面，立新場，是書不止《紅樓夢》一回，惟是回更生更新。」

14. 「昨晚上忽然作了一個夢，說來也可笑。」G2101【●庚辰夾】：「反說可笑，則思返落，妙甚。若必以此夢為凶兆，套非紅樓之夢矣。」

　　如果再比較一下，凡是脂批中用「石頭記」的，均可置換為「紅樓夢」，而絲毫不影響其意思的表達；但脂批中用「紅樓夢」的，就不一定能置換為「石頭記」。如 A0607【◎甲戌側】：「點題。蓋作者自云所歷，不過紅樓一夢耳。」在「紅樓夢」中插進一「一」字，變

成「紅樓一夢」，是何等貼切，就決不能改成「石頭一夢」。又如G2101【●庚辰夾】：「反說可笑，則思返落，妙甚。若必以此夢為凶兆，套非紅樓之夢矣。」在「紅樓夢」中插進一「之」字，變成「紅樓之夢」，是何等委宛，卻不能改成「石頭之夢」。尤其是 G1378【◎庚辰回後】：「《紅樓夢》寫夢，章法總不雷同，此夢更寫的新奇，不見後文，不知是夢。」全從「紅樓夢」三字發揮。若改成「《石頭記》寫夢，章法總不雷同，此夢更寫的新奇，不見後文，不知是夢」，則幾乎不成文字矣。由此，益見脂硯齋「仍用《石頭記》」之不能成立。

三 「石頭記」正名

孔子有言曰：「必也正名乎！」又曰：「名不正，則言不順；言不順，則事不成；事不成，則禮樂不興；禮樂不興，則刑罰不中；刑罰不中，則民無所措手足。故君子名之必可言也，言之必可行也。君子於其言，無所苟而已矣。」（《論語・子路》）荀子亦曰：「名定而實辨」，「制名以指實」；又曰：「名無固宜，約之以命，約定俗成謂之宜，異於約則謂之不宜。名無固實，約之以命實，約定俗成謂之實名。名有固善，徑易而不拂，謂之善名。」（《荀子・正名》）

站在名實相副、無所苟而已的立場，也許首先要「約之以命實」，好好思考以下幾個問題：一、什麼是「石頭記」？二、雪芹的小說書為什麼要叫「石頭記」？三、根據脂本的具體內容，能不能叫「石頭記」？

先看第一個問題：什麼是「石頭記」？

這個問題好像早已「約定俗成」，其實不然。甲戌本《凡例》云：「又曰《石頭記》，是自譬石頭所記之事也。」又云，書中言「道

人親眼見石上大書一篇故事，則係石頭記所記之往來，此則《石頭記》之點睛處。」第一回敘「空空道人聽如此說，思忖半晌，將《石頭記》再檢閱一遍」旁，A0043【◎甲戌側】批道：「本名。」在「出則既明，且看石上是何故事，按那石上書云」旁，A0052【◎甲戌側】批道：「以石上所記之文。」按照脂硯齋的理解或詮釋，「石頭記」就是「石頭所記之事」，或「石上所記之文」。這種理解，其實是不完全正確的。

　　舉例來說，王度的《古鏡記》，能說是「鏡子所記之事」，或「鏡中所記之文」麼？沈既濟的〈枕中記〉，能說是「枕頭所記之事」，或「枕上所記之文」麼？顯然不能。「記」，乃文體之一種；「記」字之前所標之某物，乃記敘之對象也。《古鏡記》是記古鏡的唐人小說，借黃帝所鑄第八鏡的來歷及種種奇異功能，引出了一個又一個故事：王度投程雄家，引鏡自照，其婢鸚鵡遙見，便叩首流血，度疑精魅，引鏡逼之，此婢原來是千歲狐狸變形為人，雖無害人之心，天鏡一照，不免於死。鸚鵡臨死，提出要求：「希數刻之命，以盡一生之歡。」王度乃為致酒，悉召程雄之鄰里與宴謔，婢頃大醉，奮衣而歌曰：「寶鏡寶鏡，哀哉予命，自我離形，於今幾姓？生雖可樂，死必不傷，何為眷戀，守此一方！」歌訖再拜，化為老狸而死。後王度出兼芮城令，廳前有一棗樹，圍可數丈，前後令至，皆謁此樹，否則殃禍立至，王度以為妖由人興，淫祀宜絕，便密懸此鏡於樹之間，其夜，「風雨晦暝，纏繞此樹，電光晃耀，忽上忽下」，至明，有大蛇死於樹下。〈枕中記〉是唐人寫夢的名篇，《太平廣記》題作〈呂翁〉，因盧生慨歎「大丈夫生世不諧」，道士呂翁授青磁枕命枕而寐之，「生首就之，見其竅漸大，明朗，乃舉身而入」，於是進入了夢境；及夢醒，「主人蒸黃粱尚未熟」。「黃粱一夢」之典，正出於此。據此則可推知，小說之名「石頭記」者，亦乃記敘石頭之故事也。

　　再來看第二個問題：雪芹的小說書為什麼要叫「石頭記」？

　　這個問題本是最易回答的：小說主人公賈寶玉，是女媧氏煉石補天時棄在青埂峰下的石頭投胎轉世，最後歸至青埂峰下復為石頭，故名之曰「石頭記」。用甲戌本的說法，「又不知過了幾世幾劫，因有個空空道人訪道求仙，忽從這大荒山無稽崖青埂峰下經過，忽見一大塊石上字跡分明，編述歷歷。空空道人乃從頭一看，原來就是無材補天，幻形入世，蒙茫茫大士，渺渺真人攜入紅塵，歷盡離合悲歡炎涼世態的一段故事。後面又有一首偈云：『無材可去補蒼天，枉入紅塵若許年。此繫身前身後事，倩誰記去作奇傳？』詩後便是此石墜落之鄉，投胎之處，親自經歷的一段陳跡故事。」不過，石頭的故事確有其特殊性：它既是石頭「親自經歷」的故事，又是寫在「一大塊石上」的文字，從這一角度看，它又確是「石上所記之文」了。周汝昌先生說得好：

　　　　依我看來，曹雪芹這個人怪就怪在他的「思想方法」。比如——石、玉、人，三物本是不同的，而在他看來，可以互通，可以轉化——通與化有一基本因素，就是「靈」與「情」。故曰「大旨談情」、「靈性已通」。故而石變為玉，玉化為人，本質有了共同的東西（性情，功能，作用，意義……）。
　　　　「石—玉—人」，這個「公式」甚至讓我想起達爾文的進化論，曹雪芹是「東方達爾文」，也有他獨創的「進化論」。（《天‧地‧人‧我》，頁 268-269）

　　這樣，就要回答第三個問題了：脂本《石頭記》真是石頭的故事麼？換句話說，根據脂本的具體內容，它真能叫「石頭記」麼？眾所週知，第一回寫頑石一段，各版本都作：「誰知此石自經鍛鍊之後，

靈性已通，自去自來，可大可小，因見眾石俱得補天，獨自己無才，不堪入選，遂自怨自愧，日夜悲哀。一日，正當嗟悼之際，俄見一僧一道，遠遠而來，生得骨格不凡，豐神迥異，來到這青埂峰下，席地坐談。見著這塊鮮瑩明潔的石頭，且又縮成扇墜一般，甚屬可愛。那僧託於掌上，笑道……」，甲戌本卻有比別的版本多出的四百二十餘字：

> （誰知此石自經鍛鍊之後，靈性已通，因見眾石俱得補天，獨自己無材，不堪入選，遂自怨自歎，悲號慚愧。一日，正當嗟悼之際，俄見一僧一道遠遠而來，生得骨格不凡，豐神迥別，說說笑笑，來至峰下，）坐於石邊，高談快論。先是說些雲山霧海、神仙玄幻之事，後便說到紅塵中榮華富貴。此石聽了，不覺打動凡心，也想要到人間去享一享這榮華富貴；但自恨粗蠢，不得已，便口吐人言，向那僧道說道：「大師，弟子蠢物，不能見禮了。適問二位談那人世間榮耀繁華，心切慕之。弟子質雖粗蠢，性卻稍通。況見二師仙形道體，定非凡品，必有補天濟世之材，利物濟人之德，如蒙發一點善心，攜帶弟子得入紅塵，在那富貴場中，溫柔鄉里，享受幾年，自當永佩洪恩，萬劫不忘也。」二仙師聽畢，齊憨笑道：「善哉，善哉。那紅塵中有卻有些樂事，但不能永遠依恃，況又有『美中不足，好事多魔』八個字緊相連屬，瞬息間則又樂極悲生，人非物換，究竟是到頭一夢，萬境歸空，倒不如不去的好。」這石凡心已熾，那裏聽得進這話去？乃復苦求再四，二仙知不可強制，乃歎道：「此亦靜極思動，無中生有之數也。既如此，我們便攜你去受享受享，只是到不得意時，切莫後悔。」石道：「自然，自然。」那僧又道：「若說你性靈，卻又如此質蠢，

並更無奇貴之處，如此，也只好跂腳而已。也罷，我如今大施
佛法，助你助。待劫終之日，復還本質，以了此案，你道好
否？」石頭聽了，感謝不盡。那僧便念咒書符，大展幻術，將
一塊大石登時變成一塊鮮明瑩潔的美玉，且又縮成扇墜大小的
可佩可拿。

胡適先生當年曾比較各本的異文，評論道：「這一段各本大體皆
如此；但其實文義不很可通，因為上面明說是頑石，怎麼忽已變成寶
玉了？今檢脂本，此段多出四百二十餘字，全被人刪掉了。」認為甲
戌本「這一長段，文章雖有點嚕蘇，情節卻不可少。大概後人嫌他稍
繁，遂全刪了」（〈考證紅樓夢的新材料〉，《胡適紅樓夢研究論述全
編》，頁179-180）。其實，只要對甲戌本稍加品味，就會感知何止是
「有點嚕蘇」，簡直是粗俗不堪。二位「仙師」居然會稱羨紅塵中的
榮華富貴，石頭身為最恨人間「祿蠹」的寶玉的原型，居然會是「凡
心大熾」、「欲到富貴場溫柔鄉享受幾年」的俗物，都與全書基調大相
背離的。由於和此處所論關係不大，暫且不去管他。

問題的癥結是，按照脂本所寫，石頭被攜入紅塵以後，不是變成
小說的主人公賈寶玉，而是變成了賈寶玉出生時口中銜的那塊美玉了：

一日，炎夏永晝，士隱於書房閒坐，至手倦拋書，伏几少憩，
不覺朦朧睡去。夢至一處，不辨是何地方。忽見那廂來了一僧
一道，且行且談。只聽道人問道：「你攜了這蠢物，意欲何
往？」那僧笑道：「你放心，如今現有一段風流公案正該了
結，這一干風流冤家，尚未投胎入世。趁此機會，就將此蠢物
夾帶於中，使他去經歷經歷。」那道人道：「原來近日風流冤
孽又將造劫歷世去不成？但不知落於何方何處？」那僧笑道：

「此事說來好笑，竟是千古未聞的罕事。只因西方靈河岸上三生石畔，有絳珠草一株，時有赤瑕宮神瑛侍者，日以甘露灌溉，這絳珠草始得久延歲月。後來既受天地精華，復得雨露滋養，遂得脫卻草胎木質，得換人形，僅修成個女體，終日遊於離恨天外，饑則食蜜青果為膳，渴則飲灌愁海水為湯。只因尚未酬報灌溉之德，故其五內便鬱結著一段纏綿不盡之意。恰近日這神瑛侍者凡心偶熾，乘此昌明太平朝世，意欲下凡造歷幻緣，已在警幻仙子案前掛了號。警幻亦曾問及，灌溉之情未償，趁此倒可了結的。那絳珠仙子道：『他是甘露之惠，我並無此水可還。他既下世為人，我也去下世為人，但把我一生所有的眼淚還他，也償還得過他了。』因此一事，就勾出多少風流冤家來，陪他們去了結此案。」

據此，紅學家強調，青埂峰下的頑石是通靈寶玉的原型，赤瑕宮的神瑛侍者才是賈寶玉的前身，二者在曹雪芹原著中本是兩回事。後來被程偉元「篡改」，方成了石頭、寶玉、神瑛的「三位一體」。如趙岡先生說：

按曹雪芹最初的安排，這塊頑石是擔任一位旁觀者讓它以第三人稱的口吻把這個故事敘述出來。或者說這塊石頭是一位記錄人，一位電影攝影師。而故事的當事人，或者說是電影中的演員，則是警幻仙子下面的神瑛侍者與太虛幻境中的一棵絳珠草。神瑛侍者與絳珠草雙雙下凡投胎，以償灌溉之情。這就是寶玉與黛玉。因為他們兩位，就又「勾出多少風流冤家來，陪他們去了結此案」。這些就是書中的配角。這塊石頭是以什麼身份來從事記錄工作呢？它被變成一塊五彩晶瑩的通靈寶玉，

被神瑛銜在口中而降世。此後它一直被寶玉佩在身上，形影不離，因此，這石頭成為最好的目擊者。寶玉及其周圍的人物一舉一動，故事的全部發展，它都一一看在眼中。通靈寶玉是頑石的幻象，……全部小說，頑石雖然是經第三人稱記述下來。但是這塊石頭偶而也用第三人稱，幽默兩句，表示一點記錄人或報告人的意見和評論。（《紅樓夢新探》，頁185-186）

蔡義江先生也說：「石頭變成通靈寶玉被賈寶玉『夾帶』到世上來後，雖則被掛在寶玉的脖子上，卻並不同於薛寶釵的金鎖或史湘雲的金麒麟。它是有意識、能思想的，它十分留心地觀察著周圍事物，包括觀察據有它的那個人——賈寶玉；它的職能就是把這一切記錄下來，寫成《石頭記》。……這塊石頭在賈寶玉身上，就像現代人利用科學成就，為獲得情報而特製的、能夠用偽裝形式安置在人或動物身上的一架自動攝影機。當然，為這樣的目的而作的表白也不必多，它畢竟是一些『閒話』，只要能讓人記得石頭是了解這些事就行了。」（《蔡義江論紅樓夢》，頁10-12）。

為了弄清個中底細，且看程甲本那僧所說的話：

只因西方靈河岸上，三生石畔，有絳珠草一株，那時，這個石頭因媧皇未用，卻也落得逍遙自在，各處去遊玩。一日，來到警幻仙子處，那仙子知他有些來歷，因留他在赤霞宮居住，就名他為赤霞宮神瑛侍者。他卻常在靈河岸上行走，看見這株仙草可愛，遂日以甘露灌溉，這絳珠草始得久延歲月。後來既受天地精華，復得甘露滋養，遂脫了草木之胎，得換人形，僅僅修成女體，終日遊於離恨天外，饑餐秘情果，渴飲灌愁水，只因尚未酬報灌溉之德，故甚至五內鬱結著一段纏綿不盡之意，

常說：「自己受了他雨露之惠，我並無此水可還。他若下世為
人，我也同去走一遭，但把我一生所有的眼淚還他，也還得過
了。」因此一事，就勾出多少風流冤家都要下凡，造歷幻緣，
那絳珠仙草也在其中。今日這石復還原處，你我何不將他仍帶
到警幻仙子案前，給他掛了號，同這些情鬼下凡，一了此案。

　　在程甲本中，石頭、神瑛與賈寶玉確為一體：靈性已通的石頭為
警幻仙子留在赤霞宮居住，名他為神瑛侍者；神瑛侍者見絳珠仙草可
愛，日以甘露灌溉，使之得換人形，遂生還淚報答之情，思路極為清
楚。若按脂本所敘，石頭是石頭，神瑛是神瑛，兩不搭界。作為賈寶
玉「原型」的神瑛使者，是個突兀而來的角色，並無前後之照應；賈
寶玉非石頭所變，與林黛玉（絳珠仙草）又有何「木石前盟」？再
說，石頭始終是石頭（玉性質上仍是石頭），怎麼會「凡心已熾」？
又怎麼會到「富貴場中，溫柔鄉里，享受幾年」？（順便提一下，在
薛寶釵「他說我這是從胎裏帶來的一股熱毒」話旁，0791【◎甲戌
側】批道：「凡心偶熾，是以蕐火齊攻。」「凡心偶熾」是脂本添加的
用以形容神瑛的話，此處又移用於脂硯齋所推崇的寶釵了，真可發一
笑，益見「凡心偶熾」確為脂硯齋自己的話語。）「溫柔鄉」一典，
出《飛燕外傳》，敘漢成帝既寵幸飛燕，又聞其女弟合德「美容體，
性醇粹不可言」，命以百寶鳳毛玉輦迎之，「以輔屬體，無所不靡，謂
為『溫柔鄉』」，且謂：「吾老是鄉矣，不能效武帝求白雲仙鄉也。」
那麼，石頭到警幻那裏掛了號，下了凡，受享了「富貴場中溫柔鄉」
嗎？沒有。每到天晚，襲人便伸手從寶玉項上摘下，用手帕包好塞在
褥下了。A1059【◎甲戌夾】自動攝影機批道：「試問石兄：此一
渥，比青埂峰下松風明月如何？」寶玉不高興了，發作起癡狂病來，
還摘下它恨命摔去。A0452【◎甲戌側】也不忘批道：「試問石兄，

此一摔，比在青埂峰下，蕭然坦臥何如？」清楚地知道它並沒有能夠「受享」。石頭既無親身「受享」之體驗，又怎麼將「墜落之鄉，投胎之處，親自經歷的一段陳跡故事」寫成小說？又，「無材可去補蒼天，枉入紅塵若許年。此繫身前身後事，倩誰記去作奇傳」之偈，講的是石頭還是？神瑛能夠說自己「無材可去補蒼天」嗎？還有，這塊充當「自動攝影機」的石頭最後是復歸青埂峰了，那位主角「神瑛使者」（脂本不稱「侍者」）是不是回到赤瑕宮（脂本不稱「赤霞宮」）去了呢？這些問題，脂硯齋大約都是說不清楚、道不明白的。

脂硯齋作批時愛用「石兄」、「玉兄」的稱謂，從中尤可看出他的心理機制。據統計，甲戌本批語用「石兄」八處，用「玉兄」二十四處；己卯本批語用「石兄」一處，用「玉兄」一處；庚辰本批語用「石兄」十處，用「玉兄」四十三處。篇幅所限，不能將有關批語全部列出，只以甲戌本批語為代表。大體有兩種情形：

一、明確將「石兄」、「玉兄」指稱作為玉石的那塊「寶玉」。如：

1. 「寶玉聽了，登時發作起癡狂病來，摘下那玉就恨命摔去。」A0452【◎甲戌側】：「試問石兄，此一摔，比在青埂峰下，蕭然坦臥何如？」

2. 「寶釵託於掌上。」A0938【◎甲戌夾】：「試問石兄：此一托，比在青埂峰下，猿啼虎嘯之聲何如？」

3. 「用自己的手帕包好，塞在褥下，次日帶時，便冰不著脖子。」A1059【◎甲戌夾】：「試問石兄：此一渥，比青埂峰下松風明月如何？」

一摔，一托，一渥，顯然都是指「寶玉」而言。

二、明確將「石兄」、「玉兄」指稱小說主人公賈寶玉。如：

1. 「一落胎胞，嘴裏便銜下一塊五彩晶瑩的玉來。」A0254
   【◎甲戌眉】：「一部書中第一人，卻如此淡淡帶出，故不見後來玉兄文字繁難。」

2. 「那裏承望到如今生下這些畜生來。」A0902【◎甲戌眉】：「『不如意事常八九，可與人言無二三』，以二句批是假聊慰石兄。」

3. 「你二位爺是從老爺跟前來的不是。」A0920【◎甲戌側】：「為玉兄一人，卻人人俱有心事，細緻。」

4. 「不妨事的。」A0922【◎甲戌側】：「玉兄知己，一笑。」

5. 「虧你每日家雜學傍搜的，難到就不知道酒性最熱，若熱吃下去，發散的就快；若冷吃下去，便凝結在內。」A0991【◎甲戌側】「著眼。若不是寶卿說出，竟不知玉卿日就何業。」A0992【◎甲戌眉】：「在寶卿口中說出玉兄學業，是作微露卸春掛之萌耳。是書勿看正面為幸。」

6. A1054【◎甲戌眉】：「按警幻情講，寶玉繫情不情。凡世間之無知無識，彼俱有一癡情去體貼。今加『大醉』二字於石兄，是因問包子問茶，順手擲杯，問茜雪攆李嬤，乃一部中未有第二次事也。襲人數語，無言而止，石兄真大醉也。余亦云實實大醉也。難辭碎鬧，非薛蟠紈褲輩可比。」

7. 「因寶玉在側，問道：『事事都算安貼了，大哥哥還愁什麼？』」A1120【◎甲戌側】：「余正思：如何高擱起玉兄了。」

8. 「二則又不知紅玉是何等行為，若好還罷了。」A1280【◎甲戌側】：「不知『好』字是如何講？答曰：在『何等行為』四字上看便知。玉兄每情不情，況有情者乎？」

9. 「便說是自己燙的,也要罵人為什麼不小心看著。」A1300【◎甲戌側】:「玉兄自是悌弟之心性,一歎。」

10. 「他還是個小孩子家,長的得人意兒,大人偏疼他些,也還罷了。」A1312【◎甲戌側】:「趙嫗數語,可知玉兄之身份,況在背後之言。」

11. 「登時亂麻一般,正都沒個主見。」A1336【◎甲戌側】:「寫玉兄驚動若許多人忙亂,正寫太君一人之鍾愛耳。看官勿被作者瞞。」

12. 「寶釵笑道:『我笑如來佛比人還忙。』」A1365【◎甲戌眉】:「歎不得見玉兄懸崖撒手文字為恨。」

13. 「著鞋,倚在床上拿著本書,看見他進來,將書擲下。」A1401【◎甲戌側】:「這是等芸哥看,故作款式者。果真看書,在隔紗窗子說話時已放下了。玉兄若見此批,必云:老貨,他處處不放鬆我,可恨可恨。」

14. 「這會子不念書,閒著作什麼?所以演習演習騎射。」A1415【◎甲戌側】:「奇文奇語,默思之,方意會為玉兄毫無一正事,只知安富尊榮而寫。」

15. 「寶玉聽了,不覺打了個焦雷的一般。」A1426【◎甲戌側】:「不止玉兄一驚,即阿顰亦不免一唬。作者只顧寫來收拾二玉之文,忘卻顰兒也。想作者亦似寶玉道《西廂》之句,忘情而出也。」

16. 「噯喲,你原是寶玉房裏的,怪道呢。」A1474【◎甲戌側】:「『噯喲』『怪道』四字,一是玉兄手下無能為者。前文打諒生的『乾淨俏麗』四字,合而觀之,小紅則活現於紙上矣。」

17. 「不想寶玉在山坡上,聽見是黛玉之聲。」A1519【◎甲戌

眉】：「不言鍊句鍊字，詞藻工拙，只想景想情，想事想
理，反覆追求，悲傷感慨，乃玉兄一生天性，真顰兒不知
己，則實無再有者。昨阻余批〈葬花吟〉之客，嫡是玉兄
之化身無疑。余幾點金成鐵之人。笨甚笨甚。」

18.「我只說一句話，從今已後撂開手。」A1526【◎甲戌
側】：「非此三字，難留蓮步，玉兄之機變如此。」

19.「憑我心愛的，姑娘要，就拿去。」A1530【◎甲戌側】：
「我阿顰之惱，玉兄實摸不著，不得不將自幼之苦心實事
一訴，方可明心以白今日之故，勿作閒文看。」

20.「到把什麼外四路的寶姐姐鳳姐姐的，放在心坎兒上。」
A1531【◎甲戌側】：「用此人瞞看官也，瞞顰兒也。心動
阿顰，在此數句也。一節頗似說聞，玉兄口中卻是衷腸
話。」

21.「不覺滴下眼淚來。」A1532【◎甲戌側】：「玉兄淚非容易
有的。」

22.「我屋裏的人也多的很，姐姐喜歡誰，只管叫了來，何必
問我。」A1547【◎甲戌側】：「紅玉接杯倒茶，自紗廚內覓
至迴廊下，再見此處如此寫來，可知玉兄除顰兒外，俱是
行雲流水。又了卻怡紅一孽冤。一歎。」

23.「花謝花飛飛滿天。」A1511【◎甲戌眉】：「開生面，立新
場，是書多多矣。惟此回處生更新，非顰兒斷無是佳吟，
非石兄斷無是情聆，難為了作者了，故留數位以慰之。」

24.A1512【●甲戌回後】：「余讀〈葬花吟〉至再至三四，其悽
楚感慨，令人身世兩忘，舉筆再四，不能下批。有客曰：
『先生身非寶玉，何能下筆？即字字雙圈，批詞通仙，料
難遂顰兒之意。俟看玉兄之後文再批。』」

　　「書中第一人」、「玉兄一人」，這裏的「石兄」、「玉兄」，無疑是指人，而非物；「玉兄知己」、「玉兄學業」、「加『大醉』二字於石兄」，無疑是指小說主人公賈寶玉。第二十八回，寫黛玉把剪子一攞，說道：「理他呢，過一會子就好了。」寶玉聽了，只是納悶。A1552【◎甲戌側】批道：「有意無意，暗合針對，無怪。」G1742【◎庚辰側】則為：「有意無意，暗合針對，無怪玉兄。」添加「玉兄」二字；又 A1365【◎甲戌眉】：「歎不得見玉兄懸崖撒手文字為恨。」庚辰本中變成 G1470【◎庚辰眉】：「歎不能得見寶玉懸崖撒於文字為恨。丁亥夏，畸笏叟。」索性將「玉兄」改作「寶玉」，可見二者同價，原為一體。第十七回至十八回「忽又見前面又露出一所院落來」，G0509【◎庚辰眉】批道：「詞（問）卿此居，比大荒山若何？」卿者，賈寶玉也。既問：居怡紅院比大荒山若何？則賈寶玉為石頭所變無疑。

　　至於 A0066【◎甲戌眉】「每意覓青埂峰再問石兄，余不遇獺頭和尚何」的「石兄」，則是指「復還本質」的石頭了，與「寶玉」或賈寶玉都不是一回事了。最令人詫異的是，脂硯齋有時還將元春也看成石頭的後身，請看庚辰本第十七至十八回：

　　　　元春入室更衣畢，復出上輿進園。只見園中香煙繚繞，花彩繽紛，處處燈光相映，時時細樂聲喧，說不盡這太平氣象，富貴風流。此時自己回想當初在大荒山中青埂峰下，那等淒涼寂寞，若不虧癩僧跛道二人攜來此處，又安能得見這般世面？本欲作一篇〈燈月賦〉、〈省親頌〉以志今日之事，但又恐入了別書的俗套。按此時之景，即作一賦一贊，也不能形容得盡其妙；即不作賦贊，其豪華富麗，觀者諸公亦可想而知矣，所以到是省了這工夫紙墨，且說正緊的為是。

　　此段行文，純從元春的所見所思角度落筆：她先是看到這說不盡的富貴風流，於是「自己回想」起當初在大荒山青埂峰的淒涼寂寞。於是乎，賈元春也成了石頭的後身了，豈不怪哉？庚辰本還添加了一條 G0575【◎庚辰眉】：「如此繁華盛極花團錦簇之文，忽用石兄自語截住，是何筆力，令人安得不拍案叫絕？是閱歷來諸小說中有如此章法乎？」又在「且說正經的為是」句下，加了一條 G0576【●庚辰夾】：「自『此時以下』，皆石頭之語，真是千奇百怪之文。」就是了「防止」讀者的誤會。其實，全段一氣呵成，「只見」也好，「回想」也好，「本欲」也好，主語都是元春。庚辰本同回敘元春賜名題詩之後，還向諸姊妹笑道：「我素乏捷才，且不長於吟詠，妹輩素所深知，今夜聊以塞責，不負斯景而已。異日少暇，必補撰〈大觀園記〉並〈省親頌〉等文，以記今日之事。」益加證明上段之欲作《省親頌》云云，正是元春的內心活動。

　　且不管脂硯齋自己的顛倒錯亂，單憑那麼多以「石兄」昵稱指賈寶玉的批語，就證明脂硯齋仍將他看作石頭而不是神瑛的後身，按照脂本現在的寫法，是決不能稱作「石頭記」的。

第三節　脂硯齋對素材的「了解」

　　文學是現實生活的反映的「鏡子理論」，無疑包含了一定的真理。在新方法新觀念的潮流紛至沓之際，丁維忠先生在其新著中，堅持將這「最古老」的「鏡式」論應用於紅學，是需要相當理論勇氣的。此書從《紅樓夢》蘊藏的訊息量切入，指出「《紅樓夢》與其它世界級經典名著的一個共同特點是：它們的價值量，總是與它們所提供的訊息量成正比」（《紅樓夢：歷史與美學的沉思》，黑龍江教育出版社，2002 年 9 月，頁 3），是很新穎的學術見解。中國古代小說的

研究，向來講究「本事」的考證，其實質就是追索作品的素材來源，以檢驗作品所含有的訊息量。

脂硯齋在批語中，時常表露出小說寫的多是他「經歷」過的本事，遂使讀者產生了「他知道此書的真事底裏如此其清楚」的強烈印象。但光憑印象有時是會出錯的，我們需要的是準確的數量和精確的定性。現在不妨從信息的角度提出問題：對於《紅樓夢》蘊藏的大量信息，脂硯齋究竟知道了什麼？又有哪些是他所不知道的？並追索其所以然的奧秘。

一 脂硯齋「知道」的原始訊息

要了解脂硯齋知道哪些《紅樓夢》素材的原始訊息，最好的辦法是查找他常用的包含「真有」、「實事」、「經過」、「曾經」、「身歷」、「知」等字樣的批語。我們驚異地發現，己卯本竟沒有一條類似批語；甲戌本則沒有「曾經」、「身歷」的批語，庚辰本沒有「實事」的批語。

甲戌本用「真有」的批語一條：

1.「三四人爭著打起簾櫳。」A0315【◎甲戌側】：「真有是事，真有是事。」

庚辰本用「真有」的批語六條：

1. 「『罪過可惜』四字，竟顧不得了。」G0341【◎庚辰側】：「真有是事，經過見過。」
2. 「叫我問誰去？」G0897【◎庚辰側】：「真有是語。」
3. 「誰不幫著你呢？」G0898【◎庚辰側】：「真有是事。」
4. 「鳳姐亦知賈母喜熱鬧，更喜謔笑科諢。」G1132【●庚辰夾】：「寫得周到，想得奇趣，實是必真有之。」

5.「了不得了！林姑娘蹲在這裏，一定聽了話去了。」G1617
【◎庚辰側】：「移東挪西，任意寫去，卻是真有的。」

6、「不知怎麼樣才好。」G1698【◎庚辰側】：「真有是事。」

甲戌本用「實事」的批語三條：

1.「竟不如我半世親睹親聞的這幾個女子。」A0038【◎甲戌
眉】：「事則實事，然亦敘得有間架，有曲折，……書中之秘
法，亦復不少，予亦於逐回中搜剔刳剖，明白注釋，以待高
明，再批示謬誤。」

2.「遂額外賜了這政老爹一個主事之銜。」A0249【◎甲戌
側】：「嫡真實事，非妄擁也。」

3.「找了這半日。」A0368【◎甲戌側】：「卻是日用家常實
事。」

甲戌本用「經過」的批語二條：

1.「又向賈母道：『祖宗老菩薩那裏知道，那經典佛法上說的
利害。』」A1306【◎甲戌側】：「一段無倫無理、信口開河
的渾話，卻句句都是耳聞目睹者，並非杜撰而有。作者與
余，實實經過。」

2.「若論銀錢吃的穿的東西，究竟還不是我的，惟有或寫一張
字，畫一張畫，才算是我的。」A1431【◎甲戌側】：「誰說
得出？經過者方說得出。歎歎。」

庚辰本用「經過」、「曾經」、「身歷」的批語六條：

1. 「『罪過可惜』四字，竟顧不得了。」G0341【◎庚辰側】：
「真有是事，經過見過。」

2. 「好姐姐，把你嘴上的胭脂賞我吃了罷。」G1273【◎庚辰側】：「胭脂是這樣吃法，看官阿經過否？」

3. 「又向賈母道：『祖宗老菩薩那裏知道，那經典佛法上說的利害。』」G1405【◎庚辰側】：「一段無倫無理、信口開闔的混話，卻句句都是耳聞目睹者，並非杜撰而有。作者與余，實實經過。」

4. 「若論銀錢吃的穿的東西，究竟還不是我的，惟有或寫一張字，畫一張畫，才算是我的。」G1560【◎庚辰側】：「誰說的出？經過者方說得出。歎歎。」

5. 「也要到跟前撒個嬌兒，和誰要去，因此只妝不知道。」G2141【●庚辰夾】：「奇文神文，豈世人余相得出者。前文云一想子若私是拿出，賈母其睡夢中之人矣。蓋此等事作者曾經，批者曾經，實係一寫往是，非特造出，故弄新筆，究竟不記不神也。」

6. 「暫且挨過今年，明年一併給我仍舊搬出去心淨。」G2215【●庚辰夾】：「一段神奇鬼訝之文，不知從何想來。王夫人從來未理家務，豈不一木偶哉？且前文隱隱約約已有無限口舌，漫闊之潛原非一日矣。若無此一番更變，不獨終無散場之局，且亦大不近乎情理。況此亦此余舊日目睹親問，作者身歷之現成文字，非搜造而成者，故迥不與小說之離合悲歡窠舊相對。」

甲戌本用「知」的批語一條：

「知道妹妹不過這兩日到的，我已預備下了。」A0370【◎甲戌眉】：「余知此緞阿鳳並未拿出，此借王夫人之語，機變欺人處耳。若信彼果拿出預備，不獨被阿鳳瞞過，且被石頭瞞過了。」

庚辰本用「知」的批語三條：

1. 「從來不信什麼是陰司地獄報應的。」G0244【◎庚辰側】：「批書人深知卿有是心，歎歎。」
2. 「這裏鳳姐卻坐享了三千兩。」G0266【◎庚辰側】：「如何消檄？造業者不如，自有知者。」
3. 「鳳姐亦知賈母喜熱鬧，更喜謔笑科諢。」G1133【◎庚辰眉】：「鳳姐點戲，脂硯執筆事，今知者聊聊矣，不怨夫。」

總計二十二條，除去重複統計的三條（G0341【◎庚辰側】統計2次；A1306【◎甲戌側】與 G1405【◎庚辰側】相同；A1431【◎甲戌側】與 G1560【◎庚辰側】相同），實僅十九條。在全部脂批三七八八條（也已除去重複計算的）中，也只占百分之零點五！也就是說，在《紅樓夢》蘊藏的大量訊息（或曰「此書的真事底裏」）中，脂硯齋所知的絕沒有紅學家描繪的那樣「清楚」！

再對這十九條批語進行剖析，也許會有更多的發現。陳曦中先生早在一九八〇年就已指出，脂硯齋「深受金聖歎等人批點小說、戲曲的影響，他的某一些批語本身就是從前人的評點中襲用來的」。這類批語，「意在稱讚小說寫得近情近理、生動逼真。所謂『真有此事』、『真有此語』，是指在小說描寫的那種特定的場合，某種人必然會做那樣的事或說那樣的話，作者寫得完全符合人物的性格，合乎生活的

真實」；「沒有理由認為曹雪芹在這些地方寫了什麼真人真事。『真有是事』或『真有是語』，也就是『逼真酷肖』、『活像活現』之意。脂硯齋有一段批語說得好：『《石頭記》一部中皆是近情近理必有之事，必有之言。』（庚辰本第十六回眉批）『必有之事』和『必有之言』跟『實有之事』和『實有之言』，兩者既有聯繫，又有區別。前者是藝術真實，後者是生活真實；前者來源於後者，但比後者更典型，更帶普遍性。如上所說，脂批中的『真有是事』和『真有是語』，指的就是這種近情近理的『必有之事，必有之言』」（〈讀脂批隨劄〉，《北京大學學報》，1980 年第 5 期）。用這種眼光看，許多批語都可以得到合理的解釋。如第二十回敘李嬤嬤聽到寶玉為襲人分辯，生氣地說：「你只護著那起狐狸，那裏還認得我！叫我問誰去？誰不幫著你呢？」庚辰本連下兩批，G0897【◎庚辰側】云：「真有是語。」G0898【◎庚辰側】云：「真有是事。」「真有是語」，「真有是事」，不一定說真有過這麼一件事，這麼一句話，而是說現實生活中確實有老嬤嬤罵人這麼一類話，這麼一類事，所謂作者「先得我心」是也。

　　上面提到，己卯本沒有一條含「真有」、「實事」、「經過」、「曾經」、「身歷」、「知」等字樣的批語，卻有許多含「真」字的批語，如：

1. J0042【●己卯夾】畢真。

2. J0049【●己卯夾】寫得奇峭，真好筆墨。

3. J0322【●己卯夾】又謙之如此，真是好界好人物。

4. J0363【●己卯夾】是芭蕉之神。何得如此工恰自然，真是好詩，卻是好書。

5. J0392【●己卯夾】真真熱鬧。

6. J0585【●己卯夾】真真奇絕妙文，真如羚羊掛角，無跡可求。此等奇妙，非口中筆下可形容出者。

7. J0600【●己卯夾】真好文字，此批得出者。

8. J0600【●己卯夾】直欲噴飯，真好新鮮文字。

9. J0611【●己卯夾】妙。寶釵自有主見，真不誣也。

10.J0613【●己卯夾】看他寫代玉，真可人也。

11.J0619【●己卯夾】真恰當，形容的盡。

12.J0624【●己卯夾】真正好題，妙在未起詩社，先得了題目。

13.J0625【●己卯夾】真詩人語。

14.J0639【●己卯夾】虛敲傍比，真逸才也，且不脫落自己。

15.J0643【●己卯夾】忽然寫到襲人，真令人不解，看他如何終此詩社之文。

16.J0657【●己卯夾】真好。

17.J0659【●己卯夾】二首真可壓卷。詩是好詩，文是奇奇怪怪之文，總令人想不到，忽有二首未壓卷。

　　所有這些批語，沒有一條是在「真有是事」的意義上使用的。

　　甲戌本和庚辰本的批語卻不然。它欲給人以「洞悉內情」的印象，將書中敘寫的生活細節予以指實。如第二十五回敘寶玉為滾油燙傷，馬道婆對賈母道：「祖宗老菩薩那裏知道，那經典佛法上說的利害：大凡那王公卿相人家的子弟，只一生下來，暗中就有許多促狹鬼跟著他，得空便撺他一下，招一下，或吃飯時打下他的飯碗來，或走著推他一跌，所以那大家子的子孫多有長不大的。」A1306【甲戌側】批道：「一段無倫無理、信口開河的渾話，卻句句都是耳聞目睹者，並非杜撰而有。作者與余，實實經過。」照批語字面理解，當現實中的「馬道婆」向現實中的「賈母」講述這段「渾話」的時候，他脂硯齋恰好在場，故擔保說這是絕對真實的，「並非杜撰而有」。第七

十四回敘賈璉向鴛鴦借當，老太太只裝不知道。G2141【●庚辰夾】批道：「奇文神文，豈世人余相得出者。前文云一想子若私是拿出，賈母其睡夢中之人矣。蓋此等事作者曾經，批者曾經，實係一寫往是，非特造出，故弄新筆，究竟不記不神也。」批語多有訛誤，但文意是清楚的。即謂賈母讓鴛鴦應名借當一事，不是世人「想」得出來的；只有「作者曾經，批者曾經」，才能掌握這個秘密。第六十三回，敘賈蓉與尤二姐調笑，惹了一頓罵，順手拿起一個熨斗攕頭就打，嚇的賈蓉抱著頭滾到懷裏告饒。尤三姐上來撕嘴，賈蓉忙笑著跪在炕上求饒，又和二姨搶砂仁吃，尤二姐嚼了一嘴渣子，吐了他一臉，賈蓉用舌頭都舔著吃了。又撇下他姨娘，便抱著丫頭們親嘴，丫頭們恨的罵：「短命鬼兒，你一般有老婆丫頭，只和我們鬧，知道的說是頑，不知道的人，再遇見那髒心爛肺的愛多管閒事嚼舌頭的人，吵嚷的那府裏誰不知道，誰不背地裏嚼舌說咱們這邊亂帳。」在「只和我們鬧，知道的說是頑」下，J0736【●己卯夾】批道：「妙極之頑，天下有是之頑，亦有趣甚。此語余亦親聞者，非偏有也。」如此肉麻的場面，竟說是「趣甚」，真應了那句老話——「肉麻當有趣」了。尤其難以擺脫干係的是：脂硯齋若不是賈蓉，怎能「親聞」其事呢？

不過，「作者與余，實實經過」也好，「作者曾經，批者曾經」也好，都可以作三種解釋：1、作者與批者，同時經歷了同一件事情；2、作者與批者，分別經歷了同一件事情；3、作者與批者，分別經歷了同一類事情。這三種解釋，意義是完全不同的。以第七十七回敘王夫人來到寶玉房中親自閱人，臨去時分付襲人等「暫且挨過今年，明年一併給我仍舊搬出去心淨」為例，G2215【●庚辰夾】批道：「一段神奇鬼訝之文，不知從何想來。王夫人從來未理家務，豈不一木偶哉？且前人隱隱約約已有無限口舌，漫闊之潛，原非一日矣。若無此一番更變，不獨終無散場之局，且亦大不近乎情理。況此亦此余舊日

目睹親問、作者身歷之現成文字，非搜造而成者，故迥不與小說之離合悲歡窠舊相對。想遭令落之大族見子於此，難事有各殊，然其情理似亦有點契於心者焉。」批中「此亦此余舊日目睹親問，作者身歷之現成文字」，可以解釋為這是批者「舊日目睹親聞」而「作者身歷」之事，《紅樓夢》完全是實錄；但舊家破落，往往如是；批語中「此等事」三字，即點明「批者曾經」的是與「作者曾經」的同一類事，「一段神奇鬼訝之文，不知從何想來」，已明白表示此繫「想」來之文，且「若無此一番更變，不獨終無散場之局，且亦大不近乎情理」，更從結構上揭示抄檢大觀園一段的作用。批者只是表明他與作者有過相近的生活經驗，所以下文才說「難（雖）事各有殊，然其情理似亦有點（默）契於心者焉」。

周汝昌、周祜昌先生合著之《紅樓夢真貌》第六《脂墨篇》（六）「瞞蔽」道：「批者總是提醒讀者不要上作者的當，不要把作者筆端狡獪都信以為真。這種性質的批語為數不少。……這種批的年月，依稀少懷，有話存不住，不說不說還要說，正是「事無不可對人言芳性」（脂批語）。」（華藝出版社，1998 年，頁 162）這裏所說的，是庚辰本第二十二回「聽曲文寶玉悟禪機，制燈謎賈政悲讖語」中，當史湘雲接著笑道：「倒像林妹妹的模樣兒。」脂硯齋的幾條批語：

G1144【庚辰側】事無不可對人言。

G1145【庚辰夾】口直心快，無有不可說之事。

G1146【庚辰眉】湘雲、探春二卿，正「事無不可對人言」芳性。丁亥夏，畸笏叟。

其實，這與脂硯齋「瞞蔽」毫無關係。脂硯齋作批的特點是，一會兒和作者套近乎，要作者這樣那樣；一會兒又和讀者套近乎，要讀

者不要這不要那，猶如舞臺上的「二丑」，時不時的背過臉去對觀眾說一點俏俏話，時時提醒讀者：「勿被作者瞞過了」，姑稱之為「勿被瞞過」型批語。如第三回敘王夫人關照鳳姐取兩個緞子給黛玉裁衣裳，鳳姐道：「到是我先料著了，知道妹妹不過這兩日到的，我已預備下了。」A0370【◎甲戌眉】：「余知此緞阿鳳並未拿出，此借王夫人之語，機變欺人處耳。若信彼果拿出預備，不獨被阿鳳瞞過，且被石頭瞞過了。」深知「擬書底裏」的脂硯齋，彷彿是一舉揭穿了鳳姐的謊言。但小說中的鳳姐是否在說謊，王夫人是否被她瞞過，原可作多種解釋。鳳姐善觀風色，既知黛玉為賈母鍾愛，預備一兩個緞子乃舉手之勞，何必當面撒謊？退一步說，就算鳳姐機變欺人，「王夫人一笑，點頭不語」，又焉知她不曾識破此事？「余知此緞⋯⋯」中的「知」，是「知曉」還是「料知」？本來是不難看出的。第五回寫秦可卿房中陳設，「案上設著武則天當日鏡室中設著寶鏡」，A0591【◎甲戌側】批道：「設譬調侃耳。若真以為然，則又被作者瞞過。」與小說所寫一切皆真的路數不同，批語揭穿「武則天當日鏡室中設著寶鏡」是假話，要讀者不要「被作者瞞過」。

為了顯示自己諳熟賈府「內情」，脂硯齋還偶而參和進小說的情節。第二十二回敘寶釵生日，賈母命鳳姐點戲，鳳姐素知賈母喜謔笑科諢，便點了一齣《劉二當衣》，G1132【庚辰夾】批道：「寫得周到，想得奇趣，實是必真有之。」G1133【庚辰眉】批道：「鳳姐點戲，脂硯執筆事，今知者聊聊矣，不怨夫。」前一條批重點仍在「實是必真有之」，後一條批為了加強此意，竟說他本人其時不僅親臨觀戲，還執筆為鳳姐點戲。「知者寥寥」錯寫成「知者聊聊」，暫置不論；說他不僅參加了生日觀戲，還為鳳姐點戲執筆，就犯了一個常識性錯誤：「點」，在這裏作「指定」解；所謂「點戲」，只是在戲單上挑選指定戲目，並不需要專人「執筆」。這在《紅樓夢》的描寫中就

有據可查：

1 庚辰本第十一回

尤氏叫拿戲單來，讓鳳姐兒點戲。鳳姐兒說道：「太太們在這裏，我如何敢點？」邢夫人王夫人說道：「我們合親家太太都點了好幾齣了，你點兩齣好的我們聽。」鳳姐兒立起身來答應了一聲，方接過戲單，從頭一看，點了一齣《還魂》，一齣《談詞》，遞過戲單去說：「現在唱的這《雙官誥》唱完了，再唱這兩齣，也就是時候了。」

2 庚辰本第十八回

那時賈薔帶領十二個女戲，在樓下正等的不耐煩。只見一太監飛來說：「作完了詩，快拿戲單來！」賈薔急將錦冊呈上，並十二個花名單子。少時，太監出來，只點了四齣戲：第一齣《豪宴》，第二齣《乞巧》，第三齣《仙緣》，第四齣《離魂》。

3 庚辰本第二十九回

這裏賈母與眾人上了樓，在正面樓上歸坐。鳳姐等佔了東樓。眾丫頭等在西樓，輪流伺候。賈珍一時來回：「神前拈了戲，頭一本《白蛇記》。」賈母問：「《白蛇記》是什麼故事？」賈珍道：「是漢高祖斬蛇方起首的故事。」第二本是《笏滿床》。賈母笑道：「這到是第二本？上也罷了；神佛要這樣，也只得罷了。」又問第三本，賈珍道：「第三本是《南柯夢》。」賈母聽了便不言語。

4 庚辰本第七十一回

> 須臾，一小廝捧了戲單至階下，先遞與回事的媳婦。這媳婦接
> 了，才遞與林之孝家的，用一小茶盤托上，挨身入簾來遞與尤
> 氏的侍妾佩鳳。佩鳳接了才奉與尤氏。尤氏托著走至上席，南
> 安太妃謙讓了一回，點了一齣吉慶戲文，然後又謙讓了一回，
> 北靜王妃也點了一齣。

有三處都提到戲單：第十一回寫鳳姐「接過戲單，從頭一看，點
了一齣《還魂》，一齣《談詞》」，這一次也許脂硯齋不在場，說明不
「執筆」也能點戲。第十八回是太監點戲，第七十一回是王妃點戲，
脂硯齋大約更沒有廁身其間的福分。至於第二十九回神前拈戲，尤是
不要執筆的。就算第二十二回罷，鳳姐之前寶釵先點了一折，鳳姐之
後黛玉又點了一折，「然後寶玉，史湘雲，迎，探，惜，李紈等俱各
點了」。脂硯齋忘記告訴讀者：有這麼多人點戲，是脂硯齋執筆呢，
還是本人執筆？總之，他故作神秘，卻暴露了自己的無知。戴不凡先
生早就發現了問題，說：「這裏明寫鳳姐看得懂戲單，而且點戲根本
不需『執筆』，在較為隆重的賈敬生日如此點戲，怎麼到了為寶釵做
生日點戲時，鳳姐卻變成不識字的人，需要在旁的脂硯代她『執筆』
呢？前後對照，揆之情理，斷難通吧？此其一。何況所謂『點戲』，
根本不像舊日死了人時清秀才、舉人之類拿起筆來點木主那樣『點』
的。舊日戲班的慣例是把自己能演的劇碼寫在戲單上（它一般都是用
小型「經摺」抄錄的），有人要點什麼戲，只需用手指點或吩咐一下
就行；點戲者如不識字，帶班的會口報讓點，或者是由點戲者詢問有
沒有某齣戲，『點戲』從來是用不到『執筆』的。此其二。『點戲』而
需『執筆』，這是輕視『舊劇』的胡適鬧出來的笑話。在這個笑話基

礎上去斷言代鳳姐『執筆』點戲的脂硯是何人，那只能是去捕風捉影。」但是，他又說這條批語應標點為「《鳳姐點戲》（這一節文字係）脂硯齋執筆事……」（《紅學評議‧外篇》，文化藝術出版社，1991 年，頁 143-144），是指小說中「鳳姐點戲」這段情節，乃是脂硯齋「執筆」增入的，這就超越了「抄閱再評」，使其躍升為撰書之人，如此曲為彌縫，是不能成立的。

　　退一步說，即使十九條批語全都是真實的，在本質上也不過是脂硯齋在 A0368【◎甲戌側】中歸納的「卻是日用家常實事」。這些瑣事如果能算作「真事底裏」，那《紅樓夢》的創作也未免太簡單了。

二　脂硯齋「不知道」的原始訊息

　　乍一看去，彷彿脂硯齋真知道許多原始信息；仔細推敲一下，凡他能「證明」的都是似是而非的細枝末節；一遇到小說的主要人物和主要情節，脂硯齋就噤若寒蟬了。將脂硯齋表白「知道」的與表白「不知道」的事情作一番對比，結果是很有趣味的。

　　脂硯齋有時倒很誠實，「不知」二字在脂批中的頻率也很高。真有點「知之為知之，不知為不知」的味道。當然，有的「不知」純是修辭性的。如「姐姐薰的是什麼香？我竟從來未聞見過這味兒」，A0970【◎甲戌側】批道：「不知比『群芳髓』又何如？」又如「我究竟不知晴雯犯了何等滔天大罪」，G2216【●庚辰夾】批道：「余亦不知，蓋此等冤，實非晴雯一人也。」排除這些「不知」，三個脂本用「不知」字樣的批語，約有二十餘條。

　　有的是屬於物事方面的。如第四回所寫「護官符」，本是《紅樓夢》重要節目，當門子說：「老爺既榮任到這一省，難道就沒抄一張護官符來不成？」句旁，A0487【◎甲戌側】批道：「可對聚寶盆，

一歎。三字從來未見，奇之至。」先以調侃的口氣說「護官符」可對「聚寶盆」，然後又說：「三字從來未見」。賈雨村問：「何為護官符？我竟不知不知。」A0488【◎甲戌側】批道：「余亦欲問。」說明脂硯齋原不知道護官符是怎麼一回事。再如敘秦可卿「親自展開了西子浣過的紗衾，移了紅娘抱過的鴛枕。」A0592【◎甲戌側】批道：「一路設譬之文，迥非《石頭記》大筆所屑，別有他屬，余所不知。」秦可卿房中陳設的來歷，脂硯齋也不知道，僅視作「設譬之文」。再「拿碟子盛東西與史湘雲送去」，J0644【●己卯夾】批道：「不知是何碟何物，令人犯思奪。」都沒有說「真有是事，真有是事」。

以上這些，還是瑣事。對《紅樓夢》來說，主人公賈寶玉才是最大的關鍵。甲戌本第三回敘黛玉進榮國府，王夫人談起寶玉，黛玉一一答應著，A0409【◎甲戌眉】：「不寫黛玉眼中之寶玉，卻先寫黛玉心中已畢有一寶玉矣，幻妙之至。只冷子興口中之後，余已極思欲一見，及今尚未得見，狡猾之至。」不僅如此，脂硯齋雖「石兄」、「玉兄」叫不停口，卻居然承認不瞭解那塊「通靈玉」。第八回敘薛寶釵道：「成日家說你的這玉，究竟未曾細細的賞鑒，我今兒到要瞧瞧。」A0937【◎甲戌夾】批道：「自首回至此，回回說有通靈玉一物，余亦未曾細細賞鑒，今亦欲一見。」在「寶釵看畢」句下，A0949【◎甲戌夾】批道：「余亦想見其物矣。前回中總用草蛇灰線寫法，至此方細細寫出，正是大關節處。」

脂硯齋既不了解賈寶玉之物，也不瞭解賈寶玉之心。第十九回敘寶玉撞散了茗煙與萬兒的「好事」，道：「連他的歲屬也不問問，別的自然越發不知了，可見他白認得你了。可憐，可憐！」這事倒比賈母與秦鍾荷包與金魁星更有秘聞的味道，脂硯齋偏沒有出來作證說：「真有是事，真有是事。」J0400【●己卯夾】反批道：

按此書中寫一寶玉，其寶玉之為人，是我輩於書中見而知有此人，實未目曾親睹者。又寫寶玉之發言，每每令人不解；寶玉之生性，件件令人可笑；不獨於世上親見這樣的人不曾，即閱今古所有之小說傳奇中，亦未見這樣的文字。於顰兒處更為甚，其囫圇不解之中實可解，可解之中又說不出理路。合目思之，卻如真見一寶玉，真聞此言者，移之第二人萬不可，亦不成文字矣。余閱《石頭記》中至奇至妙之文，全在寶玉、顰兒至癡至呆、囫圇不解之語中，其詩詞雅謎酒令奇衣奇食奇文等類，固他書中未能，然在此書中評之，猶為二著。（G0683【●庚辰夾】「傳奇」作「奇傳」，「全在」作「令在」，「奇文」作「奇玩」。）

同回敘寶玉在襲人家，讚歎她兩姨妹子長得好，被襲人衝撞了幾句，寶玉笑道：「你說的話，怎麼叫我答言呢？我不過是贊他好，正配生在這深堂大院裏，沒的我們這種濁物倒生在這裏。」這倒是寶玉獨特的語言，且在襲人家裏說出，也可算是一樁秘聞了，脂硯齋偏偏也沒有說：「作者與余，實實經過」；J0461【●己卯夾】反批道：

這皆是寶玉意中心中確實之念，非前勉強之詞，所以謂今古未之一人耳。聽其囫圇不解之言，察其幽微感觸之心，審其癡妄委婉之意，皆今古未見之人，亦是未見之文字；說不得賢，說不得愚，說不得不肖，說不得善，說不得惡，說不得正大光明，說不得混帳惡賴，說不得聰明才俊，說不得庸俗平，說不得好色好淫，說不得情癡情種，恰恰只有一顰兒可對，令他人徒加評論，總未摸著他二人是何等脫胎，何等心臆，何等骨肉。余閱此書，亦愛其文字耳，實亦不能評出此二人終是何等

人物。後觀情榜評曰：「寶玉情不情，代玉情債。」此二評自在評癡之上，亦屬囫圇不解，妙甚。」（G0750【●庚辰夾】「這皆是」作「這皆」，無「何等心臆」四字）

　　脂硯齋用準確無誤的語言說，小說的主人公寶玉「實未目曾親睹者」；「不獨於世上親見這樣的人不曾，即閱今古所有之小說傳奇中，亦未見這樣的文字」。甚至在讀了小說「知有此人」後，還亦實不能評出他是「何等人物」，只覺得他的發言每每令人不解，他的生性件件使人可笑，如此而已。「實未目曾親睹」、「實亦不能評出」，兩個「實」字，分量是很重的。寶玉最出奇的話語是：「只求你們同看著我，守著我，等我有一日化成了飛灰，等我有一日化成了飛灰，……飛灰還不好，灰還有形有跡，還有知識。……等我化成一股輕煙，風一吹便散了的時候，你們也管不得我，我也顧不得你們了。那時憑我去，我也憑你們愛那裏去就去了。」J0508【●己卯夾】卻批道：「脂硯齋所謂不知是何心思，始得口出此等不成話之至奇至妙之話，諸公請如何解得，如何評論？所勸者正為此，偏於勸時一犯，妙甚。」第三十三回「手足耽耽小動唇舌，不肖種種大承笞撻」，敘寫寶玉之挨打，是《紅樓夢》最牽動人心的事件，己卯本、庚辰本都只寫了一條批語，即在「我們娘兒們不敢含怨，到底在陰司裏得個依靠」下，加了一條 J0593【●己卯夾】、G1766【●庚辰夾】：「未喪母者來細玩，既喪母者來痛哭。」對於寶玉的痛楚，可謂無動於衷。這是為什麼？第十九回敘襲人言：「明年他們上來，就贖我出去的呢」，J0466【●己卯夾】批道：「即余今日尤難為情，況當日之寶玉哉？」（G0756【●庚辰夾】同）脂硯齋以「余今日」與「當日之寶玉」對舉，可見他與寶玉非同時之人，故無切膚之痛也。

　　對第一號女主角林黛玉，脂硯齋「知道」得就更少了。除「於顰

兒處更為甚，其囫圇不解之中實可解，可解之中又說不出理路」外，
更用了許多個「不知」：

1. 「便問道：『還是單送我一個人的，還是別的姑娘們都有。』」
   A0856【◎甲戌夾】：「在黛玉心中，不知有何邱壑。」

2. 「冷笑道：『我就知道別人不挑剩下的，也不給我。』」
   A0857【◎甲戌側】：「吾實不知黛卿胸中有何邱壑，再有一
   看上，仿神。」

3. 「噯喲，我來的不巧了。」A0976【◎甲戌側】：「奇文，我
   實不知顰兒心中是何丘壑。」

4. 「姐姐如何反不解這意思。」A0979【◎甲戌夾】：「吾不知
   顰兒以何物為心，為齒，為口，為舌，實不知胸中有何丘
   壑。」

5. 「是不是我來了，你就該去了。」A0981【◎甲戌側】：「實
   不知有何丘壑。」

6. 「黛玉磕著瓜子兒，只抿著嘴笑。」A0995【◎甲戌側】：
   「實不知其丘壑自何處設想而來。」

7. 「連我也不知道。」J0545【●己卯夾】：「正是。按諺云：
   『人在氣中忘氣，魚在水中忘水。』余今續之曰：『美人忘
   容，花則忘香。』此則代玉不知自骨肉中之香同。」（G0851
   【●庚辰夾】同）

8. 「難道你就知你的心，不知我的心不成？」J0584【●己卯
   夾】：「此二語不獨觀者不解，料作者亦未必解；不但作者未
   必解，想石頭亦不解，不過述寶、林二人之語耳。石頭既未
   必解，寶、林此刻更自己亦不解，皆隨口說出耳。若觀者必
   欲要解，須自揣自身是寶、林之流，則洞然可解；若自料不

是寶、林之流,則不必求解矣。方不可記此二句不解,錯謗寶、林及石頭、作者等人。」(G0965【●庚辰夾】同。)

也許有人會說,脂硯齋言「不知有何邱壑」,只是來評她的「心較比干多一竅」,不能說對她不了解。然據甲戌本說,林如海之祖襲過列侯,當今隆恩盛德,額外加恩,至如海之父又襲了一代;林如海是前科探花,已升至蘭臺寺大夫,今欽點出為巡鹽御史,「雖係鍾鼎之家,卻亦是書香之族」。比起皇上額外賜了主事之銜的賈政,不知要高明多少;但在「今已升至蘭臺寺大夫」上,A0197【◎甲戌眉】批道:「官制半遵古名,亦好。余最喜此等半有半無,半古半今,事之所無,理之必有,極玄極幻,荒唐不經之處。」林如海到底做沒做官?做了什麼官?脂硯齋原可跑出來作證道:「嫡真實事,非妄擁也」,「有是事,有是事」;為何來一句不著邊際的「半有半無,半古半今」,「事之所無,理之必有」,「極玄極幻,荒唐不經」呢?林黛玉出身鹽政之家,為何如此寒酸?薛寶釵有金鎖,史湘雲有金麒麟,林黛玉什麼也沒有,只能用「那裏像人家有什麼配的上呢」來發發牢騷,對此,脂硯齋除了 G1758【●庚辰回前】:「二玉心事,此回大書是難了割,卻用太君一言以定,是道悉通部書之大旨」外,一條「揭秘性」的批語也沒有。第三十二回「訴肺腑心迷活寶玉」,敘林黛玉聽見寶玉對史湘雲說:「林妹妹不說這樣混帳話,若說這話,我也和他生分了。」不覺又喜又驚,又悲又歎。對內心世界的刻畫,是極為感人的。不料己卯本、庚辰本本回都只有一條批語:J0592【●己卯回前】、G1765【●庚辰回前】說的是:「前明顯祖湯先生有懷人詩一截,讀之堪合此回,故錄之以待知音:『無情無盡卻情多,情到無多得盡麼。解到多情情盡處,月中無樹影無波。』」

《紅樓夢》第二號女主角薛寶釵,脂硯齋了解得好像也不多。

「近因今上崇詩尚禮，徵采才能，降不世出之隆恩」，A0537【◎甲戌側】批道：「一段稱功頌德，千古小說中所無。」寶釵的金鎖比賈母送給秦鍾的賈母金魁星要重要多了，脂硯齋滿可以批一句「作者今尚記金鎖之事乎？撫今思昔，腸斷心摧。」但他沒有這樣，反而在鎖上鐫有「不離不棄，芳齡永繼」八個字旁，A0964【◎甲戌側】批道：「合前讀之，豈非一對。」A0966【◎甲戌夾】批道：「余亦謂是一對，不知干支中四注八字，可與卿亦對否。」居然有「不知」的字樣出現。第七回敘寶釵談論冷香丸，A0821【◎甲戌夾】批道：「以花為藥，可是吃煙火人想得出者。諸公且不必問其事之有無，只據此新奇妙文悅我等心目，便當浮一大白。」表明冷香丸之有無，脂硯齋自己也是懵懵懂懂的。

不是有人說脂硯齋就是史湘雲嗎？這種「誤讀」，至少說明她應是脂硯齋最熟悉的人。但事實偏偏令人掃興，有關史湘雲的批語甚至少得可憐。第三十一回「因麒麟伏白首雙星」，敘湘雲與翠縷大談陰陽順逆，在薔薇架下拾到一個文采輝煌的金麒麟，比自己佩的又大又有文采。己卯本全回只有三條回後總批，一條 J0590【●己卯回前】云：「金玉姻緣已定，又寫一金麒麟，是間色法也。何顰兒為其所惑？故顰兒謂『情情』。」另一條 J0591【●己卯回後】云：「後數十回若蘭在射圃所佩之麒麟，正此麒麟也。提綱伏於此回中，所謂草蛇灰線在千里之外。」對湘雲的未來好像「知道」得非常清楚，但第六十二回「憨湘雲醉眠芍藥」這一最有詩情畫意的篇章，脂硯齋不僅沒有批「實有其事」或「經過見過」，甚至連一句批語也沒有。本回唯一的批語，是在香菱「一壁胡思亂想」下，J0729【●己卯夾】批道：「又下此四字。」（G2059【●庚辰夾】同）《紅樓夢》最出色的這一回，只有「胡思亂想」四字引起脂硯齋的興趣，真不知該叫人說什麼好！

　　至於對撕扇、品茶、折梅、詠菊、葬花等的「本事」，脂硯齋從不曾批過隻字，說明他同樣「不知」，也就不必再花費筆墨了。

　　對《紅樓夢》中的人和事，脂硯齋一會兒說知，一會兒說不知，該如何看待其間的矛盾？從善意的角度，可以說他試圖傚仿小說評點做法。鴛湖月癡子〈妙復軒評石頭記序〉比較金聖歎與太平閒人張新的評點時說：「聖歎之評，但評其文字之絕妙而已；閒人之評，並能括出命意所在，不啻親造作者之室，日接作者之席，為作者宛轉指授，而乃於評語中為之微言之，顯揭之，罕譬曲喻之，……即起作者於九京而問之，不引為千古第一知己，吾不信也。」（《紅樓夢卷》，頁37）鴛湖月癡子所謂「不啻親造作者之室，日接作者之席，為作者宛轉指授，而乃於評語中為之微言之，顯揭之，罕譬曲喻之」數語，概括了小說評點的較高的境界。脂硯齋批語不時提醒讀者留意那些可能被忽略的細部，所謂「有深意存焉」，「深意他人不解」一類話語，不過是他自命為「唯一知音」的表白。只是脂硯齋的層次太低，他的「登堂入室」論已經徹底走樣。李國文先生對他的描摹，真是傳神極了：

　　　　自有小說這東西以來，沒有一部作品，是像拍照似的，直接從生活中原樣搬來的。脂硯齋主人根本不懂得文學形象和生活真實，是兩回事，生活中從來不會有現成和完整的小說，等你去寫，那用不著作家，派個速記員就夠了。作家的形象思維，是真實，又不是絕對的真實，是生活，又不完全是生活的拷貝。脂硯齋把兩者機械地等同起來，違背了文學創作的基本原理。諸如「並非杜撰而有，作者與余實實經過」等等隻言片語的印證，純屬誤導讀者，如果文學創作就這麼簡單直接的話，一位大師所做的事，隨便拉來一個低能兒，也可以幹得了的。……

脂硯齋的「目睹親聞」，很可能是他個人的幻境了。幻覺對於某些太自作多情的人來說，不是沒有可能產生的。魯迅先生寫二十世紀二三十年代上海租界裏的某些闊少，到妓院裏叫上一大群姑娘，過過怡紅院裏寶哥哥左擁右抱的癮。也是《紅樓夢》看得太多，沉迷其中，幻想自己是賈寶玉，才去追求這種感覺的。對於脂硯齋，不能不承認他把這部書看得太深太透太細太密太投入，以至於分不出什麼是藝術的境界，和生活的現實，把真實和幻覺攪在一起。他把自己視為金陵那條街上榮寧二府中的一員，生活在臆想和白日夢裏，也不是不可能的。脂硯齋在第四十九回眉批裏說過：「今余亦在夢中，特為批評夢中之人而特做此一大夢也。」這倒恐怕是他精神狀態的準確描寫了。脂評本第十七回有一句旁批：「不肖子弟來看形容。余初見之，不覺怒焉，蓋謂作者形容余幼年往事，因思彼亦自寫其照，何獨餘哉。信筆書之，供諸大眾同一發笑。」在這裏，這位脂爺，已經登堂入室，不但視自己是與曹雪芹一樣的不肖子弟，而且，還和他一樣的貴族家庭的經歷，一樣的簪纓世族的童年。（《樓外談紅》，頁 258-259）

第四節　脂硯齋對小說創作的參與

脂硯齋還有一些批語，讓人覺得他還參與過小說創作，其作用「僅僅次於它的作者曹雪芹」，「較之雪芹本人幾乎要畫等號」了。這些批語，大致不出「此回宜分二回方妥」、「缺中秋詩俟雪芹」及命其刪去「秦可卿淫喪天香樓」等三四條，占脂批總數三七八八條的百分之零點零七九。況且這三四條批語的情形，遠不如想像的那樣簡單。

一 「宜分二回方妥」辨

己卯本和庚辰本的第十七回和第十八回是合在一起的，並合用了一個回目：

第十七回至十八回　大觀園試才題對額　榮國府歸省慶元宵

J0181【●己卯回前】另紙批道：

此回宜分二回方妥。（G0400【●庚辰回前】同。）

有紅學家認為，這一版本現象是「早期脂本的一個重要標誌」，說明直到庚辰年、甚至直到曹雪芹生前，都沒有完成分回的工作。也就是說，在曹雪芹稿本上，這兩回始終是寫成一回的，雖經脂硯齋批示：「宜分二回方妥」，曹雪芹也沒有照辦，這種「原稿面貌」就被保留下來了。

於是，便出現了這樣的怪現象：《紅樓夢》第一回說：「曹雪芹於悼紅軒中披閱十載，增刪五次，纂成目錄，分出章回」，而第十七、十八回之間卻沒有「分出章回」！這就像鐵道部宣佈鷹廈鐵路全線通車以後，忽然有人說從三明到沙縣一段還沒有鋪軌一樣荒唐。

是否可以設想一下，或許是這兩回情節特別複雜，以曹雪芹那樣的藝術天才也一時難以將它們分開。具體情況如何，考察一下版本狀況就明白了。請看己卯本「第十七回至十八回」中段（影印本頁 344）的文字：

……王夫人不等回完，便說：「既這樣，我們何不接了他

來？」秦之孝家的回道：「請他，他說：『侯門公府，必以貴勢
壓人，我再不去的。』」（J0294【●己卯夾】「補出妙卿身世不
凡，心性高潔。」）王夫人笑道：「他既是官宦小姐，自然驕傲
些，就下個帖子請他何妨？」秦之孝家的答應了出去，命書啟
相公寫請帖去請妙玉，次日遣人備車轎去接等後話，暫且閣
過，此時不能表白。（J0295【●己卯夾】「補尼道一段，又伏
一案。」）當下又有人回，工程上等著糊東西的紗綾，請鳳姐
去開樓揀紗綾⋯⋯

己卯本上唯一的朱眉──J0296【◎己卯眉】批道：「『不能表
白』後，是第十八回的起頭。」查程甲本第十七回「大觀園試才題對
額，榮國府歸省慶元宵」的結末為：

> ⋯⋯王夫人便道：「這樣我們何不接了他來？」林之孝家的回
> 道：「若請他，他說：『侯門公府，必以貴勢壓人，我再不去
> 的。』」王夫人道：「他既是官家小姐，自然要傲些，就下個請
> 帖請他何妨？」林之孝家的答應著出去，叫書啟相公寫個請帖
> 去請妙玉，次日遣人備車轎去接。不知後來如何，且聽下回分
> 解。

第十八回「皇恩重元妃省父母，天倫樂寶玉呈才藻」開頭為：

> 話說彼時有人回，工程上等著糊東西的紗綾，請鳳姐去開庫拿
> 紗綾⋯⋯

與己卯本眉批的提示完全相合。這個疑問於是就有兩個答案：

1、曹雪芹已江郎才盡，實在無力將這二回分開，虧得程偉元、高鶚二人的高才，方得將其斷為兩回；2、曹雪芹其實已將二回分開，只是抄錄者一時疏忽（暫且排除有意作偽），將它們歸併在一起了。

可以斷言，任何信任曹雪芹才華的讀者，都不會贊同第一個答案。己卯本的抄錄出多人之手，抄手水準極差，態度又極不認真，急忙之中將兩迴文字混抄一起，又漏抄了第十九回的回目，竟使三回共用了一個回目。庚辰本第十九回回末空頁上，有一條署名「玉藍坡」的批語說：

此回宜分作三回方妙，係抄錄人之遺漏。（圖 4-2）

玉藍坡判斷這一錯誤源於「抄錄人之遺漏」，是完全正確的。那麼，抄錄人「遺漏」了什麼呢？遺漏了第十八回、十九回的回目。己卯本、庚辰本第二冊目錄頁題：「石頭記第十一回至二十回」，從序列看應有十回，卻只抄錄了八回回目：

慶壽辰寧府排家宴　　見熙鳳賈瑞起淫心
王熙鳳毒設相思局　　賈天祥正照風月鑒
秦可卿死封龍禁尉　　王熙鳳協理寧國府
林儒海捐館揚州城　　賈寶玉路謁北靜王
王鳳姐弄權鐵檻寺　　秦鯨卿得趣饅頭庵
賈元春才選鳳藻宮　　秦鯨卿天逝黃泉路
大觀園試才題對額　　榮國府歸省慶元宵
王熙鳳正言彈妒意　　林代玉俏語謔嬌音（圖 4-3）

目錄頁不標回次，從頭挨個細數下來，「大觀園試才題對額，榮

國府歸省慶元宵」是第十七回，而「王熙鳳正言彈妒意，林代玉俏語
謔嬌音」，不是第十八回，就是第二十回；由於前頭已標出「石頭記
第十一回至二十回」，則應該算作第二十回。這樣，中間便缺少了第
十八、十九兩回回目。產生這一版本現象的原因，並非作者之屬稿未
定，因為目錄頁已經標明：這是「第十一回至二十回」，是整整十
回，而不是八回；「大觀園試才題對額」回次也標明：這是「第十七
至十八回」兩回，而不是第十七回一回。既然如此，為什麼又會攬在
一起呢？關鍵就出在抄寫上出了錯，而在將第十一回至二十回裝訂成
冊，再據正文回目抄成本冊目錄時（目錄頁為另一人筆跡，與正文不
出一人之手），就只抄了八回的回目，以致第十七、十八、十九三回
合用了一個回目。

　　庚辰本第十九回沒有回目，甚至沒有空出留寫回目的空行，卻在
寶玉說「好妹妹，饒我罷，再不敢了，我因為聞你香，忽然想起這個
故典來」句上，G0882【◎庚辰眉】批道：

> 「玉生言」是要與「小恙梨香院」對看，愈覺生動活潑。且前
> 以代玉，後以寶釵，特犯不犯，好看煞。丁亥春。畸笏叟。

　　眉批中的「玉生言」，乃「玉生香」之誤。程甲本第十九回回目
正作「情切切良宵花解語，意綿綿靜日玉生香」；己卯本後來添寫的
第十九回回目，亦作「情切切良霄花解語，意綿綿靜日玉生香」，與
之完全一致（唯將「宵」字誤寫作「霄」）。可見「玉生香」的回目，
也是抄錄者抄漏的。

　　當然，脂硯齋所謂「此回宜分二回方妥」，也可以理解指示抄錄
者分開；「此回」云云，並未將第十七、十八回看為一回。正如俞平
伯先生強調的那樣：「原本底回目，只有八十；亦不多一回，多一回

已八十一了，亦不少一回，少一回只七十九了。重言以申明之，原本回目，與本文相同，都只有八十之數。」（〈紅樓夢辨〉，《俞平伯論紅樓夢》，頁 101）己卯本也好，庚辰本也好，這一回都不作「第十七回」，而作「第十七回至十八回」；在總回目序列中，同樣不算一回而算作兩回。在這裏，脂硯齋也許沒有說謊，只不過被人理解錯誤了。

二 「缺中秋詩」辨

庚辰本第七十五回「開夜宴異兆發悲音，賞中秋新詞得佳讖」回前之另頁，G2173【庚辰回前】批道：

> 乾隆二十一年五月初七日對清。
> 缺中秋詩，俟雪芹。
> 　　　開夜宴　發悲音
> 　　　賞中秋　得佳讖

有人說，這條批語表明，脂硯齋參與了《紅樓夢》的「對清」工作，這是庚辰本上保留下來的僅有的痕跡。馮其庸先生還說：

> 這個過錄的庚辰本在過錄的時候，是據一個完整的（內缺六十四、六十七兩回）過錄的己卯本過錄的……那麼，己卯本的底本（這裏不是指怡府過錄的己卯本而是指己卯原本）又是什麼呢？我認為，它就是那個「乾隆二十一年五月初七日對清」的「丙子本」。很可惜，現在的過錄己卯本已經散失了近一半了，而這些帶有重要的歷史記錄的幾回，都在散失之列。但根據庚辰、己卯兩本的一系列的共同特徵來看，己卯本的散失部

分內，必然會有與庚辰本相同的這些題記，如：「乾隆二十一年五月初七日對清」，「此回未成，而芹逝矣，歎歎！」等等。因為庚辰本是忠實地過錄過錄的己卯本的，連行款都基本上一樣，因此現在庚辰本上上述這類重要題記，在過錄的己卯本上不可能沒有。由此，我們可以推測出來：己卯本以前的底本，應該是這個「丙子本」。這就是說，丙子、己卯、庚辰這三個不同的本子，最初是一個底本，丙子本經己卯冬月的重定和加批，就成為己卯本，並經人傳抄了出來（也有人認為己卯、庚辰是一次評閱，跨了兩個年頭，這一設想也是值得重視的）。這三本的原始底本，就是一直在脂硯齋和曹雪芹手裏不斷加批和重定的本子，正是由於這個原因，所以在這個庚辰本上，會保留丙子、己卯、庚辰這三個對於《紅樓夢》來說具有重要的歷史意義的紀年。這三個紀年彙集在這個本子上，決不同於從別本的轉錄，而是原來就是在這三個本子的共同祖本上的重要歷史印記。……這些批語中，最早的一條隨記，就是七十五回前乾隆二十一年的那一條。除前面已經引過的那段文字外，還有「缺中秋詩，俟雪芹」等批語和可能是試擬的回目。……乾隆二十一年曹雪芹還活著，批者還等他來補中秋詩，但是到乾隆三十二年（丁亥），曹雪芹早已逝去，批者面對著這一大堆斷簡殘篇，不能不發出深深的感歎。（〈我與《紅樓夢》〉，《紅樓夢學刊》，2000 年第 1 輯）

什麼叫「對清」？顧名思義，校對謄清之謂也，指的是以原稿來校對抄本。本回回目已經寫明「開夜宴異兆發悲音，賞中秋新詞得佳讖」了，也就是說，它早已「對清」了。批語再裝模作樣地「試擬回目」，寫上「□□□開夜宴發悲音」、「□□□賞中秋得佳讖」，還有什

麼意思呢？至於「對清」的範圍，究竟是指《紅樓夢》全書，還是僅指第七十五回？如果是全書的對清，為什麼批語寫在第七十五回上？如果「對清」的是第七十五回，為什麼還有那麼多的差錯訛謬？請看事實：這條回前批的字體，與本回正文頁一至十二（影印本頁 1833-1856）出一人之手。這位抄錄者不惟書法甚劣，語文功底亦極差，故錯漏頗多。如將「尤氏從惜春處賭氣出來」，抄成「賭出氣來」，又勾乙回去；將「別往上頭房裏去」，抄成「別往上別房裏去」，又加改動之類。這種人不明文理，看一字抄一字，還是不免出錯。正文頁十三至十四（影印本頁 1857-1860）為另一人所抄，此人不僅書法較佳，語文水準也超勝前者，看一行抄一行，信筆所之，不免改動文句，如將「常日到還不覺人少」，抄成「往常到還不覺人少」，將「在下面依次坐定」，抄成「在下方依次坐定」，又一一改回之類。凡此種種，是脂硯齋不負責任，還是他根本就不曾「對清」？這些，大約是脂硯齋自己也無法說清的。

所謂「缺中秋詩」一案，就出在後一位抄手所抄的頁十四（影印本頁 1860）中。當賈政命寶玉即景作詩，此人先抄為：

>……寶玉聽了在心坎裏上遂立想了四句向紙上寫了呈與賈政看道是賈政看了點頭不語。

隨後，在「裏」字、「道是」二字上各加一點，將其抹去；可見「裏」與「道是」三字，均繫抄時無意加寫，後經發現後塗去，則其所據底本當為：

>……寶玉聽了，在心坎上，遂立想了四句，向紙上寫了，呈與賈政看。賈政看了，點頭不語。（圖 4-4）

　　「道是」二字為原底本所無，還可從其與「賈政看了」四字緊接，得到證明；若此處確有一詩應予補寫，則必須留出相應的空格才行；那種以為是過錄者故意把「道是」二字點去，勉強把上下句聯接起來的看法，是不符合情理的。

　　不過，本頁最後一行關於賈蘭做詩的文字，確有一處「道是」未被點去：

　　　見獎勵寶玉他便出席也做一首遞與賈政看時寫道是□□（圖
　　　4-5）

　　本行共二十二字，下面還有兩字空格。乍一看去，似乎底本上確實缺了賈蘭的中秋詩。但從抄錄角度看，第二位抄手所抄的只有兩頁，此處恰為本頁的最後一行。到了下一頁（第 1861 頁），又換第一抄手來抄，首行為「賈政看了，喜不自勝……」。按庚辰本的行款，半頁十行，每行字數不等：第一抄手或二十六字，或二十五字；第二抄手或二十九字，或二十八字，所以抄到末一行，尚多出好幾個空格，即便加上「寫道是」三字，還餘下兩個字的空格，匆匆抄完交差，也就不暇顧及了。

　　再從小說內容看，此回之重點，非欲寫寶玉之能詩；況且寶玉在賈政面前，早已不安，哪有心思作詩？只求混過眼前一關，就是幸事，所以根本不須將寶玉的詩寫出。寶玉既然虛寫，賈蘭之詩就更不足道了。同一回中，還有第三個做詩的人，那就是賈環：小說寫他「便也索紙筆來立成一絕與賈政，賈政看了，亦覺稀罕」。賈環之詩既未寫出，亦可反證中秋之詩，根本不存在殘缺之事，何勞脂硯齋來「對清」？再說，乾隆二十一年就已發現「缺中秋詩」，到乾隆二十五年（庚辰）「定本」，時間已過了四年，為何還干將雪芹「俟」來？

　　馮其庸先生想以「庚辰本是忠實地過錄過錄的己卯本」為由，證明「乾隆二十一年五月初七日對清」的可信，證明「丙子本」的存在。但「忠實過錄」己卯本的庚辰本，卻生造出四十九條署名「畸笏叟」的批語，可以說毫無「忠實」可言。馮先生又說，現存己卯本是在丁亥即乾隆三十二年（1767）後過錄的；現存庚辰本是據己卯過錄本過錄的，時間約在乾隆三十三、四年以後。試問，其時距曹雪芹逝世的乾隆二十七年（1763）已有六、七年之久，他們怎能「俟」雪芹來對清？可見，「乾隆二十一年對清」云云，是絕對站不住腳的。

第五節　命刪「秦可卿淫喪天香樓」證辨

　　在《紅樓夢》近百萬字篇幅中，有關秦可卿的文字不過一萬，但這位「金陵十二釵」中著墨最少、退場最早的人物，卻引惹出一個罕與其匹的熱門論題：早在《紅樓夢》傳播之初，關於她的人品就有貞潔、淫蕩的歧見，關於她的死因又有病逝、自縊的不同；自二十世紀二十年代甲戌本出現以來，雪芹原作有「秦可卿淫喪天香樓」的文字、後遵脂硯齋之命刪去之說，幾成不刊之論。基乎此，紅學家們紛紛傾注極高的熱情，去解索那精微神秘的「秦可卿之謎」──有人相信，藉此可以弄清《紅樓夢》複雜的成書過程；有人相信，藉此可以探明《紅樓夢》隱去的「歷史真相」；有人相信，藉此可以破譯《紅樓夢》深藏的「信息密碼」……或撰寫學術論文，或改編電視劇，轟轟烈烈，熱鬧非凡，大有再解索百年之勢。

　　然而，不論從文本解讀、還是邏輯推導的角度看，「秦可卿淫喪天香樓」之說都堪稱虛妄的謊言，後世紅學家所做的發揮，尤是遠離版本、文獻的主觀臆斷。揭穿此說的悖謬本質，是使新世紀紅學研究走上健康之路的當務之急。

一　小說文本的敘寫和歷來讀者的接受

秦可卿問題的歧義，涉及德行和死因兩大要點，在試圖對此作出解答之前，必須確立一個基本前提——秦可卿是虛構的小說人物，判斷她的一切，依據只能是小說文本的敘寫。

先看秦可卿的德行（重點是否犯有「淫」行）。秦氏第一次出場在第五回「賈寶玉神遊太虛境」。先是尤氏帶了賈蓉夫妻二人，來請賈母等人觀賞梅花。書中此時未出秦氏之名，只以「賈蓉夫妻二人」籠統帶過。家宴之後，寶玉欲睡中覺，賈母命人好生哄著歇息，於是秦氏第一次開了口，忙笑道：「我們這裏有給寶叔收拾下的屋子，老祖宗放心，只管交與我就是了。」又親向寶玉的奶娘丫鬟等道：「嬤嬤、姐姐們，請寶叔隨我這裏來。」用挑剔的眼光看，個中不免有令人生疑之處：她何以事先就有「給寶叔收拾下的屋子」？又為何說「只管交與我就是了」？彷彿是要回答讀者的疑問，小說緊接著就補了一句：「賈母素知秦氏是個極妥當的人，生的嫋娜纖巧，行事又溫柔和平，乃重孫媳中第一個得意之人，見他去安置寶玉，自是安穩的。」

秦氏引了一簇人來至上房內間（這大約就是她「給寶叔收拾下的屋子」了），寶玉看見《燃藜圖》等，斷斷不肯睡在這裏。秦氏笑道：「這裏還不好，往那裏去呢？——不然，往我屋裏去吧。」——這個主意出得確實有些唐突，有嬤嬤當即表示反對，說：「那裏有個叔叔往侄兒媳婦房裏睡覺的禮？」秦氏笑道：「噯喲，不怕他惱：他能多大了，就忌諱這些麼？上月你沒看見我那個兄弟來了，雖然和寶叔同年，兩個人若站在一處，只怕那一個還高些呢。」秦氏這番高論，嬤嬤雖然不好再持非議，但後來徐鳳儀卻在《《紅樓夢》偶得》中反駁道：「第五回可卿答老嬤云『他能多大了』云云，豈有與乃弟

同年之人就不忌諱？此中曖昧，作者不待明言。」（《紅樓夢卷》，頁 77）總之，秦可卿似乎難脫「曖昧」之嫌。

剛至秦氏房中，便有一股甜香襲人，寶玉便覺眼餳骨軟，連說：「好香！」嚮壁上看時，有唐伯虎畫的《海棠春睡圖》，兩邊有宋學士秦太虛寫的「嫩寒鎖夢因春冷，芳氣襲人是酒香」對聯，案上設著武則天鏡室中設的寶鏡，擺著趙飛燕立著舞的金盤，盤內盛著安祿山擲過傷了太真乳的木瓜，上面設著壽昌公主於含章殿下臥的寶榻，懸的是同昌公主製的連珠帳。秦氏笑道：「我這屋子，大約神仙也可以住得的。」親自展開了西子浣過的紗衾，移了紅娘抱過的鴛枕，安置寶玉午睡。周春《閱紅樓夢隨筆·紅樓夢約評》評道：「秦可卿房中陳設種種，便覺吒異。」（《紅樓夢卷》，頁 69）為甚詫異？不言自明。

寶玉神遊太虛境，恍惚間是被秦氏引去的。警幻仙在「曲演紅樓夢」後，說道：「再將吾妹一人，乳名兼美，表字可卿者，許配於汝。今夕良時，即可成姻。」說畢，便秘授以雲雨之事，將門掩上自去。但種種繾綣柔情，與可卿難解難分，都從寶玉夢中寫出，而可卿無與焉。——當寶玉入睡時，秦氏正在房外吩咐丫鬟們看貓兒打架；忽聞寶玉夢中喊「可卿救我」，納悶道：「我的小名，這裏從無人知道，他如何知得，從夢裏叫出來？」

《紅樓夢》文本又有另一種形態的敘事，讓這些撲朔迷離的事情更加令人生疑。這就是「金陵十二釵正冊」秦可卿的判詞：「情天情海幻情身，情既相逢必主淫。」《紅樓夢十二曲》【好事終】：「擅風情，秉月貌，便是敗家的根本。」彷彿確有某種暗示。據此，王希廉《紅樓夢總評》斷言：「秦氏為寧府淫亂之魁。」（《紅樓夢卷》，頁 146）解居士《悟石軒石頭記集評·石頭臆說》亦云：「太虛幻境又曰『孽海情天』，其旨可知。太虛，即指秦太虛也。『秦氏』與『情事』同音，謂情事之幻境也。秦氏名『可卿』，言『可人之情事』也。弟名

秦鍾，情所鍾也。父名秦業，情之孽也。警幻仙子與可卿為姊妹，是一是二，恍惚迷離，殆不可辨。雲雨之事，其警幻所訓歟，抑可卿所訓也？疾夢仙姑、鍾情大士、引愁金女、度恨菩提，得毋可卿之化身耶？小名兼美，誠不愧矣。」（《紅樓夢卷》，頁189）可卿姓秦，秦與「情」同音，而「情」與「淫」又聯繫在一起，讀者對秦可卿的德行產生疑問，是十分自然的。

正是這種疑心在起作用，當秦可卿第七回「寧國府寶玉會秦鍾」第二次出場，焦大大罵「爬灰的爬灰，養小叔的養小叔子」，秦氏就擔上了嫌疑。當聽說派焦大送秦鍾家去，尤氏、秦氏都反應道：「偏又派他作什麼？那個小子派不得？偏又惹他！」到底是尤氏還是秦氏，小說籠統出之，但不願惹焦大的心理，卻是一致的。那麼，為何不願甚至不敢惹焦大這個下人呢？文本的解釋，是他有功於賈府：「只因他從小兒跟著太爺出過三四回兵，從死人堆裏把太爺背了出來，得了命；自己挨著餓，卻偷了東西給主子吃；兩日沒水，得了半碗水，給主子吃，他自己喝馬溺。不過仗著這些功勞情分，有祖宗時，都另眼相待，如今誰肯難為他？」潛在的解釋，則是他握有賈府的把柄：「每日偷狗戲雞，爬灰的爬灰，養小叔的養小叔子，我什麼不知道？」

「爬灰的爬灰，養小叔的養小叔子」，似乎是有所指的。書中說「焦大益發連賈珍都說出來」，亂嚷亂叫說：「要往祠堂裏哭太爺去，那裏承望到如今生下這些畜牲來！」秦可卿是賈珍之媳，秦氏死後，賈珍又哭的淚人一般，說到料理後事，賈珍拍手道：「如何料理，不過盡我所有罷了！」所以，焦大所罵，最有嫌疑的自然是賈珍了。但秦氏曾對鳳姐說過「公公婆婆當自己的女孩兒似的待」的話，在《紅樓夢》文本中，賈珍與秦氏有染，絕無一絲一毫蹤跡可尋，焉知不是焦大為泄私憤的「胡」呢？

　　焦大的混罵，還可以從「養小叔子」中得到反證。寶玉夢中聽說秦氏死了，只覺心中似截了一刀，哇的一聲直奔出一口血來。周春〈閱紅樓夢隨筆・紅樓夢約評〉評道：「寶玉聞死，心中似截了一刀，直奔出一口血來。余笑寶玉焉得此一副急淚，一腔熱血。」（《紅樓夢卷》，頁 71）但寶玉是秦氏的叔輩，與「養小叔子」對不上號。故又有人以為罵的是鳳姐，因為她與寶玉最密（寶玉還常「猴」在她身上），第二十一回「俏平兒軟語救賈璉」，賈璉對平兒道：「我和女人說話，略近些，他就疑惑；他不論小叔子、侄兒，大的、小的，說說笑笑，就不怕我吃醋了。」但當時平兒就反駁道：「他原行的正，走的正；你行動便有個壞心。」解居士《悟石軒石頭記集評・石頭臆說》亦云：「焦大所罵『養小叔』，非指鳳姐也，須知之。」（《紅樓夢卷》，頁 194）按，「養小叔子」不能按北方方言「養漢」來理解，「養」在南方方言是「生」的意思，《紅樓夢》即有「長子賈代化襲了官，也養了兩個兒子」可證。「爬灰的爬灰，養小叔的養小叔子」，說的原是同一件事：媳婦與公公通，生下的孩子在名分上應是夫弟（小叔子）。而《紅樓夢》中，根本不存在「養小叔子」的事，焦大的話，顯然是當不得真的。

　　再看秦可卿的死因（是否因「淫」而「喪」）。這本來是清楚的，因為小說詳敘了她患病的全過程。第十一回「慶壽辰寧府排家宴」，寫尤氏回答王夫人道：「他這個病，得的也奇。上月中秋，還跟著老太太、太太頑了半夜，回家來好好的。到了二十日已後，一日比一日覺懶了。又懶得吃東西，這將近有半個多月。經期又有兩個月沒來。」第十回「金寡婦貪利權受辱，張太醫論病細窮源」，寫尤氏金氏發問道：「他這些日子不知怎麼，經期有兩個多月沒有來。叫大夫瞧了，又說並不是喜。那兩日，到下半日就懶怠動了，話也懶怠說，眼神發眩。」在此期間，大夫三四個人一日輪流著倒有四五遍來看

脈，大家商量著立個方兒，吃了也不見效。到九月初，請來張先生診了脈息，道是：「左寸沉數，左關沉伏；右寸細而無力，右關需而無神。其左寸沉數者，乃心氣虛而生火；左關沉伏者，乃肝家氣滯血虧。右寸細而無力者，乃肺經氣分太虛；右關虛而無神者，乃脾土被肝木剋制。心氣虛而生火者，應現經期不調，夜間不寐。肝家血虧氣滯者，應肋下疼脹，月信過期，心中發熱。肺經氣分太虛者，頭目不時眩暈，寅卯間必然自汗，如坐舟中。脾土被肝木剋制者，必然不思飲食，精神倦怠，四肢酸軟。」又說：「大奶奶這個症候，可是那眾位耽擱了。要在初次行經的時候就用藥治起，只怕此時已全癒了。如今既是把病耽誤到這個地位，也是應有此災。依我看起來，這病尚有三分治得。」賈蓉問：「這病與性命終久有妨無妨？」先生笑道：「大爺是最高明的人。人病到這個地位，非一朝一夕的症候了。吃了這藥，也要看醫緣了。依小弟看來，今年一冬是不相干的。總是過了春分，就可望全愈了。」賈蓉也是個聰明人，也不往下細問了。

　　自張先生開了方子，吃了一劑藥，頭眩的略好些，別的仍不見大效。九月半，鳳姐來探視，說道：「怎麼幾日不見，就瘦的這樣了！」秦氏強笑道：「我自想著，未必熬的過年去呢。」此後，鳳姐兒不時親自來看秦氏，秦氏也有幾日好些，也有幾日歹些。十一月三十日冬至。到交節的那幾日，賈母日日差人去看秦氏，回來的人都說：「這幾日未見添病，也未見甚好。」十二月初二日，鳳姐來到寧府，看見秦氏臉上身上的肉都瘦幹了。鳳姐回到尤氏上房坐下，尤氏道：「你冷眼瞧媳婦是怎麼樣？」鳳姐兒低了半日頭，說道：「這個就沒法兒了。你也該將一應的後事，給他料理料理，沖一沖也好。」護花主人第十回後總評：「張友士細說病源，莫止作病看，須知是描出一副色欲虛怯情狀。」「第十回將完結秦氏公案，故細說病源，以見是不起之證。」

秦可卿的死亡，《紅樓夢》文本則是作暗場處理的。第十三回先是寫秦氏託夢給鳳姐，臨別贈以「三春去後諸芳盡，各自須尋各自門」兩句詩：

> ……鳳姐還欲問時，只聽二門上傳事雲板連叩四下，正是喪音，將鳳姐驚醒。人回：「東府蓉大奶奶沒了。」鳳姐嚇一身冷汗，出了一回神，只得忙穿衣往王夫人處來。

由於沒有正面敘寫秦氏的死亡場面，致使懷疑秦氏自縊有了依據，主要是「金陵十二釵正冊」秦可卿名下，畫著一座高樓大廈，上有一美人懸樑自縊，加之第一百十一回「鴛鴦女殉主登太虛」寫鴛鴦欲自盡時，隱隱有個女人拿著汗巾子好似要上弔的樣子，細細一想道：「哦，是了，這是東府裏的小蓉大奶奶啊！他早死了的了，怎麼到這裏來？必是來叫我來了。他怎麼又上弔呢？」想了一想道：「是了，必是教給我死的法兒。」徐鳳儀《紅樓夢偶得》云：「第七回焦大罵中『連賈珍都說出來』七字，足襯可卿之魄，所以繪其縊死之由。一百十一回鴛鴦云『他什麼又上弔呢』，詞中亦有畫梁春盡之句，閱者勿被瞞過。」（《紅樓夢卷》頁 78）青山山農《紅樓夢廣義》（光緒二十八年刊本）云：「秦可卿本死於縊，而書則言其病，必當時深諱其事而以疾告於人者。觀其經理喪殯，賈珍如此哀痛，如此慎重，而賈蓉反漠不相關，父子之間，嫌隙久生。向使可卿不早自圖，老賊萬段之禍，未必不再兄於阿翁也。嗚呼，可卿其死晚矣。」（《紅樓夢卷》，頁 213）洪秋蕃《紅樓夢抉隱》（1925 年）第十三回回後總評：「秦氏死，只由鳳姐一邊聽得，不從東府敘來，以其死於自經，略而不書也。」但所有這些以秦氏死於自經的人，都沒有說清「淫」和「喪」的關係，即秦氏何以會走上自盡的道路。

　　當然，也有對「金陵十二釵」冊子所畫之圖別作解釋的。如周春《閱紅樓夢隨筆・紅樓夢約評》云：「可卿在警幻宮中，管的是該懸樑自盡的癡情怨女，非可卿自謂也，文理甚明。」（《紅樓夢卷》第76頁）其實，冊子所畫大半具隱喻的意義，不定作實看待。如林黛玉畫著兩株枯木，木上懸著一圍玉帶；薛寶釵畫一堆雪，雪下一股金簪；元春畫著一張弓，弓上掛一香櫞；探春畫兩人放風箏，一片大海，一隻大船，船中有一女子，掩面泣涕之狀；史湘雲畫幾縷飛雲，一灣逝水；妙玉畫一塊美玉，落在泥污之中；迎春畫一惡狼，追撲一美女，欲啖之意；惜春畫一所古廟，裏面有一美人，在內看經獨坐；鳳姐畫一片冰山，上面有一隻雌鳳；巧姐畫一座荒村野店，有一美人，在那裏紡績；李紈畫一盆茂蘭，傍有一位鳳冠霞帔的美人。或隱喻姓名，或暗寓身世。正如畫一惡狼欲啖美女，並不等於迎春被狼吞噬，秦可卿之畫美人懸樑自縊，無非是隱喻她為自己所戕。她是個「心性高強、聰明不過的人。但聰明太過，則不如意事常有；不如意事常有，則思慮太過」，是憂慮傷脾所致。太平閒人回後總評：「秦為『情種』，乃即人欲，物極則返，仍歸虛靈，故作者言於既死之後，見這『情種』與那『情種』相為倚伏，其轉機在一『慮』字。知止、定、靜、安，逐層工夫，一『慮』字周匝之矣。秦氏不能『慮』，故為『情種』，為自殺，而定其死於『思慮傷脾』之一言。」太平閒人之所謂「自殺」，非自縊之類，而是自我摧殘，自我戕害的意思。可卿出身貧寒，又是最晚輩的媳婦，因此一言一行，小心謹慎，為人處世，力求圓融，尤氏道：「他可心細，不拘聽到什麼話，卻要衡個三日五夜才算。」可見精神負擔之重。

　　《紅樓夢》開卷時作者的自白：「今風塵碌碌，一事無成，忽念及當日所有之女子，一一細考較去，覺其行止見識，皆出我之上。我堂堂鬚眉，誠不若彼裙釵，我實愧則有餘，悔又無益，大無可如何之

日也！」曹雪芹寫《紅樓夢》的動機，是為「閨閣昭傳」，編述「行止見識，皆出我之上」的當日女子，而「鮮豔嫵媚有似乎寶釵，風流嫋娜則又如黛玉」，兼二人之長乳名「兼美」的秦可卿，不可能寫成淫邪之輩的。涂瀛《紅樓夢論贊・秦可卿贊》云：「可卿，香國之桃花也，以柔媚勝。愛牡丹者愛之，愛蓮者愛之，愛菊者亦愛之。然賦命群芳為至薄，女子忌之。故談星相者，以命帶桃花、面似桃花為病。可卿獲於人而不獲於天，命帶之乎，亦面似之也。愛可卿者，並怨桃花。」（《紅樓夢卷》，頁 130）

二 「秦可卿淫喪天香樓」證謬

自《紅樓夢》問世二百年來，儘管讀者對秦可卿之死在接受上有不同的理解，但即便是那些認定秦可卿犯有「淫行」自縊而死的人，也沒有說過她死於天香樓，更沒有說過雪芹原作中有「秦可卿淫喪天香樓」的文字。甲戌本是「秦可卿淫喪天香樓」的獨家揭發者。其第十三回回末有兩條批語，A1126【◎甲戌眉】云：

> 此回只十頁，因刪去天香樓一節，少卻四五頁也。

A1127【◎甲戌回後】云：

> 「秦可卿淫喪天香樓」，作者用史筆也。老朽因有魂託鳳姐賈家後事二件，嫡是安富尊榮坐享人能想得到處。其事雖未漏，其言其意則令人悲切感服。姑赦之，因命芹溪刪去。（圖 4-6）

檢驗甲戌本批語說得對不對，可以先從一個細節入手，看看秦可

卿是否會「淫喪」於「天香樓」。「天香樓」在《紅樓夢》全書中凡
三見：

1. 第十一回寧府慶壽辰，在會芳園裏預備下小戲兒，鳳姐看過
秦氏，從裏頭繞進園子的便門，轉過了一重山坡兒，已來到
了天香樓後門，見寶玉和一群丫頭、小子們在那裏頑，然後
款步提衣上了樓。
2. 第十三回秦可卿死後，另設一壇於天香樓上，請九十九位全
真道士，打四十九日解冤洗業醮。
3. 第七十五回賈珍因居喪無聊，便以習射為由，請了各世家弟
兄及諸富貴親友來較射，在天香樓下箭道內立了鵠子。

可見，天香樓坐落在會芳園裏，是個寬敞的公共場所，可容下多
人看戲，甚至九十九位道士設壇打醮，寶玉可與丫頭小子頑，諸親友
也可前來較射。它和秦可卿的住處，又隔著一道山坡。「淫喪天香
樓」云云，未說清是「淫」於天香樓，還是「喪」於天香樓。但可以
肯定的是，它既不適宜於男女幽會，更非懸樑自盡的地方。

更關鍵的是《紅樓夢》原稿的真相。按甲戌本脂批字面去理解，
《紅樓夢》第十三回稿本上，原有一段長達四五頁的「秦可卿淫喪天
香樓」的描寫，脂硯齋（老朽）因秦可卿臨死魂託鳳姐賈家後事二
件，其言其意令人悲切感服，遂「赦免」其過，「命」作者刪去了。
這條批語向為論者所推崇，視為小說成書中「在立意方面的一次重大
突破」的重要證據。

如果這兩條批語是批在寫有秦可卿淫喪天香樓文字的「舊本」
上，那確實足以證明後出的本子已遵囑統統刪削，此批是絕對可信
的。可惜情況恰恰相反，「命芹溪刪去」的批語，不是批在「未刪

的舊稿上，而是批在「已刪」的定本上，充其量不過是對「既成事實」的追述。那麼，「原本」是否確有「淫喪天香樓」一節，本身就是需要證實的問題。

首先，脂批所說「此回只十頁，因刪去天香樓一節，少卻四、五頁」，不合事實。此回甲戌本為十一頁，不是十頁，少算了一頁，這不像是粗心，而是另有用意。因為本回是否作了刪削，可以通過與相鄰各回篇幅的對比加以檢驗。甲戌本缺第九、十、十一、十二回，第十三回十一頁，十四回十二頁，十五回十一頁：第十三回並不特別短。己卯本第十一回至十五回皆存，各回的頁數、行數、字數（以每行三十字計）為：

第十一回　八點五頁　一六五行　約四九五〇字

第十二回　六點五頁　一二三行　約三六九〇字

第十三回　八頁　一五二行　約四五六〇字

第十四回　八點五頁　一五九行　約四七七〇字

第十五回　八頁　一五三行　約四五九〇字

己卯本第十三回的字數，與第十一、十四、十五回相去無幾，比字數最多的十一回，只少二九〇字，而比字數最少的十二回，還多八七〇字。假若此回確實刪去四五頁（姑以四頁計算，甲戌本每頁24行，每行18字），則應加上一七二八字，共得六二八八字，就大大超過相鄰幾回的字數了。可見刪去四、五頁之說，絕不可信。

其次，脂硯齋說第十三回原來寫有四、五頁「秦可卿淫喪天香樓」的文字，意思是「淫喪天香樓」的情節原稿都在一回中交代完畢。公公與媳婦的亂倫，除非是偶發事件，可以一回寫清，但焦大之罵，早在第七回就寫到了，他不可能未卜先知。從文本的實際情況

看，更是完全不可能的。甲戌本第十三回回目是「秦可卿死封龍禁尉，王熙鳳協理寧國府」，一開頭即寫：

> 話說鳳姐自賈璉送黛玉往揚州去後，心中實在無趣，每到晚間，不過和平兒說笑一回，就胡亂睡了。這日夜間，正和平兒燈下擁爐倦繡，早命濃薰繡被，二人睡下，屈指算行程該到何處，不知不覺已交三鼓，平兒已睡熟了。鳳姐方覺星眼微朦，恍惚只見秦氏從外走了進來，含笑說道：「嬸子好睡！我今兒回去，你也不送我一程。因娘兒們素日相好，我捨不得嬸嬸，故來別你一別。還有一件心願未了，非告訴嬸子，別人未必中用。」鳳姐聽了，恍惚問道：「有何心願，你只管託我就是了。」

秦可卿在「魂託鳳姐賈家後事二件」之後，又說：「眼見不日又有一件非常喜事，真是烈火烹油、鮮花著錦之盛。」鳳姐問有何喜事，可卿道：「天機不可洩漏。只是我與嬸子好了一場，臨別贈你兩句話，須要記著。」因念道：「三春去後諸芳盡，各自須尋各自門。」甲戌本接著寫道：

> ──鳳姐還欲問時，只聽二門上傳事雲板連叩四下，正是喪音，將鳳姐驚醒。人回：「東府蓉大奶奶沒了。」鳳姐聞聽嚇了一身冷汗，出了一回神，只得忙忙的穿衣服，往王夫人處來。

總共不過兩頁篇幅，已經將秦可卿的故事徹底了斷，請問，「秦可卿淫喪天香樓」的文字該加到本回的什麼地方呢？

不僅第十三回加不進這四、五頁文字，《紅樓夢》的任何地方也

加不進這四、五頁文字。上面說過，甲戌本缺第九、十、十一、十二回四回，秦可卿出場的只有第五回和第七回兩回，第五回是「開生面夢演紅樓夢，立新場情傳幻境情」，第七回是「送宮花賈璉戲熙鳳，宴寧府寶玉會秦鍾」，都沒有寫秦可卿的「淫」，也沒有寫秦可卿的病。不僅如此，在第五回「賈母素知秦氏是個極妥當的人」後，A0579【◎甲戌側】云：「借賈母心中定評。」（與【有正夾】同）在「乃重孫媳婦中第一個得意之人」後。A0580【◎甲戌側】云：「又夾寫出秦氏來。」（【有正夾】作「又夾寫秦氏出來」）在第七回焦大罵「每日家偷狗戲雞，爬灰的爬灰，養小叔子的養小叔子」後，A0903【◎甲戌眉】云：「一部《紅樓》淫邪之處，哈（恰）在焦大口中揭明。」也沒有指實是罵秦可卿。甲戌本第七回在「爬灰的爬灰」句有墨筆側批云：「珍哥兒」；在「養小叔的養小叔子」句有墨筆側批「寶兒在內」，這兩條墨批，一般不認為是脂硯齋所批，就略而不論了。

　　同題為「脂硯齋重評石頭記」的己卯本，在第十回「金寡婦貪利權受辱，張太醫論病細窮源」中，卻有尤氏對金寡婦細說可卿的一段話：「他這些日子不知是怎麼著，經期有兩個多月沒來。叫大夫瞧了，又說並不是喜。那兩日到了下半天就懶待動，話也懶待說，眼神也發眩。」又寫張先生細論病源，秦可卿之病不起，已毫無疑義，則「秦可卿淫喪天香樓」的文字，斷不可能寫在其後。由此看來，甲戌本之「殘缺」第九、十、十一、十二回四回，只能是有意搞殘；否則，如果它也有第十回，又該何以向讀者交代呢？有人會辯解說，甲戌本的文字可能會和己卯本不同；也有人會辯解說，《紅樓夢》「修改」過程是很複雜的。但甲戌本不可能與己卯本有大差別，甲戌本批語並沒有多講《紅樓夢》的成書過程，他只說第十三回刪去「秦可卿淫喪天香樓」四五頁的事，而這是絕對不真實的。

脂硯齋還用了一個名詞──「史筆」，其用意大約是強調《紅樓夢》據事直書的實錄性質。然而，什麼叫「史筆」？脂硯齋自己就沒有弄懂。史筆乃「寓褒貶、別善惡」於字裏行間的春秋筆法，所謂「一字之褒，榮於華袞；一字之貶，嚴於斧鉞」，是由孔子首創、而為後世史家所遵循的，故又稱「春秋筆」。《史記·孔子世家》云：

> 子曰：「弗乎弗乎，君子病歿世而名不稱焉。吾道不行矣，吾何以自見於後世哉？」乃因史記作《春秋》，上至隱公，下訖哀公十四年，十二公。據魯，親周，故殷，運之三代。約其文辭而指博。故吳、楚之君自稱王，而《春秋》貶之曰：「子」；踐土之會，實召周天子，而《春秋》諱之曰：「天王狩於河陽」。推此類以繩當世，貶損之義，後有王者，舉而開之。《春秋》之義行，則天下亂臣賊子懼焉。孔子在位聽訟，文辭有可與人共者，弗獨有也。至於為《春秋》，筆則筆，削則削，子夏之徒不能贊一辭。弟子受《春秋》，孔子曰：「後世知丘者以《春秋》，而罪丘者亦以《春秋》。」

孔子修《春秋》，筆則筆，削則削，字寓褒貶，亂臣賊子懼。其特點是：既據事直書，又「約其文辭而指博」。如吳、楚之君皆自稱為「王」，《春秋》卻稱「子」以貶之。假定秦可卿確是死於自縊，書中以「彼時闔家皆知，無不納罕，都有些疑心」來暗示，此即是史筆，並不需要多費筆墨。洪秋蕃《紅樓夢抉隱》第十三回回後總評：「秦氏死，只由鳳姐一邊聽得，不從東府敘來，以其死於自經，略而不書也。然則後文鴛鴦何以書？鴛鴦以賈母死後恐受制於邢夫人，其自經也心地光明，故書。秦氏無可死之事，其自經也，大率與賈珍曖昧之事耳。曖昧之事例不書，故並自經亦略之也。」同樣符合史筆的

要義。如照脂硯齋所說，用上四、五頁的篇幅把秦可卿如何「淫喪」
一一如實摹寫，就絕對不是「史筆」，而只能稱「穢筆」了。

關於脂批的動機，甲戌本總批說：「其事雖未漏，其言其意則令
人悲切感服，姑赦之，因命芹溪刪去。」庚辰本同回 G0140【◎庚辰
回後】又說：「通回將可卿如何死故隱去，是大發慈悲心也。」（圖 4-
7）既然是「大發慈悲心」才命作者將此節刪去，那麼，當此本已按
尊意刪卻，「將可卿如何死故隱去」，取得了「其事未漏」的客觀效果
了，脂批為何又偏要一一揭破這樁隱事，讓已死的秦可卿大出其醜
呢？口口聲聲說要「赦之」，要「大發慈悲」，卻又同時做著令被赦者
極為難堪的蠢事，真不知這位脂齋是何肝肺！

說甲戌本是「秦可卿淫喪天香樓」的獨家發明者，是因為幾乎所
有號稱「脂本系統」的批語，都沒有類似的觀念。如有正本就認為，
秦可卿的病亡是有前因後果的自然過程。第七回回後總批：「焦大之
醉，伏可卿之病至死。」（圖 4-8）第十回回後總批說：「欲速可卿之
死，故先有惡奴之凶頑，而後及以秦鍾來告，層層入，點露其用心過
當，種種文章逼之。雖貧女得居富室，諸凡遂心，終有不能不夭亡之
道。我不知作者於著筆時，何等妙心繡口，能道此無礙法語，令人不
禁眼共撩亂。」（圖 4-9）

蒙古王府本第十回寫張太醫論病源：「據我看這脈息，大奶奶是
個心性高強、聰明不過的人。聰明特過，則不如意事常有；不如意事
常有，則思慮太過。此病是憂慮傷脾，肝木特旺，經血所以不能按時
而至。大奶奶從前的行經的日子問一問，斷不是常縮，必是常長日子
的。」加側批道：「恐不合其方，又加一番議論，一為合方藥，一為
夭亡症，無一字一句不前後照應者。」（圖 4-10）「照應」者何？秦氏
之病因果可查，病程可稽，時間可按。所以這樣，是作者惟恐讀者對
秦氏憂慮成疾，最終致死者稍有含混。

在甲戌本批有「此回只十頁，因刪去天香樓一節，少卻四五頁也」眉批的地方，有正標批道：「五件事若能如法整理得當，豈獨家庭，國家天下，治之不難。」在甲戌本批有「『秦可卿淫喪天香樓』，作者用史筆也。老朽因有魂託鳳姐賈家後事二件，嫡是安富尊榮坐享人能想得到處。其事雖未漏，其言其意則令人悲切感服。姑赦之，因命芹溪刪去」的地方，有正本回後批道：「借可卿之死，又寫出情之變態，上下大小，男女老少，無非情感而生情。且又藉鳳姐之夢，更化就幻空中一片貼切之情。所謂寂然不動，感而遂通。所感之象，所動之萌，深淺誠偽，隨種必報，所謂幻者此也，情者亦此也。何非幻，何非情？情即是幻，幻即是情，明眼者自見。」（圖 4-11）有正本批語所感興趣的是「情」，而不是什麼命芹溪刪去「秦可卿淫喪天香摟」的事，可以說根本不理會甲戌本的批語。按照紅學家的說法，甲戌本是「重評」其它本子是四評、五評，如果真是這樣，豈能將那麼多重要的批語略而不錄了？

再從不同版本的異文看，第十三回寫秦可卿之死，甲戌本作「彼時闔家皆知，無不納罕，都有些疑心。那長一輩的想他素日孝順，平一輩的想他素日和睦親密，下一輩的想他素日慈愛，以及家中僕從老小想他素日憐貧惜賤、慈老愛幼之恩，莫不悲嚎痛哭之人。」在「莫不悲嚎痛哭之人」上加眉批云：「九個字寫盡天香樓事，是不寫之寫。」

有正本作：「彼時闔家皆知，無不納歎，都有些傷心。那長一輩的想他素日孝順，平一輩的想他素日和睦親密，下一輩的想他素日慈愛，以及家中僕從老小想他素日憐貧恤賤、慈老愛幼之恩，莫不悲嚎痛哭者。」眉批：「無不納歎，今本作『悶悶』。」（圖 4-12）根本就沒有在意脂批所強調的「刪去天香樓」的春秋筆法。

己卯本、庚辰本皆作：「彼時闔家皆知，無不納罕，都有些疑

心。那長一輩的想他素日孝順，平一輩的想他素日和睦親密，下一輩的想他素日慈愛，以及家中僕從老小想他素日憐貧惜賤、慈老愛幼之恩，莫不悲嚎痛哭者。」庚辰本在「想他素日憐貧惜賤，慈老愛幼之恩」上，G0097【◎庚辰側】：「八字乃為上人之當銘於五衷。」G0098【◎庚辰眉】：「松齋雲好筆力，此方是文字佳處。」在「莫不悲嚎痛哭者」側加 G0099【◎庚辰側】：「老健。」強調的是秦可卿為人的佳處。

甲戌本突出的「莫不悲嚎痛哭之人」九字，己卯本、庚辰本、有正本、蒙府本皆作「莫不悲嚎痛哭者」，夢稿本作「莫不悲號痛哭」，舒序本作：「莫不悲痛者」，都與甲戌本不同；甚至對「彼時闔家，無不納罕，都有些疑心」的理解，舒序本也有不同，是因為「說他不該死」（圖 4-13）。不論如何，「那長一輩的想他素日孝順，平輩的想他素日和睦親密，下一輩的想他素日慈愛，以及家中僕從老幼想他素日憐貧惜賤、慈老愛幼之恩」，才是「莫不悲號痛哭」的原因，而這與「莫不悲嚎痛哭之人」、「九個字寫盡天香樓事，是不寫之寫」毫不搭界；在所有異文中，惟「莫不悲嚎痛哭之人」不通，顯係篡改而來。凡此種種，都足以表明：其它脂本的抄錄者、整理者、出版者，要麼就根本沒有看到甲戌本的批語，也根本沒有「秦可卿淫喪天香樓」的觀念。

不僅甲戌本與其它「脂本」相矛盾，甲戌本自身也有矛盾：第十三回 A1082【●甲戌回前】云：「隱去天香樓一節，是不忍下筆也。」墨寫的回前總批與第十三回正文，為一人同時所抄，朱筆的命刪去「淫喪天香樓」的批語，一在天頭，一在回末，顯為後人所加，前者云「不忍下筆」，是未寫也（這與多數持「淫喪」觀的讀者的理解相同），又從何「命芹溪刪去」？二者矛盾衝突如此，更可證此說的謬妄。李國文先生認為，脂硯齋「要晚於曹雪芹以後很久」，批中

的什麼「姑赦之，命芹溪刪去」的長者口吻，可能是「變戲法的障眼術」，「因為在中國，有些人特別愛當老爺子，有些人也就儘量不惹老爺子。他抓住了這一點，擺出一種老爺子的姿態，老三老四，讓你墜其轂中而不覺。」他說：

> 紅學家們一直把第十三回的這條批語，認定脂硯齋為曹雪芹家族中一個身份特殊的人，是直接進入曹雪芹創作過程中的評論家、知情者、指導者。他比現在那些拍電視的劇組中策劃、製片、導演，對於編劇的影響還要大得多，可以命令他刪去。如果不是曹雪芹，而是王雪芹、張雪芹，或許有這種遵命行事的可能，但像這樣一位大師，能對這樣一位有時連批語都寫得不大通順的脂硯齋，俯首貼耳麼？這都是不大可以說得通的疑竇，於是，紅學家趕緊跳出來辯白，他是曹雪芹的叔叔。小仲馬能不聽大仲馬的話嗎？其實，寫過東西的人都明白，作家創作的自主性，只是在極其強迫的條件下，才會屈從外來的壓力，改變原來的想法和寫法。如果，一個作家自己堅持不想刪改的話，命令是不起作用的。否則中國文學上，就不會有那麼多掉腦袋的文人了。（《樓外談紅》頁 257-258）

第五章
脂硯齋與紅學

脂硯齋贏得「首席紅學家」的美譽，已歷七十餘年。「首席」云云，一是言與作者關係之特殊：脂硯齋公然以「知情者」身份現身說法，大有助於解讀與詮釋作品；二是言其時間之早：脂批是和《紅樓夢》相伴而生的，這種創作與解說不可或缺、不可分割的特性，在古今中外文學史上堪稱獨步。

事實究竟若何？

第一節　「能解者」辨

一　脂硯齋的「真幻」「主旨」觀

「滿紙荒唐言，一把辛酸淚，都云作者癡，誰解其中味」一詩，是曹雪芹內心世界的表露，也是把握《紅樓夢》真諦的匙鑰。當曹雪芹以作者的身份，向他心中懸擬的讀者設問：誰能解我書中之味時，脂硯齋在此詩下加了一條批語：

A0051【◎甲戌夾】此是第一首標題詩。

「標題詩」云云，含意不甚明，但它絕不是《紅樓夢》第一首詩：甲戌本〈凡例〉中，已有「浮生著甚苦奔忙」一詩；第一回已有「無材可去補蒼天」一詩，脂硯齋且在首句一側加 A0030【◎甲戌

側】批道：「書之本旨。」又在第二句「枉入紅塵若許年」句側加
A0031【◎甲戌側】批道：「慚愧之言，嗚咽如聞。」——以上兩
詩，都在「滿紙荒唐言」之前。

不知什麼緣故，脂硯齋計數常會出錯。如第一回賈雨村〈對月口
占〉五言一律後，A0123【◎甲戌夾】批道：「這是第一首詩。後文
香奩閨情，皆不落空。余謂雪芹撰此書中，亦為傳詩之意。」又是一
個「第一首詩」，且更計算錯了：在它之前已有「滿紙荒唐言」詩，
又有瘋僧「慣養嬌生笑你癡」詩。

這些暫且不去計較，再回到正題上來——

面對曹雪芹的設問，脂硯齋站出來說：「我能解書中之味！」遂
舉朱筆批下 A0066【◎甲戌眉】：

> 能解者方有辛酸之淚，哭成此書。壬午除夕，書未成，芹為淚
> 盡而逝。余嘗哭芹，淚亦待盡。每意覓青埂峰再問石兄，余不
> 遇癩頭和尚何，悵悵。（圖 5-1）

我們要問：批語中「哭成此書」的「書」，是指《紅樓夢》嗎？
不是。因為《紅樓夢》是作者曹雪芹寫成的，不是作為讀者的脂硯齋
「哭」成的。為「能解者」所「哭成」的，該是這本加了批的《脂硯
齋重評石頭記》。脂硯齋是很能「哭」的，脂批中「余不禁失聲大
哭」、「寧不放聲一哭」之類屢見，可為明證。自詡為作者殷切期待的
知音，脂硯齋說他是含著淚批成此書的。「哭成此書」的主語既然是
脂硯齋，就與下一句「書未成，芹為淚盡而逝」接續不上了。況且曹
雪芹只說過「一把辛酸淚」的話，「一把辛酸淚」與「哭成此書」，顯
然是不同值的。

脂硯齋雖自詡為「能解者」，儼然以雪芹知己自居，卻並沒有讀

懂雪芹的詩，更沒有讀懂《紅樓夢》，證據就在：他毫不理解「滿紙荒唐言」的含義。荒唐者，廣大、漫無邊際之謂；《莊子・天下》有云：「以謬悠之說，荒唐之言，無端崖之辭。」後世則以之為荒誕、不真實。如《韓愈集》卷三〈桃源圖〉云：「神仙有無何眇茫，桃源之說誠荒唐。」趙與時《賓退錄》卷六云：「顏淵、子夏為地下修文郎，陶宏景為蓬萊都水監，馬周為素雪宮仙官，李長吉記白玉樓，其說荒唐，不可究詰。」用的都是這一層意思。

「真」與「幻」，是古代小說獨創的理論術語，也是小說創作中常用的藝術手法。張無咎曾提出「小說家以真為正，以幻為奇」的主張，認為好的小說應「備人鬼之態，兼真幻之長」。他還評論道：「《西遊記》幻極矣，所以不逮《水滸》者，人鬼之分也；鬼而不人，第可資齒牙，不可動肝肺。《三國志》人矣，描寫亦工，所不足者幻耳；然勢不得幻，非才不能幻，其季孟之間乎。」(〈《平妖傳》敘〉) 袁于令更強調「幻」的作用：「文不幻不文，幻不極不幻。是知天下極幻之事，乃極真之事；極幻之理，乃極真之理。故言真不如言幻，言佛不如言魔。」(〈《西遊記》題辭〉)「真」的含義是真實，真切；「幻」的含義是虛幻，奇幻。《紅樓夢》的藝術成就，是建立在「兼真幻之長」上的。曹雪芹常以「真」「假」的話頭點醒讀者，如「作者自云曾歷過一番夢幻之後，故將真事隱去」、「假作真時真亦假，無為有處有還無」，都有這個意思。詩中的「荒唐」，亦指荒誕、不真實；而「滿紙」云云，則指此書從頭至尾、從裏到外均為荒唐之言，絕無例外。「滿紙荒唐言，一把辛酸淚」，表明小說本文之所敘，雖皆為荒唐不真之事，而作者所搵之辛酸淚，倒是真真切切的。所謂「事假而情真」，乃把握《紅樓夢》要義之關鍵。正如二知道人〈《紅樓夢》說夢〉所說：「盲左、班馬之書，實事傳神也；雪芹之書，虛事傳神也。然其意中，自有實事，罪花業果，欲言難言，不得已而託

諸空中樓閣耳。」（《紅樓夢卷》，頁 84）曹雪芹要寫他經歷的實事，又「欲言難言」，遂託諸空中樓閣，以幻的形式表現出來，臻於「極幻之事，乃極真之事；極幻之理，乃極真之理」的境界，實現了假定的「虛境」與真實的「實境」的統一，並以詩的語言在虛實兩境的融合中，展現出書中人物、實際上又是作者的心境。脂硯齋也愛重複「真」、「幻」的話頭，如在「假作真時真亦假，無為有處有還無」下，A0092【◎甲戌夾】批道：「迭用『真』『假』、『有』、『無』字，妙。」在「那些公人道，我們也不知什麼真假」旁，A0175【◎甲戌側】批道：「點睛妙筆。」在「那僧便念咒書符，大展幻術」旁，A0017【甲戌側】批道：「明點幻字，好。」在「只因西方靈河岸上三生石畔」上，A0073【甲戌眉】批道：「全用幻。情之至，莫如此，今採來壓卷，其後可知。」

　　但細細推敲一下，就會發現他既不懂小說理論的真幻，也不懂曹雪芹要追求的真幻。他所言之真假，無非是對人物姓「甄」、姓「賈」做點表面文章，如「字士隱」，A0062【◎甲戌側】批道：「託言將真事隱去也。」「寄居的一個窮儒姓賈名化」，A0108【◎甲戌側】批道：「假話，妙。」「令其好生養贍，以待尋女兒下落」，A0185【◎甲戌側】批道：「士隱家一段小榮枯，至此結住。所謂真不去，假焉來也。」「只金陵城內欽差金陵省體仁院總裁甄家」，A0264【◎甲戌眉】批道：「又一個真正之家，特與假家遙對，故寫假，則知真。」

　　在對小說文本的解讀中，脂硯齋僅能照字面的意思去機械地理解。如謂林黛玉「本貫姑蘇人氏」，A0198【◎甲戌側】批道：「十二釵正出之地，故用真。」謂「遂額外賜了這政老爹一個主事之銜」，A0249【◎甲戌側】批道：「嫡真實事，非妄擁也。」脂硯齋每每好以「知情者」自命，有時還刻意將書中的生活細節一一指實。如第三

回敘林黛玉進榮國府，丫鬟們三四人爭著打起簾櫳，A0315【◎甲戌側】批道：「真有是事，真有是事。」批中將「真有是事」重複兩次，無非是強調榮國府是真實的，林黛玉也是真實的，連林黛玉進府時丫鬟包括們爭著打起簾櫳的事情，也是真實的。又如第八回敘賈母見了秦鍾，與了他一個荷包並一個金魁星。A1064【◎甲戌眉】批道：「作者今尚記金魁星之事乎？撫今思昔，腸斷心摧。」批語無異於要告訴讀者：賈母是真實的，秦鍾也是真實的，賈母與了秦鍾荷包與金魁星也是真實的。以上兩件事情的真實性，出面作證的都是脂硯齋。在前一條批語裏，他以肯定的語氣保證：「真有是事，真有是事」；在後一條批語裏，他甚至提醒作者：「今尚記金魁星之事乎？」

　　脂硯齋不僅不懂什麼是「真」，而且也不懂得什麼是「假」、什麼是「幻」，同樣是照字面機械地解釋一通。如「在人皆呼作葫蘆廟」，A0058【◎甲戌側】批道：「糊塗也，故假語從此具焉。」以為「葫蘆」，就是「糊塗」，就是「假語」，試問，這叫什麼理論？什麼學問？又如賈雨村謂「只怕晚生草率，不敢遽然入都干瀆」，A0295【◎甲戌側】批道：「全是假，全是詐。」無非是「揭露」賈雨村說了假話，試問，這又叫什麼理論？什麼學問？脂批愛用「玄幻」之類的贊詞，又老是半通不通。或理解為幻術，如「聽得說落草時從他口裏掏出，上面有現成的穿眼」，A0468【甲戌側】批道：「癩僧幻術，亦太奇矣。」A0948【◎甲戌眉】批道：「以幻弄成真，以真弄成幻，真真假假，恣意遊戲於筆墨之中，可謂狡猾之至。」理解為人的幻覺。如「劉姥姥只聽見咯咯的響聲，大有似乎打籮櫃篩面的一般」，A0757【甲戌夾】批道：「從劉姥姥心中意中，幻擬出奇怪文字。」對「只聞得隱隱的木魚聲響」，甲戌本下了三條批語，都是幻覺的意思：

A1350【◎甲戌側】不費絲毫勉強，輕輕收住數百言文字，《石頭記》得力處全在此處。以幻作真，以真為幻，看書人亦要如是看為本。

A1351【◎甲戌側】作者是幻筆，合屋俱是幻耳，焉能無聞。

A1352【◎甲戌側】政老亦落幻中。

　　第七回敘周瑞家說起香菱：「到好個模樣兒，竟有些像咱們東府裏蓉大奶奶的品格。」A0830【◎甲戌夾】批道：「一擊兩鳴法。二人之美，並可知矣。再忽然想到秦可卿，何玄幻之極。假使說像榮府中所有之人，則死板之至，故遠遠以可卿之貌為譬，似極扯淡，然卻是天下必有之情事。」第十六回敘鳳姐因香菱給薛蟠作妾，說：「我倒心裏可惜了的。」A1230【◎甲戌夾】批道：「一段納寵之文，偏於阿鳳口中補出，亦姦猾幻妙之至。」都與真正意義上的「幻」，毫不搭界。

　　曹雪芹既已明白宣告：《紅樓夢》滿紙都是荒唐不真之事，已從根本上堵塞了「自傳」說與「實錄」說的一切前提；但脂硯齋卻不時跑出來亂加證明，說書中所寫的一切都是「嫡真實事」，甚至以「非妄擬也」的大帽子來批駁「滿紙荒唐言」，不惜與曹雪芹大唱反調，試問，他還能算作「能解者」嗎？張碩人先生早在一九八三年就指出：

> 曹雪芹處處要藏。他的紅樓夢真是虛虛實實，假假真真；欲露還藏，若隱若現。所以他在書裏說：「假作真時真亦假，無為有處有還無」。但脂硯齋根本不了解這一點，他到處想露，隨時想顧；絕不肯藏，偏要言真。因此他的批語，咬緊牙關，死也要說真有其事；又什麼言猶在耳，余猶在心……等等。像這樣南轅北轍的風格與論調，一正一反，一個是唯恐人知，到處

躲避；一個是唯恐人家不知，於是一古腦兒的倒出來。試問這
樣迥異的兩個人，難道可以調和起來，搞在一起嗎？……研究
紅樓夢，如果連這一點也弄不清楚，那我請問你，你倒底在研
究些什麼？（〈紅樓夢研究點滴〉，《紅樓》，1997 年第 3 期）

脂硯齋關於真假的話語，也打上了時代的印記。第一回「須得在
鐫上數字，使人一見便知是奇物方妙」後，A0021【◎甲戌側】批道：

世上原宜假不宜真也。諺云：「一日賣了三個假，三日賣不出
一個真。」信哉。

《紅樓夢》正文的意思，只說石頭是個「寶物」、「奇物」，並沒
有涉及真假問題，更未涉及「買賣」，批語未免有點無的放矢。如果
讀讀夢癡學人光緒十三年（1887）《夢癡說夢》，事情就清楚了：

諺云：「一日賣盡三擔假，三天難賣一擔真。」大凡世間事，
都是假的易售，真的難遇識家，所以買的人少，日趨日下，並
葉公之好者亦難其人，則假中又增出假中之假，而真者更不可
尋問矣。（《紅樓夢卷》，頁 218）

夢癡學人的話題，是由《紅樓夢》真假之辨這個老問題引發出來
的。夢癡學人認為，世人「只尋其文章」，故誤《紅樓夢》為「淫
書」，卻不知它是一部「以理闡道」的好書。將「苦心救世」的書，
誤為「害人害世之文」，實在是前人之冤，今人之夢。為了宣傳他的
「真假」觀，引用「一日賣盡三擔假，三天難賣一擔真」的諺語，是
非常貼切的。脂硯齋沒來由地說「世上原宜假不宜真」，在引用「諺

云」之後，又下了一個「信哉」的斷語，說明他的話語是對癡夢學人的讚賞。

脂硯齋不僅在真幻上不理解曹雪芹，在《紅樓夢》大旨上也與他大唱反調。

《清代文學批評史》「脂硯齋評《紅樓夢》」節，曾列舉脂硯齋關於作品「本旨」、「總綱」的言論，認為「對《紅樓夢》言『閨友閨情』的『本旨』、某種政治批判傾向和其它多方面內涵的說明，與小說實際基本相符，這在今天仍是人們研讀《紅樓夢》的一種重要參考意見。」（頁834）其實，甲戌本第一回就談到了作品的「大旨」，中云：

> 空空道人聽如此說，思忖半晌，將這《石頭記》再檢閱一遍，因見上面雖有些指奸責佞貶惡誅邪之語，亦非傷時罵世之旨，及至君仁臣良、父慈子孝，凡倫常所關之處，皆是稱功頌德，眷眷無窮，實非別書之可比。雖其中大旨談情，亦不過實錄其事，又非假擬妄稱，一味淫邀豔約、私訂偷盟之可比。因毫不干涉時世，方從頭至尾抄錄回來，問世傳奇。因空見色，由色生情，傳情入色，自色悟空，遂易名為情僧，改《石頭記》為《情僧錄》。

脂硯齋對這段話接連下了四條批語：

1. 在「因見上面雖有些指奸責佞、貶惡誅邪之語」一句旁，A0045【◎甲戌側】批云：「亦斷不可少。」
2. 在「亦非罵世之旨」一句旁，A0046【◎甲戌側】批云：「要緊句。」

3. 在「又非假擬妄稱」一句旁，A0047【◎甲戌側】批云：
「要緊句。」

4. 在「因毫不干涉時世」一句旁，A0048【◎甲戌側】批云：
「要緊句。」

這幾條批語，都被《清代文學批評史》引來支撐自己的觀點，卻忽略了脂硯齋對「大旨談情」卻不著一詞的事實。這是脂硯齋一時的疏忽嗎？不是。因為緊接其後，脂硯齋在那僧對甄士隱道：「你把這有命無運，累及爹娘之物，抱在懷中作甚」句上，又加了兩條眉批。

A0098【◎甲戌眉】八個字屈死多少英雄，屈死多少忠臣孝子，屈死多少仁人志士，屈死多少詞客騷人，今又被作者將此一把眼淚，灑與閨閣之中，見得裙釵尚遭逢此數，況天下之男子乎。

A0099【◎甲戌眉】看他所寫開卷之第一個女子，便用此二語以訂終身，則知託言寓意之旨。誰謂獨寄興於一「情」字耶？

（圖5-2）

「大旨談情」，明明是曹雪芹借空空道人的體認表述的正面見解，脂硯齋卻責問道：「誰謂獨寄興於一『情』字耶？」情緒化的反詰意味，十分強烈。你能說他與曹雪芹一致、甚至比曹雪芹更深刻嗎？

那麼，「誰謂」句中的「誰」，又是指「誰」呢？好像不應指曹雪芹自己，因為那口氣實在太不客氣了。假如脂硯齋真是雪芹的親人，不可能不知道他要表述的是「大旨談情」。脂硯齋縱是「紅學權威」，恐怕也沒有向作者詰問的資格；何況批語已將「看他所寫」的「他」指代作者，不可能與「誰謂」的「誰」混淆起來。那麼，這裏的「誰」，會是些什麼人呢？

如果從「傳統」（充其量是 1927 年後的「新紅學傳統」）觀念框框中走出來，我們就會輕而易舉地尋覓到一群「謂《紅樓夢》獨寄興於一『情』字」的「誰」來：

1.護花主人《新評繡像紅樓夢全傳》第一回回後總評云：「『情僧』者，情生也。『情生緣』者，因情生緣也。『風月寶鑑』者，即因色悟空也。『金陵十二釵』者，情緣之所由生也。」

2.太平閒人在正文「大旨談情」下，夾批道：「大書特書曰『談情』。」

3.涂瀛〈紅樓夢論贊〉云：「寶玉之情，人情也，為天地古今男女共有之情，為天地古今男女所不能盡之情。天地古今男女所不能盡之情，而適寶玉為林黛玉心中目中、意中念中、談笑中、哭泣中、幽思夢魂中、生生死死中悱惻纏綿固結昔莫解之情，此為天地古今男女之至情。惟聖人為能盡性，惟寶玉為能盡情。負情者多矣，微寶玉，其誰與歸！孟子曰：『伯夷，聖之清者也，伊尹，聖之任者也，柳下惠，聖之和者也。』讀花人曰：『寶玉，聖之情者也。』」（《紅樓夢卷》第 127 頁）

4.願為明鏡室主人《讀紅樓夢雜記》云：「《紅樓》之金閨碩彥，皆出於情；……《紅樓》以言情為宗，自以寶玉、黛玉作主，余皆陪襯物。」（《紅樓夢考評六種》，人民中國出版社，1992 年，頁 1016-1017）

5.花月癡人〈《紅樓幻夢》自序〉對《紅樓夢》之為「情書」，更作了淋漓痛快的論述：

> 本乎心者之謂性，發乎心者之謂情。作是書者，蓋生於情，發於情；鍾於情，篤於情；深於情，戀於情；縱於情，圍於情；癖於情，癡於情；樂於情，苦於情；失於情，斷於情；至極乎

情，終不能忘乎情。惟不忘乎情，凡一言一事，一舉一動，無在而不用其情，此之謂情書。其情之中，歡洽之情太少，愁緒之情苦多。何以言之？其歡洽處，如花解語、玉生香、識金鎖、解琴書、撕扇、品茶、折梅、詠菊等事，誦之爽脾，不過令人歎豔；其悲離處，如三姐戕、二姨殀、葬花、絕粒、泄機關、焚詩帕，誄花、護玉、晴雯滅、黛玉亡、探春遠嫁、惜春皈依、寶玉棄家、襲人喪節各情，閱之傷心，適足令人酸鼻。凡讀《紅樓夢》者，莫不為寶、黛二人諮嗟，甚而至於飲泣，蓋憐黛玉割情而夭，寶玉報情而遁也。（《紅樓夢卷》，頁 54）

脂硯齋「誰謂獨寄興於一『情』字耶」的鋒芒所向，無疑就是護花主人、太平閒人、涂瀛、願為明鏡室主人和花月癡人們，這恐怕是任何不存偏見的人，都會予以首肯的。

脂硯齋之所以不准談「情」，不過是要把腐朽的「亦非罵世之旨」、「毫不干涉時世」當作「要緊句」推銷給讀者而已。而在否定了「情」為《紅樓夢》大旨之後，脂硯齋便將「空」、「夢」觀當作《紅樓夢》的根本旨趣。如甲戌本第一回有比其它版本多出四百二十餘字，中有二仙師之言曰：「善哉，善哉。那紅塵中有卻有些樂事，但不能永遠依恃，況又有『美中不足，好事多魔』八個字緊相連屬，瞬息間則又樂極悲生，人非物換，究竟是到頭一夢，萬境歸空，到不如不去的好。」A0014【◎甲戌側】批道：「四句乃一部之總綱。」什麼是《紅樓夢》的總綱？不同的讀者可能有不同的理解，但「樂極悲生，人非物換，到頭一夢，萬境歸空」四句，決不是此書的總綱，卻是可以斷言的。連《清代文學批評史》也承認：「將它提到全書『總綱』的位置，認為這是作品根本大旨，實犯了以偏概全的錯誤，容易將閱讀引導到消沉的一端，妨礙讀者全面、正確地理解作品義蘊。」（頁 836）

　　總之，脂硯齋絕不是曹雪芹的「能解者」，戳穿這位謬托知己者的謊言，使廣大《紅樓夢》的讀者「全面正確地理解作品義蘊」，乃是紅學研究者的天職之一。

二　脂硯齋對《紅樓夢》文本的「賞鑒」

　　按照文學理論教程的說法，一部作品完成之後，作家的精神創造和情感體驗，便凝定於某一本文之中。讀者閱讀作品的過程，就是在特定語詞序列的導引下，「還原」作家心目中的形象、情感體驗和思想見解的過程。脂硯齋如果真是曹雪芹的相知，參與過《紅樓夢》的寫作和修改，對於文本就沒有一般讀者的隔膜與疏離，不必借助「填空」、「對話」、「興味」的介入，他的「還原」定會比他人要徹底得多。

　　然而，當觸及脂硯齋針對《紅樓夢》或褒或貶的「形而下」話語時，我們立刻可以發現，他對於書中人物形象的感受，與曹雪芹筆下有著極大的異變。也就是說，脂硯齋在閱讀批點中，已將自己的生活體驗附著其中，並按他的審美情趣對本文的「潛含形象」進行了篡改。如脂硯齋認為，林黛玉的地位不及薛寶釵，「左黛右釵」傾向極為突出。如第五回開頭敘「卻說薛家母子在榮國府中寄居等事，略已表明，此回則暫不能寫矣」後，接曰：「如今且說林黛玉」，A0560【◎甲戌眉】批道：

> 不敘寶釵，反仍敘黛玉，蓋前回不過欲出寶釵，非實寫之文耳。此回若仍緒寫，則將二玉高擱矣，故急轉筆仍歸至黛玉，使榮府正文方不至於冷落也。今寫黛玉，神妙之至，何也？因寫黛玉，實是寫寶釵，非真有意去寫黛玉，幾乎又被作者瞞

過。此處如此寫寶釵，前回中略不一寫，可知前回迥非十二釵
之正文也。欲出寶釵，便不肯從寶釵身上寫來，卻先款款敘出
二玉，陡然轉出寶釵，三人方可鼎立，行文之法又一變體。

　　顛顛倒倒地說過來說過去，什麼是「寫黛玉實是寫寶釵，非真有
意去寫黛玉」？什麼是「欲出寶釵，便不肯從寶釵身上寫來」？就是
他以寶釵為主，以黛玉為賓的觀念的表露。脂硯齋幾乎不放過任何機
會來貶低林黛玉。如第四回敘「寶釵日與黛玉、迎春姊妹等一處。或
看書，或做針黹，到也十分樂業。」本是一句普通的交代之語，
A0555【◎甲戌側】卻借機發揮道：「這一句襯出後文黛玉不能樂
業，細甚妙甚。」「富貴不知樂業，貧窮難耐淒涼」，是「後人」訕謗
賈寶玉的話頭，「後文」何嘗有「黛玉不能樂業」之事？貶抑之意儼
然。又如第三十七回「秋爽齋偶結海棠社」，李紈提議「大家起個別
號，彼此稱呼則雅」，便自定了「稻香老農」，探春是「秋爽居士」，
探春是「蕉下客」。黛玉笑道：「古人曾云『蕉葉覆鹿』。他自稱『蕉
下客』，可不是一隻鹿了？快做了鹿脯來。」探春因笑道：「你別忙中
使巧話來罵人，我已替你想了個極當的美號了。」向眾人道：「當日
娥皇女英灑淚在竹上成斑，故今斑竹又名湘妃竹。如今他住的是瀟湘
館，他又愛哭，將來他想林姐夫，那些竹子也是要變成斑竹的。以後
都叫他作『瀟湘妃子』就完了。」大家聽說，都拍手叫妙。在「林代
玉低了頭方不言語」句下，G1789【庚辰夾】批道：「妙極，趣極。
所謂『夫人必自侮然後人侮之』，看因一謔，便勾出一笑號來，何等
妙文哉。」將少女間的打趣說成是林黛玉之「自取其侮」，煞風景甚
矣，而其不良之居心，溢乎言表。
　　更甚的是，第十七回至十八回敘元妃省親，命「妹輩亦各題一匾
一詩」，看畢稱賞道：「終是薛林二妹之作，與眾不同，非愚姊妹可同

列者。」在「原來林代玉安心今夜大展奇才，將眾人壓倒」句下，J0343【●己卯夾】批道：「這卻何必，然尤物方如此。」揶揄之情，躍然紙上。以「尤物」稱黛玉，甲戌本還有一處，即第八回敘雪雁來與黛玉送小手爐，黛玉含笑問：「誰叫你送來的？難為他費心，那裏就冷死了我！」雪雁道：「紫鵑姐姐怕姑娘冷，使我送來的。」黛玉笑道：「也虧你倒聽他的話。我平日和你說的，全當耳旁風，怎麼他說了你就依，比聖旨還快些！」A1000【◎甲戌側】批道：「要知尤物方如此，莫作世俗中一味酸妒獅吼輩看去。」如果說，上批的「尤物」是指黛玉之逞強好勝，此批則直斥黛玉為「妒婦」了。曹雪芹從不輕用「尤物」一詞，其在《紅樓夢》中僅一見，即第六十六回敘寶玉對湘蓮道：「他是珍大嫂子的繼母帶來的兩位小姨。我在那裏和他們混了一個月，怎麼不知？真真一對尤物，他又姓尤。」貶意極為顯豁。脂批又曾用於唱戲之女孩子。在「賈妃甚喜，命不可難為了這女孩子，好生教習」下，J0381【己卯夾】批道：「可知尤物了。」在「額外賞了兩疋宮緞、兩個荷包並金銀錁子、食物之類」下，J0382【●己卯夾】批道：「又伏下一個尤物，一段新文。」對照第二十二回敘聽戲畢，鳳姐笑道：「這個孩子扮上活像一個人，你們再看不出來。」寶釵、寶玉都猜著了，只是不說，唯史湘雲笑道：「倒像林妹妹的模樣兒。」寶玉聽了，忙把湘雲瞅了一眼。此事讓黛玉大為傷心，道是「我原是給你們取笑的，拿我比戲子取笑。」而脂硯齋居然將二者等量齊觀，豈非有意作賤黛玉乎？

再看此回自「林黛玉已搖搖的走了進來」起的批語：

> 「噯喲，我來的不巧了。」A0976【◎甲戌側】：「奇文，我實不知顰兒心中是何丘壑。」
>
> 「如此間錯開了來著，豈下天天有人來了。」A0977【◎甲戌側】：「強詞奪理。」

「也不至於太冷落，也不至於太熱鬧了。」A0978【◎甲戌側】：「好點綴。」

「姐姐如何反不解這意思。」A0979【◎甲戌夾】：「吾不知顰兒以何物為心，為齒，為口，為舌，實不知胸中有何丘壑。」

「寶玉因見他外面罩著大紅羽緞對衿褂子。」A0980【◎甲戌側】：「岔開文字。繁章法，妙極妙極。」

「是不是我來了，你就該去了。」A0981【◎甲戌側】：「實不知有何丘壑。」

除了用「強詞奪理」直接表態外，「實不知有何丘壑」之批凡三見，「丘壑」者，妒忌之同義語也。而「妒」，正是婦德中最壞的一條。

脂硯齋將書中人物呼作「尤物」的還有一位，那就是晴雯。第二十回敘寶玉與麝月對鏡相視，說：「滿屋裏就只是他磨牙。」忽晴雯跑進來問道：「我怎麼磨牙了？咱們倒得說說。」麝月笑道：「你去你的罷，又來問人了。」晴雯笑道：「你又護著。你們那瞞神弄鬼的，我都知道。等我撈回本兒來再說話。」在「說著，一徑出去了」下，J0576【●己卯夾】批道：

閒上一段兒女口舌，卻寫麝月一人。有襲人出嫁之後，寶玉、寶釵身邊還有一人，雖不及襲人周到，亦可免微嫌小敝等患，方不負寶釵之為人也。故襲人出嫁後云「好歹留著麝月」一語，寶玉便依從此話。可見襲人出嫁雖去，實未去也。寫晴雯之疑忌，亦為下文跌扇角口等文伏脈，卻又輕輕抹去，正見此時卻在幼時，雖微露其疑忌，見得人各稟天真之性，善惡不一，往後漸大漸生心矣。但觀者凡見晴雯諸人則惡之，何愚

哉？要知自古及今，愈是尤物，其猜忌妒愈甚。若一味渾厚大量涵養，則有何可令人憐愛護惜哉？然後知寶釵、襲人等行為，並非一味蠢拙古版，以女夫子自居。當繡幕燈前，綠窗月下，亦頗有或調或，輕俏豔麗等說，不過一時取樂買笑耳，非切切一味才嫉賢也，是以高諸人百倍。不然，寶玉何甘心受屈於二女夫子哉？看過後文則則知矣。故觀諸書君子不必惡晴雯，正該感晴雯金閨繡閣中生色方是。

晴雯為什麼被稱作「尤物」？也是因為她的「疑忌」，「愈是尤物，其猜忌妒愈甚」，這就脂硯齋的邏輯。在脂硯齋看來，晴雯的毛病很多，A1447【◎甲戌側】：「晴雯素昔浮躁多氣之人」；A1458【●甲戌回後】：「晴雯遷怒係常事耳」；G1767【●庚辰夾】：「晴雯放肆」，等等，不一而足。G0930【●庚辰夾】甚至代表讀者說：「但觀者凡見晴雯諸人則惡之」，何如此之甚也哉？

第七十四回「抄檢大觀園」，敘王善保家的向王夫人進讒，王夫人猛然觸動往事，便問鳳姐道：「上次我們跟了老太太進園逛去，有一個水蛇腰，削肩膀，眉眼又有些像你林妹妹的，正在那裏罵小丫頭。我的心裏很看不上那狂樣子，因同老太太走，我不曾說得。」在「有一個水蛇腰」下，G2151【●庚辰夾】批道：「妙妙，好腰。」在「削肩膀」下，G2152【●庚辰夾】批道：「妙妙，好肩。俗云水蛇要則游曲小也；又云美人無肩；又曰前或皆之美之刑也。凡寫美人，偏用俗筆反筆，與他書不同也。」（圖 5.3）又在小丫頭奉命來怡紅院喚晴雯，晴雯「因連日不自在，並沒十分妝飾，自為無礙」下，G2155【●庚辰夾】批道：「好。可知天生美人，原不在妝飾，使人一見，不覺心驚目駭。可恨也之塗脂抹扮，真同鬼魅而不見覺。」護花主人有眉批曰：「嗚呼，晴雯其死矣！」而當此之際，脂硯齋竟庸

俗地來欣賞「美人」的腰、肩與妝飾，可謂全無心肝。

第七十八回乃《紅樓夢》之重場戲，脂硯齋對寶玉問晴雯臨終情景，及天上少了一位花神，玉皇敕命她去司主之事，末下一條批語，反在其哥嫂雇人入殮火化，「寶玉走來，撲了個空」下，G2234【●庚辰夾】批道：「收拾晴雯，故為紅顏一哭，然亦大令人不堪。上云王夫人怕女兒癆不詳，今則忽從寶玉心中其苦。又模擬出非是已悒鬱詞，其母子至心中體貼眷愛之情，曲委已盡。」居然大聲讚揚王夫人對晴雯的「心中體貼眷愛之情」。「癡公子杜撰芙蓉誄」一節，脂硯齋在「乃泣涕念曰」下，G2239【●庚辰夾】竟然批道：「諸君閱至此，只當一笑話看去，便可醒倦。」可見態度之荒謬。為了那個他心有獨鍾的紅玉，脂硯齋不惜以晴雯作為反襯，如 A1515【●甲戌回後】：「鳳姐用小紅，可知晴雯等理沒其人久矣」，又在鳳姐讚揚紅玉「說話雖不多，聽那口氣，就簡斷」旁，A1485【◎甲戌側】批道：「紅玉此刻心內想，可惜晴雯等不在傍。」（G1636【◎庚辰側】同）居然懸揣紅玉之內心之得意，來挖苦嘲諷晴雯，真是無所不用其極。試問，脂硯齋這樣作踐黛玉和晴雯，難道不怕曹雪芹生氣麼？

與對黛玉、晴雯的惡意貶抑相反，寶釵、襲人這兩位「女夫子」，卻是脂硯齋熱情謳歌的對象。且來看一組用「卿」字的批語：

　　1 杆用「玉卿」稱寶玉者：甲戌本四條，己卯本一條，庚辰本三條，共計八條；

　　2 杆用「顰卿」稱黛玉者：甲戌本一條，己卯本二條，庚辰本五條，共計八條；

　　3 杆用「寶卿」稱寶釵者：甲戌本六條，己卯本五條，庚辰本十四條，共計二十五條；

　　4 杆用「襲卿」稱襲人者：甲戌本三條，己卯本三條，庚辰本

　　二十三條，共計二十九條。

　　「寶卿」、「襲卿」的批語，數量都在「玉卿」、「顰卿」的三倍以上；用「襲卿」稱襲人的批語，竟高居第一位。脂硯齋還挖空心思借黛玉之口表彰襲人，如在「那襲人也罷了，你媽媽再要認真排場他，可見老背晦了」下，J0574【●己卯夾】批道：「襲卿能使顰卿一贊，愈見彼之為人矣，觀者諸公以為如何？」（G0889【●庚辰夾】同）他甚至不惜將襲人的劣跡轉嫁到晴雯頭上，或以晴雯來為之打掩護。請看下面一組批語：

　　1.「遂強襲人同領警幻所授雲雨之事。」A0698【◎甲戌側】：「數句文完一回題綱文字。」

　　2.「今便如此亦不為越禮。」A0699【◎甲戌夾】：「寫出襲人身份。」

　　3.「自此寶玉視襲人更與別人不同。」A0700【◎甲戌夾】：「伏下晴雯。」

　　不論從什麼角度講，「遂和寶玉偷試一番，幸得無人撞見」，不能算襲人光彩的一頁；脂硯齋卻將她寬慰自己的「今便如此亦不為越禮」，肉麻地捧為「寫出襲人身份」，又存心將晴雯拉出來墊背，說襲人因此得寶玉之格外垂青，是「伏下晴雯」，暗示日後晴雯之行為可能更甚，真是豈有此理。

　　儘管我們已經無法知道，曹雪芹在作品中融進了多少對晴雯的真實情感，但面對《紅樓夢》特定本文，在多數讀者的期待視野裏，晴雯總是可愛的形象。王崑崙先生晚年曾向讀者坦言：「我和許多人一樣喜愛晴雯，但什麼是晴雯的動人之處呢？她和襲人都是怡紅院的大丫環，都是賈府的奴隸。論美麗，襲人與她不相上下；論性情，襲人

『溫柔和順』，晴雯是塊『暴炭』，火熱而又暴烈；講工作，襲人是謹謹慎慎，細緻負責，而晴雯幾乎是沒有太多的表現；論處世，襲人對卑躬屈膝、諂媚逢迎的賈芸，尚且親處奉茶，而晴雯只要不高興，連黛玉姑娘也吃過她的閉門羹。然而，像這樣一一比去，原來襲人與晴雯雖同是女奴，卻有著各自不同的靈魂：一個是為了爬上半個主子的地位，不惜踐踏別人的奴才；一個是為奴而不服奴的卑賤，終於付出了的奴隸。」（引自王朝柱：〈王崑崙與《紅樓夢》〉，《書摘》，1998年第 1 期）而脂硯齋卻有著與讀者不同的期待視野，原因是他的情感發生了異變，他的觀念發生了異變。

為了節省篇幅，不擬就此耗費筆墨，再引他曲意為襲人迴護的一組批語：

1. 「在當地罵襲人。」G0892【◎庚辰側】：「活像。過時奶媽罵丫頭。」

2. 「忘了本的小娼婦！我抬舉起你來，這會子我來了，你大模大樣的躺在炕上。」G0893【◎庚辰側】：「在襲卿身上，去叫下撞天屈來。」

3. 「一心只想妝狐媚子哄寶玉，哄的寶玉不理我。」G0894【◎庚辰側】：「看這句幾把批書人嚇殺了。幸有此二句，不然，我石兄襲卿掃地矣。」

4. 「好不好拉出去配一個小子。」G0895【◎庚辰側】：「雖寫得酷肖，然唐突我襲卿，實難為情。」

5. 「看你還妖精似的哄寶玉不哄？」G0896【◎庚辰側】：「若知好事多魔，方會昨者之意。」

6. 「叫我問誰去？」G0897【◎庚辰側】：「真有是語。」

7. 「誰不幫著你呢？」G0898【◎庚辰側】：「真有是事。」

8.「誰不是襲人拿下馬來的。」G0899【◎庚辰側】:「冤枉冤
　　哉。」

　　李嬤嬤拄著拐棍在當地罵襲人,話雖粗俗,實也道出了襲人的心
病,不料卻讓脂硯齋坐不住了。請看俞平伯先生的評論:

　　例如書中的有名人物襲人,在庚辰本第二十一回上:
　　只聽忽的一聲,寶玉便掀過去,也仍合目妝睡。
　　【夾批】文是好文,唐突我襲卿,吾不忍也。
　　為了這丫頭,評者對本書即有了微詞哩。又庚辰本第十九回二
　　十一回,不論雙行批註,夾批或者眉評,恭維這「襲卿」無微
　　不至,累累不絕。如十九回,「原來襲人在家」一段,夾批連
　　用「孝女義女」、「孝女義女」,極口贊之。二十一回目:「賢襲
　　人嬌嗔箴寶玉」,夾批曰:「當得起」;本回的雙行批註亦稱她
　　為「賢女子」。這些地方使人看了有點肉麻。看《紅樓》本文
　　又何嘗如此。如第七十七回:
　　寶玉道:「怎麼人人的不是太太都知道,單不挑你合麝月秋紋
　　來?」襲人聽了這話,心一動,低頭半日,無可回答,因慢笑
　　道:「正是呢,若論我們也有頑笑不留心的孟浪去處,怎麼太
　　太竟忘了,想是還有別事,等完了再發放我們也未可知。」寶
　　玉笑道:「你是頭一個出了名的至善至賢之人,他兩個又是你
　　陶冶教育的,焉能還有孟浪之處。只是芳官尚小,過于伶俐
　　些,未免倚強壓弱,惹人厭。四兒是我誤了他,還是那年我合
　　你辨嘴的那日起,叫上來作些細活,未免奪佔了地位,故有今
　　日。只是晴雯也是合你一樣從小過來的,雖然他生的比人強
　　些,也沒甚麼要緊,就只他的情性爽利口角鋒芒些,究竟也不

曾得罪你們。想是他過於生得好了，反被這好所誤。」說畢，復又哭起來。襲人細揣此話，好似寶玉有疑他們（脂本程本並無「們」字，是）之意，竟不好再往前勸，因歎道：天知道罷了！此時也查不出人來，白哭一會子也無益，倒是養養精神，等老太太喜歡時，回明白了再要他進來是正理。」寶玉冷笑道：「你不必虛寬我的心。」……（據有正本）

這不但有了不滿之意，簡直形於辭色，指明了襲人暗害晴雯。寶玉冷笑，在全書亦少見。（《〈脂硯齋紅樓夢輯評〉引言》）

除了稱「卿」，脂硯齋還喜歡稱「阿」。「阿」為名詞首碼，用在人名之前以示親昵。如漢武帝為太子時，娶長公主女為妃。為後，立為皇后，姓陳氏，小名「阿嬌」。又如曹操，小字阿瞞；劉禪，乳名阿斗；楊廣，小字阿摩，等等。而曹雪芹從不以「阿」稱人，唯庚辰本第六十三回多出的敘寶玉命芳官改裝的文字中，有「阿」之稱：

因又見芳官梳了頭，挽起鬢來，帶了些花翠，忙命他改妝，又命將周圍的短髮剃了去，露出碧青頭皮來，當中分大頂，又說：「冬天作大貂鼠臥兔兒帶，腳上穿虎頭盤雲五彩小戰靴，或散省褲腿，只用淨襪厚底鑲鞋。」又說：「芳官之名不好，竟改了男名才別致。」因又改作「雄奴」，芳官十分稱心，又說：「既如此，你出門也帶我出去，有人問，只說我和茗煙一樣的小廝就是了。」寶玉笑道：「到底人看的出來。」芳官笑道：「我說你是無才的，咱家現有幾家土番，你就說我是小土番兒。況且人人說我打聯垂好看，你想這話可妙？」寶玉聽了，喜出意外，忙笑道：「這卻狠好。我亦常見官員人等，多有跟從外國獻俘之種，圖其不畏風霜，鞍馬便捷，既這等，再

起個番名，叫作耶律雄奴，雄奴二音，又與匈婦相通，都是犬戎名姓，況且這兩種人，自堯舜時便為中華之患，晉唐諸朝，深受其害。幸得咱們有福，生在當今之世，大舜之正裔，聖虞之功德仁孝，赫赫格天，同天地日月億兆不朽，所以凡歷朝中跳樑猖獗之小丑，到了如今，竟不用一干一戈，皆天使其拱手俯頭，緣遠來降，我們正該作踐他們，為君父生色。」芳官笑道：「既這樣著，你該去操習弓馬，學些武藝，挺身出去，拿幾個反叛來，豈不進忠效力了，何必借我們，你鼓唇搖舌的，自己開心作戲，卻說是稱功頌德呢。」寶玉笑道：「所以你不明白，如今四海賓服，八方寧靜，千載百載，不用武備，咱們雖一戲一笑，也該稱頌，方不負坐享太平了。」芳官聽了有理，二人自為妥貼甚宜，寶玉便叫他耶律雄奴。究竟賈府二宅皆有先人當年所獲之囚賜為奴隸，只不過令其飼養馬匹，皆不堪大用。湘雲素習憨戲異常，他也最喜武扮的，每每自己束鑾帶、穿摺袖，近見寶玉將芳官扮成男子，他已將葵官也扮了個小子。那葵官本是常刮剔短髮，好便於面上粉墨油彩，手腳又伶便，打扮了又省一層手。李紈、探春見了也愛，便將寶琴的官也就命他打扮了一個小童，頭上兩個丫髻，短祆紅鞋，只差了塗臉，便儼是戲上的一個琴童。湘雲將葵官改了，換作「大英」，因他姓韋，便叫他做韋大英，方向自己的意思，暗有「惟大英雄余本色」之語，何必塗朱抹粉，本是男子。官身量年紀皆極小，又極鬼靈，故曰官；園中人也有喚他作「阿」的，也有喚他作「炒子」的。寶琴反說琴童、書童等名太熟了，竟是字別致，便換作童。

脂本於多出的千字，紕繆甚多。官乃從姑蘇採辦十二女孩之一，

何待至此方交代取名之由;「玻璃」早是丫環之名,又豈能以之復名芳官?俞平伯先生在《紅樓夢辨》中寫道:「芳官改名耶律雄奴這一件事,高本全然沒有,在寶玉投帖給妙玉以後,便緊接著平兒還席的事。戚本卻在這裏,插入一節不倫不類的文字。……這竟全是夢話,不但全失寶玉底口吻,神情,而且文詞十分惡劣,令人作嘔。即看文章前後氣勢,也萬萬不能插入這一節古怪文字。但戚本何以要增添這麼多的夢話?這不會是傳鈔之誤,我以為是有意添入的。我們且參看第五十二回,真真國女子底詩末聯,高本作『漢南春歷歷,焉得不關心』,戚本卻作『滿南』。這個緣故,便可以猜想而得了。以作者底身世,環境,及所處的時代而論,絕不容易發生民族思想。即使是有的,在當時森嚴的文禁之下,也決不會寫得如此顯露;以作者底心靈手敏,又決不會寫得如此拙劣。我以這三層揣想,寧認高本為較近真相,戚本所作是經過後人改竄的。為什麼要改竄?這是循文索義便可知曉的。至於在什麼時候經過改竄,卻不容易斷定了。第一,這決不是戚蓼生所及見的,也不是他底改筆。因為戚氏生在乾隆中年,曾成進士,做官,決非抱民族主義的人,且亦決不敢為有民族思想的書做序。第二,這數節文字底插入,似在高本刊行之後,我疑心竟許是有正書局印行時所加入的。因為戚本出世底年代,正當民國元年;這時候,民族思想正彌漫於社會,有正書局底老闆,或者竟想以此博利,也未可知。這雖是無據之揣想,卻可以姑備一說。我看這幾節文字底顯露,生硬,很不像清代文人之筆。」從「阿」稱呼的突然出現,可判定其為脂硯齋所加。

從明清小說作品看,稱「阿」的都是小名,《喻世明言》有阿秀(第二卷),《警世通言》有阿壽(第三十卷)、阿巧(第三十八卷),《醒世恒言》有阿措(第四卷)、阿寄(第三十五卷),《禪真逸史》有阿保(第十回)、阿丑(第十九回),《聊齋誌異》有阿寶(卷二)、

阿霞（卷三）、阿端（卷五）、阿英（卷七）以及阿繡、阿美、阿纖，《花月痕》有阿寶、阿珍（第二十回），等等。從無像脂批之取人名中之一字再冠以「阿」的，這正是脂硯齋作為上海、蘇州人的癖好。批語中最多的是用「阿鳳」稱鳳姐：己卯本八條，庚辰本十三條，用「阿鳳」稱鳳姐：甲戌本七十二條，己卯本十九條，庚辰本七十四條，共計一八六條；比「阿顰」稱黛玉：甲戌本八條，己卯本八條，庚辰本十六條，共計三十二條要多得多，充分展露出脂硯齋對王熙鳳的濃厚興趣。王熙鳳是複雜的藝術形象，各人的「接受」難免有所不同，脂硯齋對鳳姐的厚愛，在 J0579【●己卯夾】中反映得很清楚：「一段大家子奴妾吼吻，如見如聞，正為下文五鬼作引也。余為寶玉肯效鳳姐一點餘風，亦可繼榮、寧之盛，諸公當為如何？」（G0956【●庚辰夾】同）說明他是站在「繼榮、寧之盛」的立場上讚美鳳姐的。為了節省篇幅，不擬涉及有關鳳姐的全部脂批，只就脂硯齋之為其護短略提一下。陰謀陷害尤二姐是鳳姐的罪孽，小說文本中的三回，第六十七回「見土儀顰卿思故里，聞秘事鳳姐訊家童」，現存庚辰本佚失，不知有無脂批；第六十八回「苦尤娘賺入大觀園，酸鳳姐大鬧寧國府」、第六十九回「弄小巧用借劍殺人，覺大限吞生金自逝」兩回，脂硯齋的批語皆為零。「沒有態度，就是態度」，也就不用再說什麼了。

　　在脂硯齋那裏，善惡總是顛倒著的。以「阿呆」稱薛蟠的批語，甲戌本有五條，己卯本有一條，庚辰本有十三條，共計二十九條。薛蟠綽號「呆霸王」，「見英蓮生得不俗，立意買他，又遇馮家來奪人，因恃強喝令手下豪奴將馮淵打死。他便將家中事務一一的囑託了族中人並幾個老家人，他便帶了母妹竟自起身長行去了。人命官司一事，他竟視為兒戲，自為花上幾個臭錢，沒有不了的。」A0539【◎甲戌側】居然批道：「是極。人謂薛蟠為呆，余則謂是大徹悟。」

　　如於對邢夫人，脂硯齋亦偏有好感。第四十六回「尷尬人難免尷尬事，鴛鴦女誓絕鴛鴦偶」，G1951【●庚辰回前】批道：「只看他題綱用『尷尬』二字於邢夫人，可知包藏含蓄文字之中，莫能量也。」在她對鴛鴦道：「你知道你老爺跟前竟沒有個可靠的人，心裏再要買一個，又怕那些人牙子家出來的不乾不淨，也不知道毛病兒」下，G1952【庚辰夾】：「說得得體。我正想：開口一句，不知如何說；如此則妙極是極，如聞如見。」對邢夫人的心思真是揣摩得到家了。他還無端為邢夫人翻案：「嚇得連忙死緊攬住。」G2124【庚辰夾】批道：「妙，這一『嚇』字，方是寫世家夫人之筆。雖前文明書邢夫人之為人稍劣，然不在情理之中；若不用慎重之筆，則刑夫人直系一小家卑污，極輕賤極輕之人已，已得與榮府聯房哉？所謂此書針錦慎密處，全在無意中一字一句之間耳，看者細心方得。」按：護花主人眉批：「何須嚇得如此？亦曾與妖精打架來。」在她「家私也就夠我花了，無奈竟不得到手，所以有冤無處訴」句下，G2184【庚辰夾】批道：「人惡之，必察也。今邢夫人一人，賈母先惡之，恐賈母心偏，亦可解之。若賈璉、阿鳳之怨怨，兒女之私，亦可解之。若探春之怨，女子不識大而識小，亦可解之。今又忽用乃弟一怨，吾不知將又何如矣。」此處忽又大談邢夫人的社會評價，竟用乃弟之怨為定評標準，而不知邢大舅實最混蛋之人也。

　　再如對賈環，脂硯齋也頗關切。第七十二回敘趙姨娘素日深與彩霞契合，巴不得與了賈環，方有個膀臂，不承望王夫人又放了出去。每唆賈環去討，一則賈環羞口難開，二則賈環也不大甚在意，不過是個丫頭，他去了，將來自然還有，遂遷延住不說，意思便丟開。在「不過是個丫頭，他去了，將來自然還」句下，G2112【庚辰夾】批道：「這是世人之情，亦是丈夫之情。」明明是賈環薄情寡恩，竟被他贊為「世人之情，亦是丈夫之情」！

　　在脂硯齋那裏，美醜也是顛倒著的。「憨湘雲醉眠芍藥」那樣美的篇章，脂硯齋沒有一句批語；而對賈璉與「多姑娘」的苟且之事，居然連下十一條批語：

1. 「眾人都呼他作『多姑娘兒』。」G1063【●庚辰夾】：「更妙。」

2. 「一經男子接身，便覺遍身筋骨癱軟。」G1064【●庚辰夾】：「淫極。虧想得出。」

3. 「使男子如臥棉上。」G1065【●庚辰夾】：「如此境界，自勝西方蓬萊等處。」

4. 「更兼淫態。」G1066【●庚辰夾】：「總為後文寶玉一篇作引。」

5. 「諸男子至此豈有惜命者哉？」G1067【◎庚辰側】：「涼水灌頂之句。」

6「那賈璉恨不得連身子化在他身上。」G1068【●庚辰夾】：「親極之話，趣極之語。」

7. 「到為我髒了身子。」G1069【◎庚辰側】：「淫婦勾人，慣加反話，看官著眼。」

8. 「你就是娘娘，我那裏管什麼娘娘。」G1070【◎庚辰側】：「亂語不倫，的是有之。」

9. 「那媳婦越浪，賈璉越醜態畢露。」G1071【●庚辰夾】：「可以噴飯。」

10.「一時事畢，兩個又海誓山盟，難分難捨。」G1072【◎庚辰側】：「著眼，再從前看如何光景。」

11.「此後遂成相契。」G1073【●庚辰夾】：「趣文。『相契』作如此用，相契掃地矣。」

12.G1074【◎庚辰眉】:「一部書中只有此一段醜極太露之文，寫於賈璉身上，恰極當極。己卯冬夜。」

13.G1075【◎庚辰眉】:「看官熟思：寫珍、璉輩當以何等文方妥方恰也。壬午孟夏。」

14.G1076【◎庚辰眉】:「此段係書中情之瑕疵，寫為阿鳳生日潑醋回及一大風流寶玉悄看晴雯回作引，伏線千里外之筆也。丁亥夏，畸笏。」

　　最可惡的是，居然說賈璉與多姑娘一事，「總為後文寶玉一篇作引」，「後文寶玉一篇」是什麼？就是「一大風流寶玉悄看晴雯」一回，竟將晴雯與多姑娘混為一談，豈非太胡扯了麼？

　　對於小說的場景描寫，脂硯齋也胡亂加批，如「如今園門關了，就該上場了」，G1949【●庚辰夾】批道:「幾句閒話，將潭潭大宅夜間所有之事，描寫一盡。雖偌大一園，且值秋冬之夜，豈不寥落哉？今用老嫗數語，更寫得每夜深人定之後，各處光燦爛，人煙簇集，柳陌之巷之中，或提燈同酒，或寒月烹茶者，竟仍有絡繹人跡不絕，不但不見寥落，且覺更勝於日間繁華矣。此是大宅妙景，不可不寫出。又伏下後文，且又趁出後文之冷落。此閒話中寫出，正是不寫之寫也。脂硯齋評。」這條特地署了脂硯齋大名的夾批，居然說「潭潭大宅」到夜間並不「寥落」，甚至在每夜深人定之後，「各處光燦爛，人煙簇集，柳陌之巷之中，或提燈同酒，或寒月烹茶者，竟仍有絡繹人跡不絕，不但不見寥落，且覺更勝於日間繁華」。這種所謂「大宅妙景」，純然是他的胡扯。

　　對《紅樓夢》的敘事方法，脂硯齋往往也望文生義，胡亂瞎批。如在「娶的金陵世勳史侯家的小姐為妻」旁，A0247【◎甲戌側】批道:「因湘雲，故及之。」在「如今代善早已去世，太夫人尚在」

旁，A0249【◎甲戌側】批道：「記真，湘雲祖姑史氏太君也。」賈母是《紅樓夢》的主角，其地位比史湘雲要高得多，此處竟說「因湘雲，故及之」，豈非荒唐？小說出場人物，自應按次第而行，豈有史湘雲離出場尚遠，卻倒過來以史湘雲的角度介紹人物？又如在「第一個肌膚微豐」旁，A0324【◎甲戌側】批道：「不犯寶釵。」寶釵其時尚未登場，怎麼可以倒過來說迎春「不犯寶釵」呢？也是自作聰明。「眾人忙都寬慰解釋，方略略止住。」A0332【◎甲戌側】：「總為黛玉自此不能別往。」眾人的「寬慰解釋」，是為其母新逝；其時林如海尚健在，所謂「總為黛玉自此不能別往」，豈非奇談。

脂硯齋又喜用「正文」二字入批語，共計五十一條，如：

1. 「於是二人起身，算還酒賬。」A0287【◎甲戌側】：「不得謂此處收得索然，蓋原非正文也。」

2. 「且說黛玉自那日棄舟登岸時。」A0309【◎甲戌側】：「這方是正文起頭處。」

3. 「此即冷子興所云之史氏太君也。」A0321【◎甲戌眉】：「書中正文之人，卻如此寫出，卻是天生地設章法，不見一絲勉強。」

4. 「只可憐我這妹妹，這樣命苦。」A0360【◎甲戌側】：「這是阿鳳見黛玉正文。」

5. 「這位哥哥比我大一歲，小名就喚寶玉，雖極憨頑，說在姊妹情中極好的。」A0405【◎甲戌側】：「以黛玉道寶玉名，方不失正文，『雖』字是有情字宿根而發，勿得泛泛看過。」

6. 「暫且別無話說。」A0702【◎甲戌夾】：「一句接住上回《紅樓夢》大篇文字，另起本回正文。」

7. A0797【●甲戌回後】：「借劉嫗入阿鳳正文，送宮花寫金玉

初聚為引，作者真筆似游龍，變幻難測，非細究至再三再
四不記數，那能領會也，歎歎。」

8. 「說著，便到黛玉房中去了。」A0851【◎甲戌夾】：「又生
出一小段來，是榮寧中常事，亦是阿鳳正文。」

9. A1130【●甲戌回前】：「昭兒回，並非林文、璉文，是黛玉
正文。」

10.A1132【●甲戌回前】：「路謁北靜王，是寶玉正文。」

11.A1200【●甲戌回前】：「賈府連日鬧熱非常，寶玉無見無
聞，卻是寶玉正文。」

12.A1204【●甲戌回前】：「極熱鬧極忙中，寫秦鍾天逝，可知
除情字，俱非寶玉正文。」

13.「那裏來的香菱？我借他暫撤個慌。」A1232【◎甲戌
側】：「卿何嘗謊言？的是補菱姐正文。」

14.「免不得賈母又把跟從的人罵一頓。」A1305【◎甲戌
側】：「此原非正文，故草草寫來。」

15.「別人荒張，自不必說，獨有薛蟠比諸人忙到十分去。」
A1338【◎甲戌側】：「寫呆兄忙，是愈覺忙中之愈忙，且避
正文之絮煩。」

16.「次日王子騰自己親來瞧問。」A1342【◎甲戌側】：「寫外
戚，亦避正文之繁。」

17.A1366【●甲戌回後】：「先寫紅玉數行引接正文，是不作開
門見山文字。」

18.「正是猶豫不決神魂不定之際，忽聽窗外問道。」A1370
【◎甲戌側】：「岔開正文，卻是為正文作引。」

19.「接了手帕子，送出賈芸，回來找紅玉，不在話下。」
A1411【◎甲戌夾】：「至此一頓，狡猾之甚。原非書中正文
之人，寫來門色耳。」

20.A1452【●甲戌回後】:「此回乃顰兒正文,故借小紅許多曲折瑣瑣之筆作引。」

21.「林黛玉便回頭叫紫鵑道。」A1495【◎甲戌側】:「不見寶玉,阿顰斷無此一段閒言,總在欲言不言,難禁之意,了卻情情之正文也。」

22.「那一位是銜寶而誕者?」G0190【◎庚辰眉】:「忙中閒筆,點綴玉兄,方不失正文中之正人。」

23.「水溶見他語言清楚,談吐有致。」G0195【◎庚辰眉】:「八字道盡玉兄。如此等方是玉兄正文寫照。」

24.「『誰知盤中餐,粒粒皆辛苦』,正為此也。」G0208【◎庚辰眉】:「寫玉兄正文總於此等處,作者良苦。」

25.「獨他家接駕四次。」G0339【◎庚辰側】:「點正題正文。」

26.「將當日吃茶茜雪出去與昨日酥酪等事。」G0904【◎庚辰眉】:「茜雪至獄神廟方呈正文。」

27.「麝月道:『都頑去了,這屋裏交給誰呢?』」G0916【◎庚辰側】:「正文。

28.「趙姨娘也不敢則聲。」G0948【◎庚辰側】:「「談妒意」正文。」

29.「難道你就知你的心,不知我的心不成?」G0966【◎庚辰眉】:「明明寫湘雲來是正文,只用二三答言,反接寫玉、林小角口,又用寶釵岔開,仍不了局。」

30.「比不得你,拿著我的話當耳旁風,夜裏說了,早起就忘了。」G1049【●庚辰夾】:「這方是正文,直勾起『花解語』一迴文字。」

31.「說著,又引著賈母笑了一回。」G1123【◎庚辰側】:「正文在此一句。」

32.「剛走到梨香院牆角上，只聽牆內笛韻悠揚。」G1259【◎庚辰側】:「入正文方不牽強。」

33.「自己便出房來，出了怡紅院，一徑往寶釵院內來。」G1503【◎庚辰側】:「曲折再四，方逼出正文來。」

34.「他說我替他找著了，他還謝我呢。」G1533【◎庚辰側】:「『傳』字正文，此處方露。」

35.「昨兒為什麼我去了，你不叫丫頭開門？」G1701【◎庚辰側】:「正文，該問。」

　　什麼是「正文」？脂硯齋自己也說不清。有時好像是指主要人物，有時又好像是指主要情節；「多正文」了，實際上就是「無正文」。反正他一會兒說「這是正文」，一會兒又說「那不是正文」，弄得讀者眼花繚亂。

　　對於小說的細節描寫，脂硯齋也有許多妙論。如「況且他眉心中，原有米粒大小的一點胭脂痣，從胎裏代來的」旁，A0509【◎甲戌側】批道:「寶釵之熱，黛玉之怯，悉從胎中帶來。今英蓮有痣，其人可知矣。」純是毫無聯繫的類比。敘賈瑞被淋得「滿頭滿臉渾身皆是尿屎，冰冷打戰」，G0043【◎庚辰側】居然批道:「全料必新奇，改恨文字收場，方是《石頭記》筆力。」真有點美醜不分了。「嚇的眾婆娘呼的一聲，往後藏之不迭。」甲戌側數日行止可知。作者自是筆筆不空，批者亦字字留神之至矣。」G0129【◎庚辰側】:「素日行止可知。」賈珍進屋出於禮節，故嚇的眾婆娘往後藏之不迭。而脂硯齋卻道是其「數日行止所致」，贊之曰:「作者自是筆筆不空，批者亦字字留神之至」，豈非荒唐之極。

　　總之，脂硯齋不僅在《紅樓夢》的「大旨」「總綱」上是胡說，對《紅樓夢》文本更充滿曲解與誤導。要按脂硯齋佛頭著糞的胡批去理解曹雪芹，就意味著對曹雪芹的徹底埋葬。

第二節　「首席紅學家」辨

一　「重評」型脂批一瞥

　　脂本稱「脂硯齋重評石頭記」，甲戌本正文中有「脂硯齋甲戌抄閱再評」字樣，因了己卯本、庚辰本「四閱評過」的誘發，「重評」、「再評」遂被解釋為「二評」（第二次評閱）。如俞平伯先生說：「甲戌再評，庚辰四評，甲戌本對庚辰本來說，是初稿；庚辰本對甲戌本來說，是改稿。」（《影印脂硯齋重評石頭記十六回後記》）就是從這個意義上立論的。

　　甲戌本第二回，有一條著名的 A0178【◎甲戌眉】：

> 余批重出。余閱此書，偶有所得，即筆錄之，非從首至尾閱過，復從首加批者，故偶有復處。且諸公之批，自是諸公眼界，脂齋之批，亦有脂齋取樂處。後每一閱，亦必有一語半言，重加批評於側，故又有「於前後照應」之說等批。（圖 5-4）

　　這條眉批，位於賈雨村見嬌杏買線一段之上，其行側已有 A0177【◎甲戌側】：「非近日小說中滿紙『紅拂』、『紫煙』之可比。」又早在第一回中嬌杏出場，寫其「生得儀容不俗，眉目清朗，雖無十分姿色，卻亦有動人之處」，A0115【◎甲戌側】：「八字足矣。」A0116【◎甲戌眉】：「更好。這便是真正情理之文。可笑近之小說中滿紙羞花閉月等字。」又對敘嬌杏心理活動與兩次回頭文字，A0120【◎甲戌眉】：「這方是女兒心中意中正文。又最恨近之小說中滿紙『紅拂』、『紫煙』。」類似的批語為何重見迭出？脂硯齋解釋說，這是因

為他閱讀時「偶有所得，即筆錄之」，不是「從首至尾閱過，復從首加批」的緣故。

「諸公之批」，有人以為指畸笏、松齋、梅溪等人的批，且舉第一回 A0039【◎甲戌眉】：「開卷一篇立意，真打破歷來小說窠臼。閱其筆，則是《離騷》《莊子》之亞。」A0040【◎甲戌眉】駁曰：「斯亦太過。」第十四回 A1133【◎甲戌眉】、G0143【◎庚辰眉】：「寧府如此大家，阿鳳如此身份，豈有使貼身丫頭與家裏男人答話交事之理呢，此作者忽略之處。」G0144【●庚辰眉】批：「采明係未冠小童，阿鳳便於出入使令者。老兄並未前後看明是男是女，亂加批駁可笑。」G0145【◎庚辰眉】批：「且明寫阿鳳不識字之故。壬午春。」及第二十七回 G1644【◎庚辰眉】：「姦邪婢豈是怡紅應答者，故即逐之。前良兒，後篆兒，便是卻證。作者又不得可也。己卯冬夜。」G1645【◎庚辰眉】又批：「此係未見抄沒、獄神廟諸事，故有是批。丁亥夏，畸笏。」為證。

按 A0039【◎甲戌眉】稱「其筆則是《離騷》《莊子》之亞」，A0040【◎甲戌眉】曰「斯亦太過」，二批出一人之手，屬「自注」性質，意謂尚須斟酌。A1133【◎甲戌眉】僅有「寧府如此大家，阿鳳如此身份，豈有使貼身丫頭與家裏男人答話交事之理呢，此作者忽略之處」之批，並無後之駁語；G0143【◎庚辰眉】將「豈有使貼身丫頭」抄成「豈有便貼身丫頭」，「使」字寫作「便」，為抄錄者形近而致誤。G0144【●庚辰眉】「老兄並未前後看明是男是女，亂加批駁可笑」則為墨筆眉批，顯出後人之手，不足為據。

周汝昌先生早對此說提出了質疑：「假如以為『諸公之批』，即指畸笏、梅溪、松齋三人的批，那麼三人的批應該即如脂硯所說『自有眼界』才是，可是，象畸笏的批，我們已引了幾條，其『眼界』實與脂硯又有何異？……我以為正因此種『眼界』全同，適足以說明脂硯

所謂『諸公之批』並不是指這些『松齋』『畸笏』等名字，而是指一般讀者。『批』字不必死看，意思是說：看官諸公的『批』（意見），是看官的，我卻有我的『眼界』。至於其眼界之所以不同，就又是脂硯說他並非普通一般讀者的意思。」（《紅樓夢新證》，頁 849-850）周先生判定「諸公」不是畸笏等人，是很有眼光的；而以「諸公」指「看官」、「觀者」、「閱者」、「觀書諸君子」，在脂批中也能找到證明。在全部脂批中，共用了十七個「諸公」，第八回薛寶釵說「你不去倒茶，也在這裏發呆作什麼」，就有兩條脂批：

A0953【◎甲戌側】閱者試思，此一句是何意思。

A0954【◎甲戌夾】請諸公掩卷合目，想其神理，想其坐立之勢，想寶釵面上口中，真妙。

兩條相鄰的批語將「閱者」、「諸公」對舉，說明確實是指同一對象。他如 A0351【◎甲戌眉】：「試問諸公，從來小說中，可有寫形追象至此者？」A1219【◎甲戌眉】：「此等文字，作者盡力寫來，欲諸公認識阿鳳，好看後文，勿為泛泛看過。」J0005【●己卯夾】：「『芳齡永繼』又與『仙壽恒昌』一對，請合而讀之。問諸西曆來小說中，可有如此可巧奇妙之文以換新眼目？」G1004【●庚辰夾】：「好。逐回細看，寶卿待人接物，不疏不親，不遠不近，厭之人，亦未見醴密之情，形諸聲色。今日便在炕上坐了。蓋深取襲卿矣。二人文字，此回為始，祥披於此，諸公請記之。」亦可作如是觀。第二十四回寶玉言：「我就是個『多愁多病身』，你就是那『傾國傾城貌』」，G1253【◎庚辰側】：「看官說寶玉忘情有之，若認作有心取笑，則看不得《石頭記》。」乾脆直言「看官」；第二十二回「源泉自盜等語」，G1161【●庚辰夾】：「源泉味甘，然後人爭取之，自尋乾涸也，亦如

山木，意皆寓人智慧聰明多知之害也。前文無心云看《南華經》，不過襲人等惱時，無聊之甚，偶以釋悶耳，殊不知用於今日，大解誤大覺迷之功甚矣。市徒見此必云：前日看的是外篇《篋》，如何今日又知若許篇，然則彼只曾看外篇數語乎？」更逕云「市徒」，無疑是指更低級的讀者了。

還有一些批語中的「諸公」，就不大好用「讀者」解釋了。如第二十四回敘秦鍾臨終，「又紀念著家中無人掌管家務」，A1272【◎甲戌側】批道：「扯淡之極，令人發一大笑。余謂諸公莫笑，且請再思。」（J0171【●己卯夾】、G0382【●庚辰夾】同）在紅學家意念裏，早在《紅樓夢》的起草階段，脂硯齋就得到雪芹允許，在未定稿上加批了。按照這一思路，一切都處於脂硯齋的「原創」狀態，並無局外的「一般讀者」介入，更不會有人看了後發笑；「諸公莫笑，且請再思」，豈非無的放矢？再如第十九回敘襲人對寶玉道：「凡讀書上進的人，你就起個名字叫作『祿蠹』。」J0512【●己卯夾】批道：「二字從古未見，新奇之至，難怨世人謂之可殺，余卻最喜。」「祿蠹」既是雪芹之杜撰，連脂硯齋都覺得「新奇之至」，則外人何從得見？又何來「世人謂之可殺」？

再看第七回，寶釵說冷香丸道：「只不過喘嗽些，吃一丸也就罷了。」A0821【◎甲戌夾】批道：

> 以花為藥，可是吃煙火人想得出者。諸公且不必問其事之有無，只據此新奇妙文悅我等心目，便當浮一大白。

「諸公且不必問」，是特定語境的產物。從語氣推測，此前一定有人問過「以花為藥」之事，否則，脂硯齋是不會作被動式應對的；且提出疑問的人，亦不在作者「圈子」內。今閱道光十二年（1832）

雙清仙館《新評繡像紅樓夢全傳》，在「冷香丸」上恰有一眉批道：

> 冷者未必香，香者未必冷；又冷又香，不可多得。癩和尚之
> 方，防是真方假藥。

　　王希廉的眉批，竟直指冷香丸是癩和尚的「假藥」，帶有嚴重的
挑釁意味。於是脂硯齋按捺不住，挺身出來申辯了。他先以「以花為
藥，可是吃煙火人想得出者」的輕鬆話頭加以調侃，意謂此物非凡人
所能知；然後排解道：「諸公且不必問其事之有無，只據此新奇妙文
悅我等心目，便當浮一大白。」脂批中的「諸公」，應該是指王希
廉、甚至洪秋蕃等評點家的。

　　這條脂批的語意表明，對「重評石頭記」的「重評」二字，需要
重作解釋。重者，再也，復也。「脂硯齋重評石頭記」的「重評」，實
有兩重含義：一是重複自己，所謂「余批重出」是也。「重」與
「再」，在一定場合可用作「二」，但並不全等於「二」。另一是翻前
人舊案，所謂「且諸公之批，自是諸公眼界，脂齋之批，亦有脂齋取
樂處」是也；以文章標題而論，「重評」不能理解為「二評」。著名的
「九評蘇共中央公開信」，就是從一評、二評、三評……，一直寫到
九評的；那篇「二評」，就不能題為「重評」或「再評」。如有人對此
發表新的見解，方能用《重評蘇共中央公開信》的題目。脂硯齋所謂
「必有一語半言重加批評於側」的「重」，本身就有「重新」的意
思；他之「重評」《石頭記》，實寓翻前人舊案之義。所謂「且諸公之
批自是諸公眼界」的「諸公」，對脂硯齋而言，恰恰就是「另外作批
的人」：他們是脂硯齋現實的學術對立面，是促使他評點的推動力。
故號稱「重評」的脂批有鮮明的「針對性」，就不點也不奇怪了。因
為它的鋒芒所向，就是有關紅學的某一種意見、某一種觀點。脂硯齋

以「脂齋之批」與「諸公之批」對舉，說明「重評石頭記」不是他的「再評」、「二評」，而是對「諸公之批」的反撥。凡此種種，適足以證明脂批的晚出。

上節所舉脂硯齋就「獨寄興於一『情』字」，將鋒芒指向護花主人、太平閒人、涂瀛、願為明鏡室主人和花月癡人，就是最典型的「重評」型脂批。這類批語在脂本中是大量存在的。謂予不信，請再看下面的例證：

一、與「冷香丸」之批的情景相似，還有一條「餞花日」之批。第二十七回「滴翠亭楊妃戲彩蝶」，在芒種餞花神的環境氛圍下，敷寫了寶釵撲蝶的故事，可稱《紅樓夢》最精彩的詩的篇章。G1585【●庚辰回前】劈頭批道：

> 《葬花吟》是大觀園諸豔之歸源小引，故用在餞花日諸豔畢集之期。餞花日不論其典與不典，只取其韻耳。（圖5-5）

「餞花辰不論其典與不典」的話頭，顯然是事出有因的，也是特定語言環境的產物。芒種節餞花神之事，本出曹雪芹的虛構，正文交代說：「尚古風俗，凡交芒種節的這日，都要設擺各色禮物，祭餞花神。言芒種一過，便是夏日了，眾花皆卸，須要餞行，閨中更興這件風俗，所以大觀園中之人都早起來了。」用「尚古風俗」一語含糊過去，並未提出典籍之依據，一般讀者也許就馬虎過去了。但偏偏有人不肯苟且，居然提出「典與不典」的疑問。這是脂硯齋代曹雪芹設身處地的設問嗎？肯定不是。光緒十年（1884）三家評本《增評補像全圖金玉緣》，在「祭餞花神」文字下加了兩條夾評，一是姚燮的評語：

> 芒種餞花，閨中韻事，何以此風不再？

一是張新之的評語：

> 不餞於立夏而餞於芒種，三春易過，小滿難持。人當於生生之
> 機忙思種植，莫忘了劉老老也。「尚古風俗」四字重。

看來，張新之對《紅樓夢》所寫的「風俗」是相信的，故借題發揮了一通有關人生的感慨；而好尋根究柢的姚燮，卻對此種「尚古風俗」是否有典可據，提出了自己的懷疑：芒種餞花既然是「閨中韻事」，何以會「此風不再」呢？是它根本就不曾有過，還是後來失傳了？於是，脂硯齋又忍不住了，他責怪姚燮多此一舉：「餞花辰不論典與不典，只取其韻致生趣耳」；換句話說：你不必管它「典與不典」，只取它的「韻致生趣」就夠了。這番話說得固亦不錯，但從思維淵源看，脂硯齋是為了回答姚燮的疑問而發，而不是出於一己的「原創」，則是不言而喻的。

二、第十九回寶玉言「等我有一日化成了飛灰」，J0508【●己卯夾】批道：

> 脂硯齋所謂不知是何心思，始得口出此等不成話之至奇至妙之話。諸公請如何解得，如何評論？所勸者正為此，偏於勸時一犯，妙甚。（G0804【●庚辰夾】同）

「只求你們同看著我，守著我，等我有一日化成了飛灰，……飛灰還不好，灰還有形有跡，還有知識。……等我化成一股輕煙，風一吹便散了的時候，你們也管不得我，我也顧不得你們了。那時憑我去，我也憑你們愛那裏去就去了」，堪稱賈寶玉的名言，頗受歷來評點家的注意。姚燮夾批：「奇思異想。◎早為後文出家伏根。」張新

之夾批:「造語石破天驚,其究竟乃一『空』字,映照寶玉出家,襲人早去。」王希廉回後總評:「寶玉說等我化成輕煙,被風吹散,憑你們去,直伏後來出家走散。」都從小說的結構著眼,以為是為他後來的出家「伏根」。脂硯齋認定《紅樓夢》之書「未完」,自然不願將寶玉的話坐實為一百二十回本的結尾,便以「不知是何心思,始得口出此等不成話之至奇至妙之話」搪塞敷衍過去,分明是對諸評點家的消極反撥。

三、與「諸公」相仿的稱呼是「先生」。第三回林黛玉「一進榮國府」,是《紅樓夢》最出色的篇章,脂硯齋有兩條「重評」型的批語,殊堪注意。一條是林黛玉往寧國府探望賈赦,甲戌本寫道:

> 一時進入正室,早有許多盛妝麗服之姬妾丫鬟迎著,邢夫人讓黛玉坐了,一面命人到外面書房中請賈赦。一時人來回說:「老爺說了:『連日身上不好,見了姑娘彼此到傷心,暫且不忍相見。勸姑娘不要傷心想家,跟著老太太和舅母,是同家裏一樣。姊妹們雖拙,大家一處伴著,亦可以解些煩悶。或有委屈之處,只管說得,不要外道才是。」

在「邢夫人讓黛玉坐了,一面命人到外面書房中請賈赦」一句旁,A0375【◎甲戌側】批云:

> 這一句都是寫賈赦,妙在全是指東擊西、打草驚蛇之筆。若看其寫一人即作此一人看,先生便呆了。

這條批語有點不好理解。既已確認「這一句是寫賈赦」,為何又說「若看其寫一人即作此一人看,先生便呆了」呢?從字面上看,話

中的「其」，顯然是指作者；那麼，「先生」又是指誰呢？要明白這一點，先須弄懂脂硯齋對賈赦的特殊看法。以情理而論，嫡親的外甥女大老遠投奔了來，舅舅卻避著不見，其為人不免有些反常。脂硯齋卻偏有許多刻意辯護之詞：

1. 在「老爺說了，連日身子不好，見了姑娘，彼此到傷心」一句旁，A0376【◎甲戌側】云：「追魂攝魄。」

2. 在此句上還加了一條 A0377【◎甲戌眉】云：「余久不作此語矣，見此語未免一醒。」

3. 在「暫且不忍相見，勸姑娘不要傷心」一句旁，A0378【◎甲戌側】云：「若一見時，不獨死板，且亦大失情理，亦不能有此等妙文矣。」

4. 在「姊妹們雖拙，大家一處伴著」一句旁，A0379【◎甲戌側】云：「赦老亦能作此語，歎歎。」

按照脂硯齋的邏輯，賈赦如果出來接見黛玉，就「大失情理」，不見倒是正確的，合理的；而「連日身子不好，見了姑娘，彼此到傷心」這種虛偽敷衍的話，倒有「追魂攝魄」的感人力量。尤其令人驚詫的是，在脂硯齋的自我感受裏，賈赦彷彿就成了他自己，他們的心竟是完全相通的。舊時紅學家對這段描寫的評論，卻與脂硯齋大不相同。張新之在賈赦的話後批道：

只這樣寫，既省筆墨，又見赦之為人，而傳語周到，善摹大人家應酬客套。

寥寥數語，就將賈赦之為人，一筆抹倒。這種尖刻的評價，惹得

脂硯齋大不高興，出來辯解說：這裏頭其實有許多微言大義，「全是指東擊西、打草驚蛇之筆」，你卻完全不了解；「若看其寫一人即作此一人看」，以為只是諷刺賈赦的為人，「先生便呆了」。這位「先生」，除了張新之，還會有誰呢？

四、第四回敘薛蟠「自以為花上幾個臭錢，沒有不了的」，A0539【◎甲戌側】批道：「是極。人謂薛蟠為呆，余則謂是大徹悟。」「人謂薛蟠為呆」的「人」是誰？洪秋蕃《紅樓夢隱抉》評道：「馮淵買英蓮，既設誓不娶第二個，便是納為正妻。薛蟠奪之，是奪人妻也。奪人妻而斃其人之命，負兇犯名，遭官司累，雖強梁而實笨伯，故號曰『呆霸王』。」洪秋蕃的《紅樓夢隱抉》，初版於民國十四年（1925），時在甲戌本出現的兩年之前。A0539【◎甲戌側】無有正本對應之批，反映了脂硯齋對薛蟠的特殊「關愛」。

五、在更多批語中，脂硯齋往往略去主語。如試才大觀園，敘一清客題「三徑香風飄玉蕙，一庭明月照金蘭」，J0253【●己卯夾】批道：「此二聯皆不過為釣寶玉之餌，不必認真批評。」那麼，是誰在「認真批評」呢？原來張新之評曰：「此一聯點金玉之合。」對於張新之以此聯有「點金玉之合」的作用，脂硯齋頗不以為然，故有此「重評」之語。

六、有時脂硯齋僅以一「謂」字代之。如己卯本、庚辰本第十七到十八回「大觀園試才題對額，榮國府歸省慶元宵」，元春命寶玉作題詠《怡紅院》一首，薛寶釵見詩中有「綠玉」二字，要他將「玉」字改為「臘」字，寶玉問：「綠臘可有出處？」寶釵咂嘴點頭笑道：「虧你今夜不通如此，將來金殿對策，你大約連趙錢孫李都忘了呢。」J0347【●己卯夾】、G0625【●庚辰夾】均批道：

有得寶卿奚落，但就謂寶卿無情，只是較阿顰施之特正耳。

　　「寶卿」是脂硯齋愛用的對寶釵的昵稱。寶釵在這裏是否「奚落」寶玉，又是否算作「無情」，讀者可能有不同的感受；但脂硯齋所云「得寶卿奚落，但就謂寶卿無情」，且不由自主要同黛玉對寶玉的關心進行比較，以為寶釵不僅不能算「無情」，而且竟是大大的有情，甚至「較阿顰施之特正」，他的感慨不會是無緣無故的，定是有人發表了類似的意見。果然，王希廉在本回後有總評曰：

　　　寶釵改「綠玉」為「綠蠟」，是聰明不是憐愛；黛玉代做〈杏簾〉詩，是憐愛不是聰明：各有分別。

　　名列清代《紅樓夢》三大評點家之一的王希廉，是「尊薛」派較早的代表人物。他的《紅樓夢總評》，以「福、壽、才、德」為品騭人物的標準，認為：「黛玉一味癡情，心地偏窄，德固不美，只有文墨之才；寶釵卻是有德有才，雖壽不可知，而福薄已見。」（《紅樓夢卷》，頁150）按他的標準衡量，林黛玉是有才無德，薛寶釵則有德有才，可見薛勝於林。但在這篇總評裏，他也正確指出：寶釵改「綠玉」為「綠蠟」，只是一種聰明，不能算是憐愛，因而是「無情」的表現；林黛玉代寶玉做〈杏簾〉詩，只能說是憐愛，而不能算是聰明——儘管王希廉也很欣賞林黛玉這首〈杏簾在望〉，加眉批道：「四首中自然以此為最。」比較起來，脂硯齋更是徹底的尊薛主義者，一心要與任何有意無意貶薛的觀點對著幹，所以站出來反駁說：寶釵對寶玉，不但和黛玉一樣「有情」，而且更比黛玉「施之特正」：後面一句的重要補充，是他「尊薛抑林」觀的真實袒露。

　　七、第六十六回「情小妹恥情歸地府，冷二郎一冷入空門」，柳湘蓮向賈寶玉打聽尤三姐的品行，不由跌足道：「你們東府裏除了那兩個石頭獅子乾淨，只怕連貓兒狗兒都不乾淨。我不做這剩忘八。」

J0750【●己卯夾】、G2080【●庚辰夾】批云:「極奇之文,極趣之文。《金瓶梅》中有云『把忘八的臉打綠了』,已奇之至,此云『剩忘八』,豈不更奇?」(【●庚辰夾】「極奇」作「奇極」)又在「寶玉聽說紅了臉,湘蓮自慚失言,連忙作揖說:『我該死,胡說。』」旁,J0751【●己卯夾】、G2081【●庚辰夾】批道:

> 忽用湘蓮提東府之事,罵及寶玉,可是人想得到的?所謂「一人不曾放過」。

所謂「一人不曾放過」的話,也一定有人說過。果然,王希廉在柳湘蓮「你們東府裏除了那兩個石頭獅子乾淨」一語上加眉批云:

> 惟兩個石獅子乾淨,榮府諸人,一言以蔽之。但寶玉亦青埂峰下一塊石,曷為一墮塵埃,遂遽失其堅白?

王希廉的意思是:寶玉原本是青埂峰下一塊頑石,為何一墮塵埃,也會「遂遽失其堅白」,成了不乾淨的俗物?他所說的「榮府諸人,一言以蔽之」,豈不就是脂硯齋「一人不曾放過」的出處麼?

八、第七十二回「王熙鳳恃強羞說病,來旺婦倚勢霸成親」,王熙鳳對來旺媳婦說:「昨晚上忽然作了一個夢,說來也可笑。」G2101【●庚辰夾】批云:

> 反說「可笑」,則思返落,妙甚。若必以此夢為凶兆,套非紅樓之夢矣。

又在「正奪著,就醒了」下,G2103【●庚辰夾】批云:

妙。實家常觸景間夢，必有之理，卻是江淹才盡之兆也，可傷。

王熙鳳做了什麼夢呢？原來她「夢見一個人，雖然面善，卻又不知名姓。找我，問他作什麼，他說娘娘打發他來要一百疋錦。我問他是那一位娘娘，他說的又不是咱們家的娘娘，我就不肯給他，他就上來奪，正奪著，就醒了。」古人喜歡圓夢、解夢，評紅家自然不會輕易放過。果然，王希廉加眉批說：

此夢大不祥，不僅關鳳姐一身事。

又在回後總評中說：

鳳姐夢人奪錦，是被抄先兆。

脂硯齋對「夢人奪錦，是被抄先兆」之說頗不以為然，故下批語予以駁斥，說：「若必以此夢為凶兆，套非紅樓之夢矣」；又別出心裁地強調，這是「實家常觸景間夢，必有之理」。其後，又借來旺媳婦「這是奶奶的日間操心，常應候宮裏的事」的話，加了一條 G2104【●庚辰夾】：「淡淡抹去，妙。」判定「若必以此夢為凶兆」句中被省略的主語，就是護花主人王希廉，大約是不會有錯的。

九、庚辰本第七十五回，在賈環「便也索紙筆來立成一絕與賈政」下，G2192【●庚辰夾】云：

偏立賈政戲謔，已是異文，而賈環作詩，賈奇中又奇之文也，總在人意料之外。竟有人曰：賈環如何又有好詩，似前言不搭後文矣。蓋不可向說問，賈環亦榮公子正脈，雖少年頑劣，見

今故小兒之常，情年讀書，豈無長進之理哉？況賈政之教是弟子目己，大覺疏忽矣。若是賈環連一平仄也不知，豈榮府是尋常膏粱不知詩書之家哉？然後之寶玉之一種情思，正非有益子聰明，不得謂比諸人皆妙者也。

這條批語錯別字特別多，但意思是大體可以弄清的。可能是基於對賈赦的好感，脂硯齋對賈環也表現出特別的興趣，也和賈赦之「連聲贊好，道：『這詩據我看甚是有骨氣』」、「所以我愛他這詩，竟不失咱們侯門的氣概」相互應和起來；對那些鄙薄賈環，認為「賈環如何又有好詩」的意見，深惡而痛絕起來。他的理論是：「若是賈環連一平仄也不知，豈榮府是尋常膏粱不知詩書之家哉？」脂硯齋的忿忿不平，是衝著誰來的呢？原來，王希廉在這裏又加了一條眉批：

世家子弟有一字不識，而居然廁列熺紳者，況環三之尚能謅幾句耶？

——這位斷言「環三之尚能謅幾句」的王希廉，豈不是「竟有人曰：賈環如何又有好詩」的嫌疑者乎？

十、稱持不同觀點者為「諸公」、「先生」，在脂硯齋要算是客氣的；在另一些場合，脂硯齋就不那麼客氣了。甲戌本第三回，林黛玉前往拜見賈政，進入小正房後，「王夫人卻坐在西邊，下首亦是半舊青緞靠背坐褥，見黛玉來了，便往東讓，黛玉心中料定這是賈政之位」，A0393【◎甲戌側】批道：

寫黛玉心到眼到。儉夫但云為賈府敘坐位，豈不可笑。

　　脂硯齋的意思是：作者這樣寫，是為了表現黛玉的精細，而不僅是為了寫賈府的佈局結構。這話不能說沒有道理，但卻和脂硯齋的一貫見解相矛盾。因為他本來就是喜歡強調借助人物的眼睛寫周圍環境的藝術手法的。如：

1. 在「一見他們來了，便忙都笑迎上來說」一句旁，A0314【◎甲戌側】批云：「如見如聞，活現於紙上之筆，好看煞。」

2. 在「只見兩個人攙著一位鬢髮如銀的老母迎上來」一句上，A0316【◎甲戌眉】批云：「此書得力處，全是此等地方，所謂頰上三毫也。」

3. 在「攙擁著三個姊妹來了」一句上，A0323【◎甲戌眉】批云：「從黛玉眼中寫三人。」

4. 在「親為捧茶捧果」一句旁，A0365【◎甲戌側】批云：「總為黛玉眼中寫出。」

5. 在「几上茗碗花瓶俱備，其餘陳設，自不必細說」一句旁，A0389【◎甲戌側】批云：「此不過略敘榮府家常之禮數，特使黛玉一識階級座次耳，餘則繁。」

　　上述脂批，尤其是「特使黛玉一識階級座次」，都與說借助林黛玉之眼「為賈府敘坐位」相一致。但惟獨在此處，脂硯齋卻跑出來說，這樣寫只是為了表現「黛玉心到眼到」，與「為賈府敘坐位」無關；某位「傖夫」居然連這也看不出這點來，「但云為賈府敘坐位」，實在可笑之極。

　　「傖夫」，猶言鄙夫，粗野之人也。從這一語調看，脂硯齋針對的不可能是親近的友朋，而只能是「持不同觀點者」。果然，我們在

三家評本中，發現張新之在此處恰有一條夾批：

> 幾處房舍，都在黛玉眼中寫如列眉，可使觀者指畫而得，獨此
> 小正房寫得閃灼恍惚。「五間大正房」之東，有「小正房」三
> 間，此房為偏院則可，而乃曰「東廊」，相繚戾矣。蓋演通靈
> 者，只是演「空空生」，寶玉本「無是公」，故獨於此地設一疑
> 團。◎書中房舍，有一定可指畫處，有必不容指畫處，空中樓
> 閣，正當如此。才子筆墨，豈肯為畫宮於堵伎倆耶？

　　張新之在這段評語中，既承認作者通過林黛玉的眼睛，「可使觀
者指畫而得」（亦即為「賈府敘坐位」），但更強調《紅樓夢》之演「空
空生」，賈寶玉本是一位「無是公」，故書中所寫賈府房舍，有的雖有
可指畫處，有的卻是「空中樓閣」，「必不容指畫得」。這種以《紅樓
夢》為虛構的見解，與脂硯齋之「真有是事，真有是事」的基本觀點
實在太相左了，所以他才不顧禮貌地挺身出來，蔑稱他為「傖夫」，
不遺餘力地徹底否定，以至忘記自己原先也發表過的類似見解了。
　　脂硯齋「重評」型的批語，自然還不止上面所舉的幾條。再如第
三「今日只做遠別重逢，亦未為不可。」A0443【◎甲戌側】批道：
「妙極奇語，全作如是等語，怪人謂曰癡狂。」同回寶玉言：「除四
書外，肚撰的太多，偏只我是肚撰不成。」A0449【◎甲戌側】批道：
「如此等語，焉得怪彼世人謂之怪，只瞞不過批書者。」第十九回
「又說只除『明明德』外無書，都是前人自己不能解聖人之書，便另
出己意，混編纂出來的。」J0513【●己卯夾】批道：「寶玉目中猶有
『明明德』三字，心中猶有『聖人』二字，又素日皆作如是等語，宜
乎人人謂之瘋傻不肖。」第七十四回王夫人道：「如今這幾個姊妹，
不過比人家的丫頭略強些罷了。」G2146【●庚辰夾】批道：「所謂

『貫子海者難為水』，俗子謂王夫人不知足，是不可矣，又設作太過，真蟪姑鳩覺之見也。」在這些批語中，「人」、「世人」、「俗子」，也都是脂硯齋鋒芒所向的對象，因篇幅所限，就不去一一追究了。

面對大量「重評」型脂批，不由讓人想起胡適先生在《先秦哲學史》中提出的「思想線索」的考證方法，主張思想必有時代的背景。顧頡剛、錢穆等先生，對此種方法都有所發揮。如錢穆先生說：「大凡一學說之興起，必有其思想之中心。此中心思想者，對其最近暫前有力之思想，或為承受而闡發，或為反抗而排擊，必有歷史上之跡象可索。」（〈關於《老子》成書年代之一種考察〉，《燕京學報》第 8 期）自從紅學有了「界」，就出現了種種的探討、交流、切磋、論辯、批判、鬥爭，所謂「可聚訟而如獄，可匯合而成書」，恰是紅學之堪稱「顯學」的標誌。脂硯齋作為紅學界的一員，參與討論和爭辯是很正常的，出現「重評」型批語是不值得奇怪的。

事實已無可爭辯地證明，脂本中那些極富鋒芒的「重評」型批語，不是原創性的、先髮型的，而是回應性的、繼髮型的，是針對護花主人、太平閒人、大某山民、涂瀛和花月癡人們而後發的。被脂硯齋「重評」的這一批紅學著作，其問世年代都是可以考定的：其中最早的當推王希廉道光十二年（1832）雙清仙館本《新評繡像紅樓夢全傳》；其次是道光二十二年（1842）涂瀛的《紅樓夢論贊》，道光二十三年（1843）花月癡人的〈《紅樓幻夢》自序〉，同治八年（1869）的願為明鏡室主人《讀紅樓夢雜記》；太平閒人的《妙復軒評石頭記》雖完成於道光三十年（1850），但直到光緒七年（1881）方由孫桐生於湖南刻印出臥雲山館本，廣為流傳的三家評本《增評補像全圖金玉緣》，則在光緒十年（1884）始由上海同文書局石印。保守的答案是：這批「重評」型脂批，批在道光十二年、甚至光緒十年之後。脂硯齋不是紅學苑地的草萊開闢者，不是紅學史上第一位紅學家。

二 「極關緊要」之評與「全沒相干」之評

脂批之所以享有盛譽，與其說是因其水準之高，毋寧說是因其數量之鉅。甲戌本脂批一五八七條，己卯脂批七五四條，庚辰脂批二三一八條，合計四六五九條；脂批就這樣以它的巨大數量，給人以一種懾服力：「難道幾千條脂批都沒有價值嗎？」是佞脂者最厲害的武器。「十一個脂本」上朱墨斑斕的「近八千條脂批」，叫人眼花撩亂，歎為觀止，讓普通學子視為畏途，因畏生敬。

頭一個對脂批作整體評估的是俞平伯先生。一九三一年六月十九日為甲戌本寫了一篇跋，內中說：

> 此余所見《石頭記》之第一本也。脂硯齋似與作者同時，故每撫今追昔若不勝情。然此書之價值亦有可商榷者，非脂評原本乃由後人過錄，有三證焉。自第六回以後，往往於鈔寫時將墨筆先留一段空白，預備填入朱批，證一。誤字甚多，證二；有文字雖不誤而鈔錯位置的，如第二十八回（頁三）寶玉滴下淚來無夾評，卻於黛玉滴下淚來有夾評曰，「玉兄淚非容易有的」，此誤至明，證三。又凡朱筆所錄是否均出於一人之手，抑經後人附益，亦屬難定。其中有許多極關緊要之評，卻也有全沒相干的，翻覽即可見。例如「可卿淫喪天香樓」，因余之前說，得此益成為定論矣；然第十三回（頁三）於寶玉聞秦氏之死，有夾評曰，「寶玉早已看定可繼家務事者可卿也，今聞死了，大失所望，急火攻心，焉得不有此血，為玉一歎。」此不但違反上述之觀點，且與全書之說寶玉亦屬乖謬，豈亦出脂齋手筆乎？是不可解。以適之先生命為跋語，爰志所見之一二焉，極疑辨惑，以俟後之觀者。（〈脂硯齋評《石頭記》殘本跋〉，《俞平伯論紅樓夢》，頁357）

　　俞平伯先生用自己的語言，精闢地概括了脂批的價值：既有「極關緊要之評」，又有「全沒相干」的，一下子就將脂批的混沌狀態給澄清了，使人頓時有豁然開朗之感。需要略作修正的是，所謂「極關緊要之評」，雖經紅學家今反覆引用，算來算去，無非是有關曹雪芹家世生平、《紅樓夢》素材來源與修改的幾條，不妨再重新來清點一番：

1. A0049【◎甲戌眉】雪芹舊有《風月寶鑒》之書，乃其弟棠村序也。今棠村已逝，余睹新懷舊，故仍因之。

2. A0050【◎甲戌眉】若雲雪芹披閱增刪，然則開卷至此，這一篇楔子又係誰撰？足見作者之筆，狡猾之甚。後文如此者不少。這正是作者用畫家煙雲模糊處，觀者萬不可被作者瞞弊了去，方是巨眼。

3. A0066【◎甲戌眉】能解者方有辛酸之淚，哭成此書。壬午除夕，書未成，芹為淚盡而逝。余嘗哭芹，淚亦待盡。每意覓青埂峰再問石兄，余不遇獺頭和尚何，悵悵。

4. A0067【◎甲戌眉】今而後，惟願造化主再出一芹一脂。是書何本，余二人亦太快遂心於九泉矣。甲午八日淚筆。

5. A0230【◎甲戌側】「後」字何不直用「西」字？恐先生墜淚，故不敢用「西」字。

6. A0249【◎甲戌側】嫡真實事，非妄擁也。

7. A0273【◎甲戌眉】以自古未聞之奇語，故寫成自古未有之奇文。此是一部書中大調侃寓意處。蓋作者實因鶺鴒之悲，棠棣之威，故撰此閨閣庭幃之傳。

8. A0315【◎甲戌側】真有是事，真有是事。

9. A1087【◎甲戌眉】「樹倒猢猻散」之語，全猶在耳，屈指三十五年矣。傷哉，寧不痛殺。

10.A1126【◎甲戌眉】此回只十頁，因刪去天香樓一節，少卻四五頁也。

11.A1127【◎甲戌回後】「秦可卿淫喪天香樓」，作者用史筆也。老朽因有魂托鳳姐賈家後事二件，嫡是安富尊榮坐享人能想得到處。其事雖未漏，其言其意則令人悲切感服。姑赦之，因命芹溪刪去。

12.A1203【●甲戌回前】借省親事寫南巡，出脫心中多少憶惜感今。

13.A1306【◎甲戌側】一段無倫無理、信口開河的渾話，卻句句都是耳聞目睹者，並非杜撰而有。作者與余，實實經過。

14.A1431【◎甲戌側】誰說得出？經過者方說得出。歎歎。

15.A1560【◎甲戌側】誰曾經過，歎歎。西堂故事。

16.J0181【●己卯回前】此回宜分二回方妥。

17.J0674【●己卯夾】傷哉，作者猶記矮【幽頁】舫前，以合歡花釀酒乎？屈指二十年矣。

18.G1133【◎庚辰眉】鳳姐點戲，脂硯執筆事，今知者聊聊矣，不怨夫。

19.G1216【●庚辰回後】此回未成而芹逝矣，歎歎。丁亥夏，畸笏叟。

20.G1749【◎庚辰眉】大海飲酒，西堂產九臺靈芝日也。批書至此，寧不悲乎？壬午重陽日。

21.G2012【●庚辰夾】按：「四下」乃寅正初刻。「寅」此樣法，避諱也。

22.G2173【●庚辰回前】乾隆二十一年五月初七日對清，缺中秋詩，俟雪芹。

　　除了「真有是事」、「屈指二（三）十年矣」有多種複本，及後文將述及的「探佚」之批，「極關緊要之評」已盡皆計入，其總數不會超過五十條，充其量占全部三七八八條的百分之一點三二，根本稱不上「多」，何況再加「很」字。

　　計數下來，占總數百分之九十八點六八的脂批，幾乎都可收進「全沒相干」的籮筐之中。如己卯本的一組批語：

1. 「代玉聽了，睜開眼。」J0531【●己卯夾】：「睜眼。」
2. 「起身。」J0532【●己卯夾】：「起身。」
3. 「笑道。」J0533【●己卯夾】：「笑。」

　　照正文抄錄一遍，就多了三條批語。再翻開庚辰本，最前面的五條批在第十二回：

1. 「鳳姐急命快請進來」，G0001【◎庚辰側】：「立意追命。」
2. 「進來見了鳳姐，滿面陪笑」，G0002【◎庚辰側】：「如蛇。」
3. 「賈瑞笑道」，G0003【●庚辰夾】：「如聞其聲。」
4. 「嫂子這話說錯了，我就不這樣」，G0004【●庚辰夾】：「漸漸入港。」
5. 「鳳姐笑道：『像你這樣的人能有幾個呢，十個裏也挑不出一個來。』」，G0005【◎庚辰眉】：「勿作正面看為幸。畸笏。」

　　所批也幾乎全是廢話，G0002【◎庚辰側】尤其大錯特錯，蓋「滿面陪笑」者為賈瑞，非鳳姐也。再如第七回薛寶釵說冷香丸：「不知是那裏弄來的。他說發了時吃一丸就好。到也奇怪，這到效驗

些。」A0815【◎甲戌夾】批道：「卿不知從那里弄來，余則深知是從放春山採來，以灌愁海水和成，煩廣寒玉兔搗碎，在太虛幻境空靈殿上炮製配合者也。」也是十足的胡扯。

類似的例證，真可隨手拈來；但要說清它們到底「全沒相干」到什麼程度，倒像「冷子興演說榮國府」，一時難以找到開口處。幸好甲戌本第一回敘石頭之言，有「我這一段故事，也不願世人稱奇道妙」的話；不知什麼緣故，脂硯齋像是故意要和雪芹唱反調，偏偏將他的申明置諸腦後，在批語中不斷「道妙」、「稱好」，將「余批重出」的怪癖發揮到了極致。我們就從這裏入手如何？

（一）先看脂批中的「妙」

甲戌本脂批一五八七條，其中有「妙」字的一〇九條，用「妙」字一一七個；己卯脂批七五四條，其中有「妙」字的一〇四條（不包括與甲戌本相同相近者），用「妙」字一三一個；庚辰本脂批二三一九條，其中有「妙」字的一〇八條（不包括與甲戌本、己卯本相同相近者），用「妙」字一二三個。三本相加，有「妙」字的批語三二一條，占脂批總數三七八八條的百分之八點四七。因受篇幅限制，不可能將三二一條批語全部列出，只能各舉二十條以示眾：

1. 「說起根由，雖近荒唐，細諳則深有趣味。」A0001【◎甲戌側】：「自佔地步。自首荒唐，妙。」

2. 「只單單的剩了一塊未用，便棄在此山青埂峰下。」A0009【◎甲戌眉】：「妙，自謂墮落情根，故無補天之用。」

3. 「我如今大施佛法助你一助，待劫終之日，復還本質，以了此案。」A0016【◎甲戌側】：「妙。佛法亦須償還，況世人之償乎。近之賴債者來看此句，──所謂遊戲筆墨也。」

4. 「還只沒有實在好處。」A0020【◎甲戌側】:「妙極之。金玉其外、敗絮其中者,見此大不歡喜。」

5. 「第一件無朝代年紀可考。」A0034【◎甲戌側】:「先駁得妙。」

6. 「並無大賢大忠、理朝廷治風俗的善政。」A0035【◎甲戌側】:「將世人欲駁之腐言預先代人駁盡,妙。」

7. 「最是紅塵中一二等富貴風流之地。」A0054【◎甲戌側】:「妙極。是石頭口氣,惜米顛不遇此石。」

8. 「只因西方靈河岸上三生石畔。」A0074【◎甲戌側】:「妙,所謂『三生石上舊精魂』也。」

9. 「兩邊又有一副對聯道是:『假作真時真亦假,無為有處有還無。』」A0092【◎甲戌夾】:「迭用『真』『假』『有』『無』字,妙。」

10、「夢中之事,便忘了對半。」A0094【◎甲戌側】:「妙極。若記得,便是俗筆了。」

11.「寄居的一個窮儒姓賈名化。」A0108【◎甲戌側】:「假話,妙。」

12.「表字時飛。」A0109【◎甲戌側】:「實非,妙。」

13.「因士隱命家人霍啟。」A0137【◎甲戌側】:「妙,禍起也。此因事而命名。」

14.「偶因一著錯。」A0188【◎甲戌側】:「妙極,蓋女兒原不應私顧外人之謂。」

15.「便為人上人。」A0189【◎甲戌側】:「更妙,可知守禮俟命者,終為餓莩,其調侃寓意不小。」

16.「那日進了石頭城。」A0228【◎甲戌側】:「點睛,神妙。」

17.「現因賢孝才德，入宮作女史去了。」A0276【◎甲戌側】：「因漢以前例，妙。」

18.「拿著宗侄的名帖，至榮府門前投了。」A0304【◎甲戌側】：「此帖妙極，可知雨村的品行矣。」

19.「當下地下伏侍之人，無不掩面涕泣。」A0318【◎甲戌側】：「傍寫一筆，更妙。」

20.「不免賈母又傷感起來。」A0331【◎甲戌側】：「妙。」

——以上甲戌本

1.「嫂子最是有說有笑，極疼人的。」J0018【●己卯夾】：「奇妙。」

2.「可別冒撞了。」J0021【●己卯夾】：「伏的妙。」

3.「從搭連中。」J0037【●己卯夾】：「妙極。此搭連猶是士隱所背者乎？」

4.「又不知歷幾何時。」J0185【●己卯夾】：「年表如此寫，亦妙。」

5.「今日偶然撞見這機會，便命他跟來。」J0188【●己卯夾】：「如此偶然方妙，若特特喚來題額，真不成文矣。」

6.「莫若『有鳳來儀』四字。」J0214【●己卯夾】：「果然，妙在雙關暗合。」

7.「寶鼎茶閒煙尚綠。」J0215【●己卯夾】：「『尚』字妙極。不必說竹，然恰恰是竹中精舍。」

8.「幽窗棋罷指猶涼。」J0216【●己卯夾】：「『猶』字妙。『尚綠』『猶涼』四字，便如置身於森森萬竿之中。」

9.「未免勾引起我歸農之意。」J0228【●己卯夾】：「極熱中偏以冷筆點之，所以為妙。」

10.「如今莫若『杏簾在望』。」J0233【●己卯夾】:「妙在一
『在』字。」

11.「寶玉冷笑道。」J0234【●己卯夾】:「忘情最妙。」

12.「不及『有鳳來儀』多矣。」J0235【●己卯夾】:「公然自
定名,妙。」

13.「而且一株花木也無。」J0243【●己卯夾】:「更奇妙側。」

14.「只見許多異草:或有牽藤的,或有引蔓的,或垂山巔,
或穿石隙,甚至垂簷繞柱,縈砌盤階。」J0244【●己卯
夾】:「更妙。」

15.「故皆象形奪名,漸漸的喚差了,也是有的。」J0250【●
己卯夾】:「自實注一筆,妙。」

16.「原來自進門起,所行至此,才遊了十之五六。」J0259【●
己卯夾】:「總住妙,伏下後文所補等處。若都入此回寫完,
不獨太繁,使後文冷落,亦且非《石頭記》之筆。」

17.「賈政道:『這叫作女兒棠。』」J0268【●己卯夾】:「妙
名。」

18.「以此花之色紅暈若施脂,輕弱似扶病。」J0269【●己卯
夾】:「體貼的切,故形容的妙。」

19.「或『流雲百蝠』,或『歲寒三友』,或山水人物,或翎毛花
卉,或集錦,或博古。」J0273【●己卯夾】:「花樣周全之
極,然必用下文者,正是作者無聊,換出新異筆墨,使觀
者眼目一新。所謂集小說之大成,遊戲筆墨,雕蟲之技,
無所不備,可謂善戲者矣。又供諸人同同一戲,妙極。」

20.「諸公不知,待蠢物。」J0310【●己卯夾】:「石兄自謙,
妙。可代答云,豈敢?」

　　　　　　　　　　　　　　　　　——以上己卯本

1. 「紙筆現成拿來。」G0038【◎庚辰側】:「二字妙。」

2. 「只有迎送親客上的一人未到。」G0155【◎庚辰側】:「須得如此,方見文章妙用。」

3. 「鳳姐向寶玉笑道:『你林妹妹可在咱們家住長了。』」G0182【◎庚辰側】:「此係無意中之有意,妙。」

4. 「奉天洪建兆年不易之朝。」G0187【◎庚辰眉】:「兆年不易之朝,永治太平之國,奇甚妙甚。」

5. 「寶玉卻留心看時,內中並無二丫頭。」G0216【◎庚辰側】:「妙在不見。」

6. 「只見迎頭二丫頭懷裏抱著他小兄弟。」G0217【◎庚辰側】:「妙在此時方見,錯綜之妙如此。」

7. 「忽見路旁有一石碣,亦為留題之備。」G0463【◎庚辰側】:「真妙真新。」

8. 「竟變了一個最標緻美貌的一位小姐。」G0879【◎庚辰側】:「奇文妙文。」

9. 「撈撈叨叨說個不清。」G0905【◎庚辰側】:「好極,妙極,畢肖極。」

10. 「我勸你兩個看寶兄弟分上,都丟開手罷。」G0977【●庚辰夾】:「好極妙極。玉、顰、云已難解難分,插入寶釵云『我勸你兩個看寶玉兄弟分上』,話只一句,便將四人一齊籠住,不知孰遠孰近,孰親孰疏,真好文字。」

11. 「灣腰洗了兩把。」G0989【◎庚辰側】:「妙在兩把。」

12. 「翻身看時,只見襲人和衣睡在衾上。」G1041【●庚辰夾】:「神極之筆。試思襲人不來同臥,亦不成文字,來同臥更不同成文字,卻云『和衣衾上』,正是來同臥不來同臥之間,何神奇文妙絕矣,好襲人。真好石頭,記得真真好,述者錯不錯,真好批者批得出。」

13.「名喚多官。」G1061【●庚辰夾】「今是多多也，妙名。」

14.「眾人都呼他作『多姑娘兒。』」G1063【●庚辰夾】:「更妙。」

15.「你拿著終是禍患，不如我燒了他完事了。」G1100【●庚辰夾】:「妙。說使平兒再不致洩漏，故仍用賈璉搶回，後文遺失後過脈也。」

16.「我浪我的，誰叫你動火了？」G1102【●庚辰夾】:「妙極之談，直是理學工夫，所謂不可正照風月鑒也。」

17.「代玉方點了一齣。」G1136【●庚辰夾】:「不題何戲，妙。蓋代玉不喜看戲也。正是與後文『妙曲警芳心』留地步，正見此時不過草草隨眾而已，非心之所願也。」

18.「襲人早知端的，當此時斷不能勸。」G1152【●庚辰夾】:「寶玉在此時一勸必崩了，襲人見機，甚妙。」

19.「雖不能言，有言必應。」G1208【●庚辰夾】:「好極。的是賈老之謎，包藏賈府祖宗自身，『必』字隱『筆』字。妙極妙極。」

20.「又下一回棋，看兩句書。」G1272【●庚辰夾】:「棋不論盤，書不論章，皆是嬌憨女兒神理。寫得不即不離，似有若無，妙極。」

——以上庚辰本

　　在這六十條脂批中，除評第十七回「自進門起所行至此，才遊了十之五六」的 J0259【●己卯夾】云:「總住妙，伏下後文所補等處。若都入此回寫完，不獨太繁，使後文冷落，亦且非《石頭記》之筆。」及第二十一回「我勸你兩個看寶兄弟分上，都丟開手罷」的 G0977【●庚辰夾】云:「好極妙極。玉、顰、云已難解難分，插入

寶釵云『我勸你兩個看寶玉兄弟分上』，話只一句，便將四人一齊籠住，不知孰遠孰近，孰親孰疏，真好文字。」稍有藝術鑒賞眼光外，注「青埂」為「情根」，「賈化」為「假話」，「時飛」為「實非」，「霍啟」為「禍起」，皆為諧音，無關大旨。其餘的都只能算莫名其妙的「妙」了。如評「偶因一著錯」曰：「蓋女兒原不應私顧外人之謂。」評「便為人上人」卻曰：「可知守禮俟命者，終為餓莩」：一倡「不應私顧外人」，一倡「守禮俟命終為餓莩」，二者相互矛盾，不知以何為準。「最是紅塵中一二等富貴風流之地」云云，又怎會「是石頭口氣」？尤其是第一回那僧對石頭說：「我如今大施佛法，助你一助，待劫終之日，復還本質，以了此案。」「復還本質」的「還」，是「還原」的「還」，而非「償還」的「還」，批語胡亂發揮，又牽扯上近之賴債者，真是無謂之極。

有的「妙」批，如評「名喚多官」曰：「今是多多也。」評「多姑娘」曰：「更妙。」暴露了批者的低級趣味。第八回敘黛玉來了，問：「襲人姐姐呢？」晴雯向裏間炕上努嘴。寶玉一看，只見襲人和衣睡著在那裏。寶玉笑道：「好，太渥早了些。」明明是襲人先和衣睡著在那裏，脂硯齋偏要說是什麼「神極之筆」：「試思襲人不來同臥，亦不成文字，來同臥更不同成文字，卻雲『和衣衾上』，正是來同臥不來同臥之間，何神奇文妙絕矣，好襲人。真好石頭，記得真真好，述者錯不錯，真好批者批得出。」實在令人肉麻。襲人與寶玉雖較他婢不同，但絕對不會公然與寶玉同臥，脂硯齋以一己俗念亂加議論，胡謅「來同臥不來同臥之間」，還自吹「真好批者批得出」，可發一笑。

（二）再來看脂批中的「好」

「好」與「妙」同義，自然是成了脂硯齋喜用的字眼。甲戌本批

語用「好」字四十七次，己卯本批語用「好」字二十九次，庚辰本批語用「好」字一二七次。現各隨意舉出五條以示眾：

1. 「那僧便念咒書符，大展幻術。」A0017【◎甲戌側】：「明點幻字，好。」

2. 「大門前雖冷落無人。」A0229【◎甲戌側】：「好。寫出空宅。」

3. 「正不容邪，邪復妒正。」A0259【◎甲戌側】：「譬得好。」

4. 「黛玉道，只剛念了四書。」A0419【◎甲戌側】：「好極。稗官專用『腹隱五車書』者來看。」

5. 「千里東風一夢遙。」A0629【◎甲戌夾】：「好句。」

——以上甲戌本

1. 「賈瑞心中一喜，蕩悠悠的覺得進了鏡子。」J0049【●己卯夾】：「寫得奇峭，真好筆墨。」

2. 「詩曰：豪華雖足羨，離別卻難堪。博得虛名在，誰人識苦甘。」J0183【●己卯夾】：「好詩，全是諷刺。近之諺云：『又要馬兒好，又要馬兒不吃草』，真罵盡無厭貪癡之輩。」

3. 「賈政方略心意寬暢。」J0297【●己卯夾】：「好極。可見智者居心無一時馳怠。」

4. 「自慚何敢再為辭。」J0339【●己卯夾】：「好詩。此不過頌聖應酬耳，猶未見長，以後漸知。」

5. 「能夠得他長長遠遠的伏侍他一輩子，也就罷了。」J0600【●己卯夾】：「真好文字，此批得出者。」

——以上己卯本

1. 「想他素日憐貧惜賤，慈老愛幼之恩。」G0098【◎庚辰眉】：「松齋雲好筆力，此方是文字佳處。」

2. 「這兩件開銷錯了，再算清了來取。」G0162【◎庚辰側】：「好看煞，這等文字。」

3. 「命手下掩樂停音，滔滔然將殯過完。」G0199【◎庚辰側】：「有層次，好看煞。」

4. 「忙忙的吃了半碗飯，漱口要走。」G0345【◎庚辰側】：「好頓挫。」

5. 「一個抱了起來，幾個圍繞送至賈母二門前。」G0541【◎庚辰側】：「好收煞。」

—— 以上庚辰本

　　脂批叫「好」，大半叫得不是地方。石頭變人，淵源甚久。早在南朝，劉義慶的《幽明錄》就有五色浮石化成一女子的故事。《西遊記》敘花果山有一塊仙石，每受天真地秀，日精月華，感之既久，遂有靈通之意，一日迸裂，化作通靈石猴孫悟空，更是著名的故事。稍後的《西洋記》，也寫了從石頭中爆出來的羊角真君，「羊角真君生在這個石頭裏面，長在這個石頭裏面，饑餐這個石頭上的皮，渴飲這個石頭上的水，年深日久，道行精微，德超三界，傳至唐、虞、夏、商、周，有了文字，有了書契，人人叫他做個羊角道德真君。那塊石頭有靈有神，能大能小，羊角道德真君帶在身上做個寶貝。」《紅樓夢》的石頭，分明是從《西遊記》、《西洋記》演變來的。《西遊記》的石頭是天然的，「有三丈六尺五寸高，有二丈四尺圍圓。三丈六尺五寸高，按周天三百六十五度；二丈四尺圍圓，按政曆二十四氣」；《紅樓夢》的石頭是女媧煉就的「高十二丈、見方二十四丈大的頑石

三萬六千五百零一塊」中的一塊。它們的變化，源於人與大自然萬事萬物相互溝通的古老觀念。在古代中國人看來，在一定條件下，人可以變成石頭，石頭也可以變成人，而其最終的動力，乃在天真地秀，日精月華，遂有「靈通之意」。《紅樓夢》之成書，遠在《西遊記》、《西洋記》之後，石頭既「經鍛鍊之後，靈性已通」，何須再要仰仗人間僧道再施「幻術」？再說豬八戒尚有三十六變，「二仙師」將一塊石頭變成美玉，竟然要「念咒書符，大展幻術」，且自詡為「大施佛法」，豈不貽笑大方？脂硯齋以為這「明點」了「幻字」，因而大聲叫「好」，豈非胡言亂語？

　　第二回敘雨村道：「去歲我到金陵地界，因欲遊覽六朝遺跡，那日進了石頭城，從他老宅門前經過。街東是寧國府，街西是榮國府，二宅相連，竟將大半條街佔了。大門前雖冷落無人，隔著圍牆一望，裏面廳殿樓閣，也還都崢嶸軒峻，就是後一帶花園子裏面樹木山石，也還都有蓊蔚洇潤之氣，那裏像個衰敗之家？」脂硯齋只抓住「大門前雖冷落無人」一句，批道：「好。寫出空宅。」這更分明是胡話了：「大門前」雖冷落無人，但大門裏的廳殿樓閣，還都崢嶸軒峻；況且「榮府中一宅人合算起來，人口雖不多，從上至下也有三四百丁」，這怎麼能「說是空宅」？

　　小說寫得清楚：黛玉年方五歲，父母欲使他讀書識得幾個字，不過假充養子之意；雨村謀得西賓之後，因女學生年又小，身體又極怯弱，工課不限多寡，故十分省力。其母一疾而終後，哀痛過傷，觸犯舊症，遂連日不曾上學。故進榮國府後回道「只剛念了四書」，是極為自然的。脂硯齋卻以「稗官專用『腹隱五車書』」來相譏，真是牛頭不對馬嘴。

　　脂硯齋用詞多不恰當。如「正不容邪，邪復妒正」，並不是「譬」；「蕩悠悠的覺得進了鏡子」，談不上是「奇峭」；賈政其人，去

「智者」何止十萬八千里；用「有層次」來評論「命手下掩樂停音，滔滔然將殯過完」，用「好頓挫」來評論「忙忙的吃了半碗飯，漱口要走」，用「好收煞」來評論「一個抱了起來，幾個圍繞送至賈母二門前」，都有隔靴搔癢之感。

脂硯齋有一個奇特觀念：「余謂雪芹撰此書中，亦為傳詩之意。」（A0123【◎甲戌夾】），故他幾乎是遇詩即評，遇詩即大叫其好。「豪華雖足羨，離別卻難堪。博得虛名在，誰人識苦甘。」是一首十分蹩腳的詩，脂硯齋不僅叫好，還評論說：「全是諷刺。近之諺云：「又要馬兒好，又要馬兒不吃草」，真罵盡無厭貪癡之輩。」也是文不對題。

而在脂硯齋能有所作為的地方，他卻偏偏三緘其口，或顧左右而言他起來。《金陵十二釵》上的判詞，往往預示著人物未來的命運，脂硯齋似乎也懂得這一點，故在「玉帶林中掛，金簪雪裏埋」句上，A0626【◎甲戌眉】批道：

> 世之好事者，爭傳推背圖之說，想前人斷不肯煽惑愚迷，即有此說，亦非常人供談之物。此回悉借其法，為兒女子數運之機，無可以供茶酒之物，亦無干涉政事，真奇想奇筆。

推背圖相傳為唐代李淳風與袁天綱所作圖讖，以預言未來之變革。脂硯齋一方面謂此乃「煽惑愚迷」之舉，另一方面又說「此回悉借其法，為兒女子數運之機」，可見他是知道判詞在結構上的作用的。關於王熙鳳的「一從二令三人木」，A0632【◎甲戌夾】批：「折字法。」可見他也知道這裏有猜的謎問題。但在具體的批點中，又僅當作普通詩句，叫一通「好」就算了事：

1. 詠林黛玉與薛寶釵「可歎停機德，堪憐詠絮才。玉帶林中掛，金簪雪裏埋。」A0625【◎甲戌夾】：「寓意深遠，皆生非生其地之意。」

2. 詠元春「二十年來辨是非，榴花開處照宮闈。三春爭及初春景，虎兕相逢大夢歸。」A0627【◎甲戌夾】：「顯極。」

3. 詠探春「才自精明志自高，生於末世運偏消。清明涕送江邊望，千里東風一夢遙。」A0628【◎甲戌夾】：「感歎句，自寓。」A0629【◎甲戌夾】：「好句。」

4. 詠迎春「子係中山狼，得志便倡狂。金閨花柳質，一載赴黃粱。」A0630【◎甲戌夾】：「好句。」

5. 詠惜春「勘破三春景不長，緇衣頓改昔年妝。可憐繡戶侯門女，獨臥青燈古佛旁。」A0631【◎甲戌夾】：「好句。」

6. 詠巧姐「勢敗休雲貴，家亡莫論親。偶因濟劉氏，巧得遇恩人。」A0633【◎甲戌夾】「非經歷過者，此二句則云紙上談兵。過來人那得不哭。」

7. 詠李紈「桃李春風結子完，到頭誰似一盆蘭。如冰水好空相妒，枉與他人作笑談。」A0634【◎甲戌夾】：「真心實語。」

　　從所下批語看，「金閨花柳質」的迎春「一載赴黃粱」，「繡戶侯門女」的惜春「獨臥青燈古佛旁」，這些青年女子的悲慘命運，竟換不來他的絲毫同情，反連連贊道：「好句。」本分李紈「如冰水好空相妒，枉與他人作笑談」的下場，脂硯齋居然說是「真心實語」，其人可以說是全無心肝。尤可怪者，巧姐的「偶因濟劉氏，巧得遇恩人」，也竟然與他的經歷一樣，說什麼「非經歷過者，此二句則云紙上談兵。過來人那得不哭」！

（三）再來看脂批中的「力」

脂硯齋喜用「得力」、「極力」、「有力」，也就是「妙」與「好」的意思，如：

1. 「如今雖已有一半落塵，然猶未全集。」A0088【◎甲戌側】：「若從頭逐個寫去，成何文字。《石頭記》得力處在此。丁亥春。」

2. 「沒甚親支嫡派的。」A0201【◎甲戌側】：「總為黛玉極力一寫。」

3. 「只說這寧榮兩宅是最教子有方的。」A0235【◎甲戌側】：「一轉有力。」

4. 「只見兩個人攙著一位鬢髮如銀的老母迎上來。」A0316【◎甲戌眉】：「此書得力處，全是此等地方，所謂頰上三毫也。」

5. 「心肝兒肉叫著大哭起來。」A0317【◎甲戌側】：「幾千斤力量，寫此一筆。」

6. 「他從來不愛惜這些花兒粉兒的。」A0828【◎甲戌夾】：「可知周瑞一回，正為寶菱二人所有，正《石頭記》得力處也。」

7. 「姨媽陪你吃兩杯，可就吃飯罷。」A1015【◎甲戌側】：「二語不失長上之體，且收拾若干文，千斤力量。」

8. 「誰知近日水月底的智慧私逃進城。」A1210【◎甲戌眉】：「忽然接水月庵，似大脫泄。及讀至後，方知緊收此大段，有如歌急調迫之際，忽聞戛然檀板截斷，真見其大力量處，卻便於寫寶玉之文。」

9. 「只聞得隱隱的木魚聲響。」A1350【◎甲戌側】:「不費絲
　　毫勉強,輕輕收住數百言文字,《石頭記》得力處全在此
　　處。以幻作真,以真為幻,看書人亦要如是看為本。」

10.「三個人滿心裏皆有許多話,只是俱說不出,只管嗚咽對
　　泣。」J0318【●己卯夾】:「《石頭記》得力擅長,全是此
　　等地方。」

11.「滿頭滿臉渾身皆是尿屎,冰冷打戰。」G0043【◎庚辰
　　側】:「全料必新奇,改恨文字收場,方是《石頭記》筆
　　力。」

12.「說著滾下淚來。」G0136【◎庚辰側】:「有筆力。」

13.「此時自己回想當初在大荒山中。」G0575【◎庚辰眉】:
　　「如此繁華盛極花圍錦簇之文,忽用石兄自語截住,是何
　　筆力,令人安得不拍案叫絕?是閱歷來諸小說中有如此章
　　法乎?」

14.「別人荒張,自不必說,獨有薛蟠比諸人忙到十分去。」
　　G1440【◎庚辰側】:「寫呆兄忙,是躲煩碎文字法。好想
　　頭,好筆力,《石頭記》最得力處在此。」

15.「那想是別人聽錯了。」G1658【◎庚辰眉】:「若無此一
　　岔,二玉和合,則成嚼臘文字。《石頭記》得力處正此。丁
　　亥夏,畸笏叟。」

　　初讀脂本,見到「只見兩個人攙著一位鬢髮如銀的老母迎上
來」,批:「此書得力處,全是此等地方,所謂頰上三毫也。」「心肝
兒肉叫著大哭起來」,批:「幾千斤力量,寫此一筆。」真覺得脂硯齋
果有不凡之眼光,及其滿眼都是「力」字,遂覺興味索然矣。

（四）再來看脂批中的「歎」字

脂硯齋在批語中愛用「歎」字，特別是愛將「歎歎」二字連用，如：

1. 「門前有額，題著『智通寺』三字。」A0209【◎甲戌側】：「誰為智者？又誰能通？一歎。」

2. 「如今一味好道，只愛燒丹煉汞。」A0241【◎甲戌側】：「亦是大族末世常有之事，歎歎。」

3. 「就娶了妻，生了子，一病死了。」A0253【◎甲戌眉】：「略可望者即死，歎歎。」

4. 「姊妹們雖拙，大家一處伴著。」A0379【◎甲戌側】：「赦老亦能作此語，歎歎。」

5. 「這周瑞先時曾和我父親交過一椿事，我們極好的。」A0721【◎甲戌夾】：「欲赴豪門，必在交其僕，寫來一歎。」

6. 「今兒既來了瞧瞧我們，是他的好意思，也不可簡慢了他。」A0787【◎甲戌側】：「窮親戚來看是好意思，余又自《石頭記》中見了，歎歎。」

7. 「那劉姥姥先聽見告難，只當是沒有，心裏便突突的。」A0791【◎甲戌側】：「可憐可歎。」

8. 「喜的渾身發癢起來。」A0792【◎甲戌側】：「可憐可歎。」

9. 「只覺心中似戳了一刀的，不忍哇的一聲，噴出一口血來。」A1095【◎甲戌側】：「寶玉早已看定可繼家務事者，可卿也，今聞死了，大失所望，急火攻心，焉得不有此血？為之一歎。」

10.「叫作什麼檣木。」A1102【◎甲戌眉】:「檣者,舟具也,所謂人生若泛舟而已,寧不可歎。」

11.「老尼道:『阿彌陀佛。』」A1184【◎甲戌側】:「開口稱佛,畢有。可歎可笑。」

12.「『希罕你們鬼鬼祟祟的!』說著,已經去了。」A1259【◎甲戌側】:「阿鳳欺人處如此。忽又寫到利弊,真令人一歎。」

13.「『你既吃了我們家的茶,怎麼還不給我們家作媳婦?』眾人聽了,一齊都笑起來。」A1331【◎甲戌側】:「二玉事,在賈府上下諸人,即看書人,批書人,皆信定一段好夫妻,書中常常每每道及,豈其不然?歎歎。」

14.「襲人見總無可吃之物。」J0421【●己卯夾】:「補明寶玉自助何等嬌貴。以此一句,留與下部後數十回「寒冬噎酸齏,雪夜圍破氈」等處對看,可為後生過分之戒。歎歎。」

15.「那李嬤嬤還只管問『寶玉如今一頓吃多少飯』、『什麼時辰睡覺』等語。」J0437【●己卯夾】:「可歎。」

16.「其苦萬狀。」G0019【◎庚辰眉】:「苦海無邊,回頭是岸。若個能回頭也?歎歎!壬午春,畸笏。」

17.「如何落紙呢?」G0037【◎庚辰側】:「也知寫不得,一歎。」

18.「自己每日從那府中煎了各樣細粥,精緻小菜,命人送來勸食。」G0153【◎庚辰眉】:「寫鳳之心機,寫鳳之珍貴,寫鳳之英勇,寫鳳之驕大,如此寫得可歎可笑。」

19.「有那個福氣,沒有那個道理。縱坐了,也沒甚趣。」G0821【◎庚辰眉】:「『花解語』一段,乃襲卿滿心滿意將

玉兄為終身得靠，千妥萬當，故有是。余閱至此，余為襲
卿一歎。丁亥春，畸笏叟。」

20.「鳳姐笑道：『傻丫頭。』」G1093【●庚辰夾】：「可歎可
笑，竟不如誰傻。」

（五）再看脂批中的「哭」字

脂硯齋在批語中尤愛用「哭」字，特別是愛說「放聲一哭」，如：

1. 「慣養姣生笑你癡。」A0101【◎甲戌側】：「為天下父母癡
心一哭。」

2. 「面若中秋之月，色若春曉之花。」A0425【◎甲戌眉】：
「少年色嫩不堅勞，以及非天即貧之語，余猶在心，今閱
至此，放聲一哭。」

3. 「勢敗休云貴，家亡莫論親。」A0633【◎甲戌夾】：「非經
歷過者，此二句則云紙上談兵。過來人那得不哭。」

4. 「何故反引這濁物來污染這清淨女兒之境。」A0641【◎甲
戌眉】：「奇筆攄奇文。作書者視女兒珍貴之至，不知今時
女兒可知？余為作者癡心一哭，又為近之自棄自敗之女兒
一恨。」

5. 「好一似蕩悠悠三更夢，忽喇喇似大廈傾，昏慘慘似燈將
盡。」A0673【◎甲戌眉】：「過來人睹此，寧不放聲一哭。

6. 「他怎麼又跑出這麼個侄兒來了。」A0794【◎甲戌夾】：
「與前眼色真對，可見文章中無一個閒字。為財勢一哭。」

7. 「好知運敗金無采，堪歎時乖玉不光。」A0946【◎甲戌
側】：「又夾入寶釵，不是虛圖對的工。二語雖粗，本是真
情。然此等詩只宜如此，為天下兒女一哭。」

8. 「那賈家上上下下，都是一雙富貴眼睛。」A1074【◎甲戌側】：「為天下讀書一哭，寒素人一哭。」

9. 「說不得東拼西湊的，恭恭敬敬封了二十四兩贄見禮。」A1077【◎甲戌夾】：「可知宦囊羞澀與東拼西湊等樣，是特為近日守錢虜而不使子弟讀書之輩一大哭。」

10. 「三春去後諸芳盡，各自須尋各自門。」A1091【◎甲戌側】：「此句令批書人哭死。」

11. 「不想如今後輩人口繁盛，其中貧富不一，或性情參商。」A1172【◎甲戌夾】：「所謂源遠水則濁，枝繁果則稀，余謂天下癡心祖宗，為子孫謀千年業者痛哭。」

12. 「此時秦鍾已發過兩三次昏了，移床易簀多時矣。」A1270【◎甲戌側】：「余亦欲哭。」

13. 「又記掛著父親還有留積下的三四千銀子。」A1273【◎甲戌夾】：「更屬可笑，更可痛哭。」

14. 「便一頭滾在王夫人懷內。」A1292【◎甲戌側】：「餘幾幾失聲哭出。」

15. 「我們娘兒們不敢含怨，到底在陰司裏得個依靠。」J0593【●己卯夾】：「「未喪母者來細玩，既喪母者來痛哭。」

16. 「此五件實是寧國府中風俗。」G0139【◎庚辰眉】：「讀五件事未完，餘不禁失聲大哭，三十年前作書人在何處耶？

17. 「那寶玉未入學堂之先，三四歲時已得賈妃手引口傳。」G0580【◎庚辰側】：「批書人領至此教，故批至此竟放聲大哭。俺先姊先逝太早，不然，余何得為廢人耶？」

18. 「元妃命他進前，攜手攔於懷內。」G0600【◎庚辰側】：「作書人將批書人哭壞了。」

19. 「忽又想起賈珠來。」G1227【◎庚辰側】：「批至此幾乎失聲哭出。」

20.「便下個氣，和他們的管家或者管事的人們嬉和嬉和，也
　　弄個事兒管管。」G1297【◎庚辰側】:「可憐可歎，余竟為
　　之一哭。」

　　脂硯齋的「歎」也好，「哭」也好，都不過是裝出來的虛飾。曾
其秋先生《紅樓夢與金瓶梅兩書寫作關係探微》第六節「張竹坡與脂
硯齋評語比較對談」指出，「第一奇書金瓶梅的張竹坡評語，與石頭
記的脂硯齋評語，同樣也有著模擬仿作的筆墨關係，兩人批書的筆調
語氣，雷同的程度，簡直令人驚訝不置，尤其是一些有關因感歎而發
的批註，『傷心落淚』的文字風格，更為吻合相似。」（《中華文藝》，
1985 年，29 卷第 1-2 期）他列舉的例子有：

1. 第二回：「我哭亦不能成聲矣。」
2. 同回：「不知何故，我只淚落。」
3. 第五十六回：「哭盡天下萬世。」
4. 五十七回：「一語哭盡天下任事人。」
5. 第五十九回：「博浪鼓一結，小小事物入文字，便令無窮血
　　淚，皆向此中灑出，真奇絕文字。」
6. 第七十二回：「聲淚俱血，放聲一哭。」
7. 同回：「為世家不肖子弟放聲一哭。」
8. 第九十九回：「不知是聲、是淚、是血。」

曾其秋先生還指出：

　　另金瓶梅四十六回，寫卜卦兒的老婆子向吳月娘說：「兒女宮
　　上，有點不實在，往後只好招個出家的兒子，送老罷了。」句

下張竹坡批云「將結文閒閒說出」。「閒閒」二字的形容詞，後來的脂硯齋亦運用於石頭記的批語中。庚辰本第二十回眉批：「麝月閒閒無語，令余鼻酸。」其它如「歎歎」、「特特」等疊字的運用，兩人也是一樣用得很多。又金瓶梅第五十二回，西門慶「就歸後邊孟玉樓房中歇去了。」句下批云：「梵僧藥，又以不寫寫之。」這種「不寫寫之」的筆調，同樣也被脂硯齋套用於紅樓夢的批語中，十三回秦可卿之死事，甲戌本有條眉批：「九個字寫盡天香樓事，是不寫之寫。」

只要稍微揣摩一下，就可察知脂硯齋才氣太差，既缺乏藝術感悟力，又未下力氣品味作品，加之時間又太匆促，要一下子湊足批語的數目，便只能將套話「批量生產」，適足以暴露他的淺薄和低能。然而這樣的人，偏偏要自我吹噓，請看脂批中的「批」字：

1. 「一面說，一面遞眼色兒與劉姥姥。」A0778【◎甲戌側】：「何如？余批不謬。」

2. 「白骨如山忘姓氏，無非公子與紅妝。」A0947【◎甲戌側】：「批得好。末二句似與題不切，然正是極貼切語。」

3. 「嚇的眾婆娘呼的一聲，往後藏之不迭。」A1122【◎甲戌側】：「作者自是筆筆不空，批者亦字字留神之至矣。」

4. 「前日不過是我的設辭，誠心情你們一飲，恐又推託，故說下這句話。」A1558【◎甲戌眉】：「若真有一事，則不成《石頭記》文字矣。作者得三昧在茲，批書人得書中三昧亦在茲。」

5. 「能夠得他長長遠遠的伏侍他一輩子，也就罷了。」J0600【●己卯夾】：「真好文字，此批得出者。」

6. 「因笑道:『我在這裏坐著,你放心去罷。』」G0920【◎庚辰側】:「每於如此等處,石兄何常輕輕放過,不介意來。亦作欲瞞看官,又被批書人看出,呵呵。」

7. 「你不聽我的話,反叫這些人教的歪心邪意。」G0949【◎庚辰側】:「批至此,不禁一大白又大白矣。」

8. 「翻身看時,只見襲人和衣睡在衾上。」G1041【●庚辰夾】:「真好石頭,記得真真好,述者錯不錯,真好批者批得出。」

9. 「喜的個賈璉身癢難撓。」G1098【◎庚辰側】:「不但賈兄癢癢,即批書人此刻幾乎落筆。試問看官:此際若何光景?」

10.「方見兩三個老嬤嬤走進來。」G1351【●庚辰夾】:「妙。文字細密,一絲不落,非批得出者。」

11.「著鞋,倚在床上拿著本書,看見他進來,將書擲下。」G1522【◎庚辰側】:「這是等芸哥看,故作款式。若果真看書,在隔紗窗子說話時已放下了。玉兄若見此批,必云:老貨,他處處不放鬆,可恨可恨。回思將余比作釵、顰等,乃一知己,余何幸也。一笑。」

13.G1673【◎庚辰眉】:「余讀《葬花吟》凡三閱,其悽楚感慨,令人身世兩忘,舉筆再四,不能加批。」

14.「今兒是正經社日,可別忘了。」G1897【●庚辰夾】:「看書者已忘,批書者亦已忘了,作者竟未忘,忽寫此事,真忙中愈忙,緊處愈緊也。」

15.「且本性聰敏,自幼讀書識字。」G1982【●庚辰夾】:「我批此書,竟得一秘訣以告諸公:凡野史中所云才貌雙全佳人者,細細通審之,只得一個粗知筆墨之女子耳。此書凡

　　云知書識字者，便是上等才女，不信時，只看他通部行為
　　及詩詞詼諧皆可知。妙在此書從不肯自下評注，云此人係
　　何等人，只借書中人閱評一二話，故不得有未密之縫被看
　　書者指出，真狡獪之筆耳。」

16.「明兒要都帶時，獨咱們不帶，是何意思呢。」G2131【●
　　庚辰夾】：「這個『咱們』使得，恰是女兒喁喁私語，非前
　　問之一倒可比者。寫得出，批得出。」

　　像這樣的水準，哪裏配稱「首席紅學家」？

三　脂批的理論價值重估

　　脂批雖然早就有「庸俗不堪，一塌糊塗的，又無聊，又蹩腳」的
評價（徐遲：〈如何對待脂硯齋〉，《花城》，1979 年 11 月），終因與
曹雪芹搭上了「特殊關係」，贏得「歷史上第一位紅學家」的美譽。
要「還原脂硯齋」，自然包括對其「理論價值」的重估。為節省篇
幅，只取《中國文學批評通史》為對話的對象。理由是：王運熙、顧
易生先生主編的《中國文學批評通史》七卷本，以其「力求較為全面
地清理各歷史時期文學批評的發展過程，對曾有所建樹的批評家與論
著進行科學的評價，並努力發掘新的材料，展示中國文學理論批評的
豐富多彩和燦爛成就，總結其經驗與教訓」（卷首《說明》）的鮮明學
術特色，受到了各界的廣泛好評。兩位作者都不是專業的紅學家，不
存在對脂硯齋的偏愛之心。他們的問題在於相信通行的說法，從對脂
硯齋的某種景仰的情結出發，似乎總覺得應該在他身上做點什麼文
章，「挖掘」點什麼出來，遂使「脂硯齋評《紅樓夢》」一節，不僅在
寫法上背離了全書的體例，在具體資料的辨析考訂與理論內涵的概括

評價上，也都有著概括不准、抑揚失當，猶如錦繡麗服上的一塊污漬，健美肌體上的一個贅疣，令人感到萬分惋惜。

為了突現脂硯齋「批評家」的品位，「脂硯齋評《紅樓夢》」節歸結出了三個方面的理論貢獻。在這種力圖拔高的刻意溢美中，我們卻看到了作者的種種無奈：

一、認為脂硯齋提出了「寫形追像」的理論。作者列舉「試問諸公，從來小說中可有寫形追像至此者？」（甲戌本第三回眉批）「寫一種人，一種人活像。」（甲戌本第七回夾批）得出結論說：「曹雪芹塑造了一大批鮮明、生動、富有個性的人物形象，既為讀者提供了賞心悅目的審美對象，同時也為古代小說的形象理論提供了新鮮的藝術經驗。脂硯齋面對這群形象並未僅僅停留在擊節讚歎之上，而是對其成功的創作經驗作出了必要的總結。」（頁838）前面說過，小說評點的最大特點是與正文「相須而行」，批語須黏附於正文，結論應從正文引發，是對正文的提煉和概括。第三回寫鳳姐出場，「頭上戴著金絲八寶攢珠髻，綰著朝陽五鳳掛珠釵，項上戴著赤金盤螭瓔珞圈，裙邊繫著豆綠宮條，雙衡比目玫瑰佩，身上穿著縷金百蝶穿花大紅洋緞窄裙襖，外罩五彩刻絲石青銀鼠褂，下著翡翠撒花洋縐裙。一雙丹鳳三角眼，兩灣柳葉掉梢眉，身量苗條，體格風騷，粉面含春威不露，丹唇未起笑先聞。」這類關於人物裝束外貌的描寫，基本未脫通俗小說的一般套路，並無特別創新之處，值不得追問「從來小說中可有寫形追像至此者」？且憑這一條批語，根本引不出「寫形追像」的理論來。退一步說，即便將它算作「理論」，那也只是「形神論」的一種倒退。歷來小說批評家都主張將表現人物身材面目、聲音笑貌等外觀的「形」，與展現風神意志、精神品質等內在的「神」結合起來。如容與堂《水滸傳》第二回總評：「描畫魯智深，千古若活，真是傳神寫照妙手。」第二十一回總評：「此迴文字逼真，化工肖物。摩寫宋

江、閻婆惜並閻婆處，不惟畫眼前，且畫心上，不惟能畫心上，且並畫意外。」謝肇《金瓶梅跋》提出，「稗官之上乘」應「不徒肖其貌，且並其神傳之」。脂硯齋卻在張揚什麼「寫形追像」，非倒退何？

　　二、認為脂評「肯定小說創作應該在藝術範圍內建立起真實感，提高其可信程度，反對簡單化、公式化，過於誇飾而不合情理的不良創作傾向」（頁839）。支撐這一觀點的是脂硯齋反覆嘲笑「近之小說」的批語。只要稍微捉摸一下，就可察知脂硯齋對《紅樓夢》從未下力氣去品味、揣摩，翻來覆去講些自以為高明的門面話，無非是嘩眾取寵，適足以暴露他的淺薄和低能。「最恨近之野史中，惡則無往不惡，美則無一不美」等等，亦多是拾人牙慧。脂硯齋既缺乏藝術感悟力，卻又要湊足批語的數目，便大批「妙」字。據統計，甲戌本脂批共一五八七條，其中有「妙」字的批語一〇九條，共用「妙」字一一七個，占百分之六點八六；己卯脂批共七五四條，其中有「妙」字的批語一〇四條（不包括與甲戌本相同或相近的批語），共用「妙」字一三一個，占百分之十三點七九；庚辰脂批共二三一八條，其中有「妙」字的批語一〇八條（不包括與甲戌本、己卯本相同或相近的批語），共用「妙」字一二三個，占百分之四點六五。有些「妙」語，簡直批得莫名其妙。如那僧對石頭道：「我如今大施佛法助你一助，待劫終之日，復還本質，以了此案。」A0016【◎甲戌側】批道：「妙。佛法亦須償還，況世人之償乎。近之賴債者來看此句，所謂遊戲筆墨也」。「復還」的還，乃還原之還，脂硯齋卻曲解為「償還」之還，又故意牽扯出「近之賴債者」出來，豈不讓人啼笑皆非！

　　自然，脂批也不能說一無可取。如己卯、庚辰本第十九回云賈寶玉為「今古未有之一人」，「說不得賢，說不得愚，說不得不肖，說不得善，說不得惡，說不得正大光明，說不得混帳惡賴，說不得聰明才俊，說不得庸俗平口，說不得好色好淫，說不得情癡情種，恰恰只有

一顰兒可對，令他人徒加評論，總未摸著他二人是何等脫胎，何等骨肉」，就較有美學的意趣，而這恰是脂硯齋老老實實地承認「其寶玉之為人，是我輩於書中見而知有此人，實未目曾親睹者」，講了真話的結果。內中「令他人徒加評論」的「他人」，指的正是《紅樓夢》問世後的評點家，這又恰是脂批後出的傍證。

三、認為脂評「對《紅樓夢》的藝術經驗還進行了廣泛的總結，歸納出許多具體做法」，其中最重要的是「避難法」和「鍊字法」（頁840）。關於「避難法」，作者歸結為「指作品裁剪諧配、詳詳略略、有無相生的方法」。按，提到「避難法」的脂批共三處七條。一處五條都在第十六回，是關於修造大觀園的。A1201【◎甲戌回前】：「細思大觀園一事，若從如何奉旨起造，又如何分派眾人，從頭細細直寫將來，幾千樣細事，如何能順筆一氣寫清，又將落於死板拮据之鄉。故只用璉、鳳夫妻二人一問一答，上用趙嬤討情作引，下文蓉、薔來說事作收，餘者隨筆順筆略一點染，則耀然洞徹矣。此是避難法。」（已卯、庚辰本各有一條夾批，語句相近）又，A1246【◎甲戌側】：「大觀園一篇大文，千頭萬緒，從何處寫起？今故用賈璉夫妻問答之間，閒閒敘出，觀者已省大半。後再用蓉、薔二人重一染，便省卻多少贅瘤筆墨。此是避難法。」（庚辰本一條側批相近）

一處一條是在第二十四回，寫「賈芸出西門找到花兒匠方椿家裏去買樹，不在話下。」G1347【庚辰夾】：「至此便完種樹工程。一者見趕趕工程原非正文，不過虛描盛時光景，藉此以出情文。二者又為避難法。若不如此了，必曰其樹其價怎麼，買定幾株，豈不煩絮矣？」

一處一條是在第二十六回，寫林黛玉「見寶釵進寶玉的院內去了，自己也便隨後走了來。剛到了沁芳橋，只見各色水禽都在池中浴水，也認不出名色來，但見一個個文采炫耀，好看異常，因而站住看了一會。」G1577【庚辰側】：「避難法。」

對建造大觀園的處理，不從如何奉旨起造，又如何分派眾人，從頭細直寫將來，而借璉、鳳夫妻二人一問一答作收，對賈芸種樹工程不一一細緻描寫，避免了刻板拖沓的文字，屬於剪裁上的詳略考慮，勉強可以算作「避難法」，而關於林黛玉見寶釵進了寶玉的院內，自己就站在池邊看水禽也是「避難法」，就完全搞錯了。因為林黛玉並非止住腳步不再進去，避開了和薛寶釵發生衝突的「難」，而是過了一會仍然再往怡紅院來扣門，惹出了更大的矛盾，這怎麼能說是「避難」呢？

金聖歎提倡「文成於難」，說：「吾觀今之文章之家，每云『我有避之一訣』。固也，然而吾知其必非才子之文也。夫才子之文，則豈惟不避而已，又必於本不相犯之處，特特故自犯之，而後從而避之，此無他，亦以文章家之有避之一訣，非以教人避也，正以教人犯也。犯之而後避之，故避有所避也。若不能犯之，而但欲避之，然則避何所避乎哉？是故行文非能避之難，實能犯之難也。譬諸奕棋者，非救劫之難，實留劫之難也。將欲避之，必先犯之。夫犯之，而至於必不可避，而後天下之讀吾文者，於是乎而觀吾之才之筆矣。犯之而至於必不可避，而吾之才之筆為之躊躇，為之四顧，眘然中鈙，如土委地，則號於天下之人曰：『吾才子也，吾文才子之文也！』彼天下之人亦誰復敢爭之乎哉？」（《水滸傳》第十一回回評）「避」與「犯」是相對的。「犯」比「避」更難。所以金聖歎要提倡「犯」，其《讀法》中有「正犯法」，謂：「正是要故意把題目犯了，卻有本事出落得無一點一畫相借」，如武松打虎後，又寫李逵殺虎，潘金蓮偷漢後，又寫潘巧雲偷漢之類。脂硯齋宣導「避難法」，只配作金聖歎的「腳底下泥」，根本談不上什麼理論價值。

關於「鍊字法」，作者引庚辰本第十四回側批：「詩中知有鍊字一法，不期於《石頭記》中多得其妙。」歸結說：「通過鍊字以提高詩

歌語言的表達能力，使其準確、鮮明、生動，這是古代詩人一個良好傳統。曹雪芹創作《紅樓夢》也十分重視鍛字鍊句藝術，有許多精彩之筆。」按第十四回寫「寶玉聽說，便猴向鳳姐身上要牌」，用了一個「猴」，較為傳神，但「猴」是方言土語，至今還活在人們口中。沒有任何實證說明曹雪芹用「猴」字，經過了反覆的推敲。脂本本身倒留下了脂硯齋對文字體認水準的印記，如第三回寫林黛玉的外貌，甲戌本作：「兩灣似蹙非蹙籠煙眉，一雙似喜非喜含情目。」庚辰本則作：「兩灣半蹙鵝眉，一雙多情杏眼。」庚辰本號稱「四閱定本」，經過了四次斟酌，居然將「一雙似喜非喜含情目」改成充滿俗氣的「一對多情杏眼」，能說他懂得什麼「鍊字法」，甚至提出過小說創作鍊字法的理論嗎？

什麼是小說理論？小說理論不是店鋪招牌，不是空口吆喝的大話，它是從小說創作和鑒賞的實踐中提煉出來的真知灼見、是對小說創作和鑒賞經驗的總結和提升。《清代文學批評史》的作者誠心實意要將脂硯齋作為「有所建樹的批評家」來推崇，但在他們刻意溢美的努力中，我們卻時時看到了無奈。這是作者的智短才拙麼？不是。在脂硯齋是扶不起的劉阿斗，根本不配受到這樣的抬舉。

脂硯齋偶而還以小說「秘法」相炫耀。A0038【◎甲戌眉】批道：「事則實事，然亦敘得有間架，有曲折，有順逆，有映帶，有隱有見，有正有閏，以至草蛇灰線，空谷傳聲，一擊兩鳴，明修棧道，暗度陳倉，雲龍霧雨，兩山對峙，烘雲托月，背面傅粉，千皴萬染諸奇，書中之秘法，亦復不少，予亦於逐回中搜剔刳剖，明白注釋，以待高明，再批示謬誤。」都不過是從金聖歎那裏販賣來的，根本不值一哂。為省筆墨，僅就脂批「伏線」（「草蛇灰線」）的胡略加辨析。

據統計，甲戌本有關「伏線」的批語四十三條，己卯本有關「伏線」的批語二十三條（不包括與甲戌本相同或相近的批語），庚辰本

有關「伏線」的批語二十九條（不包括與甲戌本、己卯本相同或相近的批語），共九十五條，這與別的「文法」列名而無實例形成強烈的反差。姑且先展示於後：

甲戌本有關「伏線」的批語：

1. 「到那隆盛昌明之邦。」A0022【◎甲戌側】：「伏長安大都。」
2. 「詩禮簪□之族。」A0023【◎甲戌側】：「伏榮國府。」
3. 「花柳繁華地。」A0024【◎甲戌側】：「伏大觀園。」
4. 「溫柔富貴鄉。」A0025【◎甲戌側】：「伏紫芸軒。」
5. 「這閶門外有個十里街。」A0055【◎甲戌側】：「開口先云『勢利』，是伏甄封二姓之事。」
6. 「街內有個仁清巷。」A0056【◎甲戌側】：「又言人情，總為士隱火後伏筆。」
7. 「好防佳節元宵後，便是煙消火滅時」，A0104【◎甲戌側】：「伏後文。」
8. 「我自使番役，務必採訪回來。」A0180【◎甲戌側】：「為葫蘆案伏線。」
9. 「令其好生養贍，以待尋女兒下落。」A0185【◎甲戌側】：「找前伏後。士隱家一段小榮枯，至此結住。所謂真不去，假焉來也。」
10. 「卻是自己擔風袖月，遊覽天下勝蹟。」A0195【◎甲戌側】：「已伏下至金陵一節矣。」
11. 「這珍爺那肯讀書，只是一味高樂不已，把寧國府竟翻了過來，也沒有敢來管他。」A0244【◎甲戌側】：「伏後文。」
12. 「這正好，我這裏正配丸藥呢，叫他們多配一料就是了。」A0341【◎甲戌側】：「為後菖菱伏脈。」

13.「且院中隨處之樹木山石皆有。」A0374【◎甲戌側】:「為大觀園伏脈。試思榮府園今在西,後之大觀園偏寫在東,何不畏難之若此。」

14.「原來這襲人亦是賈母之婢,本名珍珠。」A0462【◎甲戌側】:「亦是賈母之文章。前鸚哥已伏下一鴛鴦,今珍珠又伏下一琥珀矣。已下乃寶玉之文章。」

15.「這李氏亦係金陵名宦之女,父名李守中,為國子監祭酒,族中男女,無有不誦讀詩書者。」A0472【◎甲戌側】:「未出李紈,先伏下李紋、李綺。」

16.「四家皆連絡有親,一損皆損,一榮皆榮,扶持遮飾,皆有照應的。」A0499【◎甲戌側】:「早為下半部伏根。」

17.「後來到底尋了個不是,遠遠的充發了才罷。」A0532【◎甲戌側】:「至此了結葫蘆廟文字,又伏下千里伏線。起用葫蘆字樣,收用葫蘆字樣,蓋云一部書,皆係葫蘆提之意也,此亦係寓意處。」

18.「你沒看見,我那個兄弟來了,雖然和寶叔同年,兩個人若站在一處,只怕那一個還高些呢!」A0583【◎甲戌眉】:「伏下秦鍾,妙。」A0584【◎甲戌側】:「又伏下一人,隨筆便出,得隙便入,精細之極。」

19.A0696【◎甲戌回前】:「寶玉襲人,亦大家常事耳。寫得是已全領警幻意淫之訓。此回借劉嫗,卻是寫阿鳳正傳,並非泛文,且伏二遞三遞及巧姐之歸著。」

20.「自此寶玉視襲人更比別個不同。」A0700【◎甲戌夾】:「伏下晴雯。」

21.「小小一個人家,因與榮府略有些瓜葛。」A0703【◎甲戌側】:「略有些瓜葛,是數十回後之正脈也。真千里伏線。」

22.「待下人未免太嚴了些。」A0740【◎甲戌夾】：「略點一句，伏下後文。」

23.「只見惜春正同水月庵的小姑子智慧兒兩個一處頑笑。」A0835【◎甲戌夾】：「總是得空便入，百忙中又帶出王夫人喜施捨等事，可知一支筆作千百支用。又伏後文。」

24.「余信家的就趕上來，和他師傅咕唧了半日，想是就為這事了。」A0841【◎甲戌夾】：「一人不落，一事不忽，伏下多少後文，豈真為送花哉。」

25.「他是哪吒，我也要見一見，別放你娘的屁了。」A0870【◎甲戌眉】：「此等處寫阿鳳之放縱，是為後回伏線。」

26.「我何曾不知這焦大，到是你們沒主意，有這樣，何不打發他遠遠的莊子上去就完了。」A0895【◎甲戌眉】：「這是為後協理寧國伏線。」

27.「聽見醉了，不敢前來再加觸犯，只悄悄的打聽睡了，方放心散去。」A1060【◎甲戌側】：「交代清楚。塞玉一段，又為『誤竊』一回伏線。晴雯茜雪二婢，又為後文先作一引。」

28.「別跟著那一起不長進的東西們學。」A1065【◎甲戌側】：「總伏後文。」

29.「天機不可洩漏。」A1090【◎甲戌側】：「伏的妙。」

30.「並尤氏的幾個眷屬。」A1100【◎甲戌側】：「伏後文。」

31.「那抱愧被打之人，含羞去了。」A1143【◎甲戌側】：「又伏下文，非獨為阿鳳之威勢，費此一段筆墨。」

32.「那丫頭聽見，丟下紡車，一逕去了，寶玉悵然無趣。」A1168【◎甲戌側】：「處處點情，又伏下一段後文。」

33.「原來秦業年邁多病。」A1177【◎甲戌側】：「伏一筆。」

34.「只在家中養息。」A1206【◎甲戌側】:「為下文伏線。」

35.「我就撒謊說香菱了。」A1235【◎甲戌夾】:「一段平兒的見識作用,不枉阿鳳生平刮目,又伏下多少後文,補盡前文未到。」

36.「只有彩霞還和他合的來。」A1289【◎甲戌側】:「暗中又伏一風月之隙。」

37.雖不敢明言,卻每每暗中算計。」A1295【◎甲戌側】:「已伏金釧回矣。」

38.「這一次,大不幸之中又大幸。」A1435【◎甲戌側】:「似又伏一大事樣,英俠人累累如是,令人猜摹。」

39.「話未說完,李氏道:『噯喲喲,這話我就不懂了。』」A1483【◎甲戌側】:「紅玉今日,方遂心如意,卻為寶玉後伏線。」

40.A1515【◎甲戌回後】:「鳳姐用小紅,可知晴雯等理沒其人久矣,無怪有私心私情。且紅玉後有寶玉大得力處,此於千里外伏線也。」

41.A1516【◎甲戌回後】:「《石頭記》用截法、岔法、突然法、伏線法、由近漸遠法、將繁改儉法、重作輕抹法、虛稿實應法。種種諸法,總在人意料之外,且不見一絲牽強。所謂『信手拈來無不是』是也。」

42.A1587【◎甲戌回後】:「茜香羅暗繫於襲人腰中,係伏線之文。」

己卯本有關「伏線」的批語(不包括與甲戌本相同或相近的批語):

1. 「可別冒撞了。」J0021【●己卯夾】：「伏的妙。」

2. 「原來自進門起，所行至此，才遊了十之五六。」J0259【●己卯夾】：「總住妙，伏下後文所補等處。若都入此回寫完，不獨太繁，使後文冷落，亦且非《石頭記》之筆。」

3. 「又值人來回，有兩村處遣人回話。」J0260【●己卯夾】：「又一緊，故不能終局也。此處漸漸寫雨村親切，正為後文地步。伏脈千里，橫雲斷嶺法。」

4. 「賈政皆不及進去。」J0264【●己卯夾】：「伏下攏翠庵、蘆雪廣、凸碧山莊、凹晶溪館、暖香塢等諸處，於後文一斷一斷補之，方得雲龍作雨之勢。」

5. 「就令賈薔總理其日用出入銀錢等事，以及諸凡大小所需之物料帳目。」J0291【●己卯夾】：「補出女戲一段，又伏一案。」

6. 「暫且擱過，此時不能表白。」J0295【●己卯夾】：「補尼道一段，又伏一案。」

7. 「然自忖亦難與薛、林爭衡。」J0331【●己卯夾】：「只一語便寫出寶、代二人，又寫出探卿知己知彼，伏下後文多少地步。」

8. 「第一齣，《豪宴》。」J0372【●己卯夾】：「《一捧雪》中伏賈家之敗。」

9. 「第二齣，《乞巧》。」J0373【●己卯夾】：「《長生殿》中伏元妃之死。」

10. 「第三齣，《仙緣》。」J0374【●己卯夾】：「《邯鄲夢》中伏甄寶玉送玉。」

11. 「第四齣，《離魂》。」J0375【●己卯夾】：「伏黛玉死，《牡丹亭》中。所點之戲劇伏四事，乃通部書之大過節、大關鍵。」

12.「賈薔便知是賜齡官之物，喜的忙接了。」J0377【●己卯夾】：「何喜之有？伏下後面許多文字，只用一『喜』字。」

13.「額外賞了齡官兩疋宮緞、兩個荷包並金銀錁子、食物之類」，J0382【●己卯夾】：「又伏下一個尤物，一段新文。」

14.「只掙著與無事的人一樣。」J0388【●己卯夾】：「伏下病源。」

15.「與幾個外甥女兒。」J0409【●己卯夾】：「一樹千枝，一源萬派，無意隨手，伏脈千里。」

16.「『何嘗哭，才迷了眼揉的。』因此便遮掩過了。J0425【●己卯夾】：「伏下後文所補未到多少文字。

17.「因念賈府中從不曾作踐下人，只有恩多威少的」，J0490【●己卯夾】：「伏下多少後文。」

18.「平常寒薄人家的小姐，也不能那樣尊重的。」J0491【●己卯夾】：「又伏下多少後文。先一句是傳中陪客，此一句是傳中本旨。」

19.「又當奇事新鮮話兒去學舌討好兒。」J0541【●己卯夾】：「補前文之未到，伏後文之線脈。」

20.「說著，一逕出去了。」J0576【●己卯夾】：「寫晴雯之疑忌，亦為下文跌扇角口等文伏脈，卻又輕輕抹去。」

21.J0591【●己卯回後】：「後數十回若蘭在射圃所佩之麒麟，正此麒麟也。提綱伏於此回中，所謂草蛇灰線在千里之外。」

22.J0603【●己卯回前】：「美人用別號，亦新奇花樣，且韻且雅，呼去覺滿口生香。起社出自探春意，作者已伏下回興利除弊之文也。」

23.「你還是你的舊號『絳洞花主』就好。」J0620【●己卯

夾】：「妙極，又點前文。通部中從頭至末，前文已過者恐去之冷落，使人忘懷，得便一點；未來者恐來之突然，或先伏一線：皆行文之妙訣也。」

庚辰本有關「伏線」的批語（不包括與甲戌本、己卯本相同或相近的批語）：

1. 「論理我們裏面也須得他來整治整治。」G0142【◎庚辰側】：「伏線在二十板之誤差婦人。」

2. 「趕亂完了，天已四更將盡，總睡下又走了困。」G0184【◎庚辰側】：「此為病源伏線。後文方不突然。」

3. 「此卿大有意趣。」G0212【◎庚辰側】：「忙中閒筆，卻伏下文。」

4. 「將智慧抱到炕上。」G0250【◎庚辰側】：「此處寫小小風波事，亦在人意外。誰知為小秦伏線，大有根處。」

5. 「已經傳人畫圖樣去了。」G0348【◎庚辰側】：「後一圖伏線。大觀園係王兄與十二釵之太虛玄境，豈不草索？」

6. 「賈薔又近前回說：『下姑蘇聘請教習，採買女孩子，置辦樂器行頭等事，大爺派了侄兒……』」G0351【◎庚辰側】：「畫『薔』一回伏線。」

7. 「將當日吃茶茜雪出去與昨日酥酪等事。」G0903【◎庚辰眉】：「特為乳母傳照，暗伏後文倚勢奶娘線脈，《石頭記》無閒文並虛字在此。壬午孟夏，畸笏老人。」

8. 「此後遂成相契。」G1076【◎庚辰眉】：「此段係書中情之瑕疵，寫為阿鳳生日潑醋回及一大風流寶玉悄看晴雯回作引，伏線千里外之筆也。丁亥夏，畸笏。」

9.「金的、銀的、圓的、匾的，壓塌了箱子底。」G1122【◎庚辰眉】:「小科諢解頤，卻為借當伏線。壬午九月。」

10.「況他們有甚正事談講。」G1270【◎庚辰側】:「為學詩伏線。」

11.「邢夫人又百般摩挲撫弄，他早已心中不自在了。」G1286【◎庚辰側】:「千里伏線。」

12.「襲人正記掛他去見賈政，不知是禍是福。」G1575【◎庚辰側】:「下文伏線。」

13.「論他我不該說他，但特昏憒的不像了。還有笑話呢。」G1663【◎庚辰眉】:「這一節特為「興利除弊」一回伏線。」

14.「又欠你老子捶你了。」G1720【◎庚辰側】:「伏線。」

15.「橫豎這酒蜜水兒似的，多喝點子也無妨。」G1873【●庚辰夾】:「為登廁伏脈。」

16.「忽見板兒抱著一個佛手，便也要佛手」，G1875【●庚辰夾】:「小兒常情，遂成千里伏線。」

17.「使不了，明兒帶了棺材裏使去。」G1894【●庚辰夾】:「此言不假，伏下後文短命。尤氏亦能幹事矣，惜不能勸夫治字，惜哉痛哉。」

18.「趁著盡力灌喪兩鍾罷。」G1916【●庚辰夾】:「閒閒一戲語，伏下後文，令人可傷，所謂盛筵難再。」

19.「也不施脂粉，黃黃的臉兒。」G1926【●庚辰夾】:「大妙大奇之文，此一句便伏下病根了，草草看去，便可惜了作者行文苦心。」

20.「如今園門關了，就該上場了。」G1949【●庚辰夾】:「又伏下後文，且又趁出後文之冷落。此閒話中寫出，正是不寫之寫也。脂硯齋評。」

21.「倒是慢慢的打聽著，有知道來歷的，買個還罷了。」
　　G1970【●庚辰夾】：「閒言過耳無跡，然已伏下一事矣。」

22.「只微笑點了點頭兒，馬已過去。」G2006【●庚辰夾】：
　　「總為後文伏線。」

23.「只見園中正門與各處角門。」G2085【●庚辰夾】：「伏下
　　文。」

24.「命他拿去辦八月中秋節。」G2107【●庚辰夾】：「過下伏
　　脈。」

25.「這園中有素與柳家不睦的。」G2138【●庚辰夾】：「前文
　　已卯之伏線。」

26.「餘者皆在南方，各有執事。」G2147【●庚辰夾】：「又伏
　　一筆。」

27.「地下的媳婦們聽說，方忙著取去了。」G2177【●庚辰
　　夾】：「總伏下文。」

28.「因這事更比晴雯一人較甚。」G2214【●庚辰夾】：「暗伏
　　一段更比，覺煙迷霧罩之中更有無恨溪山矣。」

29.「一面說話，一面咳嗽起來。」G2279【●庚辰夾】：「總為
　　後文伏線。阿顰之問，可見不是一筆兩筆所寫。」

　　魯迅曾謂金聖歎批點《水滸傳》，「被硬拖到八股的做法上，這餘
蔭，就使有一批人，墮入了對於《紅樓夢》之類，總在尋求伏線、挑
剔破綻的泥塘」（《談金聖歎》）。脂硯齋之「尋求伏線」，連金聖歎餘
蔭還沒有趕上，眾多「尋求伏線、挑剔破綻」的脂批，大半是毫無意
義的空言。

　　如有的「伏線」，指的是轉眼就要發生的事。瘋僧對甄士隱念了
四句言詞，末二句為：「好防佳節元宵後，便是煙消火滅時。」

A0104【◎甲戌側】:「伏後文。」而本回即寫到英蓮元宵遺失、葫蘆廟火起。第二回敘賈雨村聞知英蓮丟失,說:「我自使番役,務必採訪回來。」A0180【◎甲戌側】:「為葫蘆案伏線。」葫蘆案即發生在第四回;「我那個兄弟來了」,A0583【◎甲戌眉】:「伏下秦鍾,妙。」而秦鍾果然即登場矣,都談不上「伏脈千里」。「那丫頭聽見,丟下紡車,一逕去了,寶玉悵然無趣。」A1168【◎甲戌側】:「處處點情,又伏下一段後文。」所謂「一段後文」,不過是寶玉起身「留心看時,內中並無二丫頭;一時上了車出來,走不多遠,只見迎頭二丫頭懷裏抱著他小兄弟,同著幾個小女孩子說笑而來」,與「前文」不過相隔五六行!此種「伏線」,任何細心的讀者都可一眼看出,何勞脂硯齋一一指明?

有的「伏線」,不過是概念的同義反覆。「這珍爺那肯讀書,只是一味高樂不已,把寧國府竟翻了過來,也沒有敢來管他。」A0244【◎甲戌側】:「伏後文。」賈珍德性如此,其後來種種行為皆由之衍生,與「伏線」不是一回事。「原來秦業年邁多病。」多病則不久人世,A1177【◎甲戌側】:「伏一筆。」;劉姥姥貪吃必致腹瀉,G1873【庚辰夾】:「為登廁伏脈。」全是廢話。第二十六回佳蕙對紅玉道:「林姑娘生的弱,時常他吃藥,你就和他要些來吃,也是一樣。」A1373【◎甲戌側】:「閒言中敘出代玉之弱,草蛇灰線。」黛玉之病弱第二回就已明白交代:「這女學生年又極小,身體又極怯弱」,「近因女學生哀痛過傷,本自怯弱多病」,何須待佳蕙至第二十六回方「閒言敘出」?且「病弱」乃是一種狀態,更非具體對象可比,「草蛇灰線」云云,全然不通。第二十二回元妃送出燈謎來,「寶玉、代玉、湘雲、探春四個人也都解了」,G1189【●庚辰夾】:「此處透出探春,正是草蛇灰線,後文方不突然。」探春於第三回即已登場,且借黛玉的眼光寫她「削肩細腰、長挑身材、鴨蛋臉面,俊眼修眉,顧

盼神飛，文采精華，見之忘俗」，第十八回還寫探春之才，「又出於姊妹之上」，哪會到第二十二回方者「透出探春」、埋下伏線？

有的「伏線」純是胡拉硬扯，牽強附會。如第八回敘寶釵看通靈寶玉畢，A0949【◎甲戌夾】：「前回中總用草蛇灰線寫法，至此方細細寫出，正是大關節處。」為什麼說是用了「草蛇灰線」呢？A0937【◎甲戌夾】的解釋是：「自首回至此回，回回說有通靈玉一物」的緣故。其實，通靈玉自身就是「大荒山中青埂峰下的那塊頑石的幻相」，《石頭記》一書則是「石上所記之文」，可見通靈玉乃是全書的核心與靈魂，非哨棒、簾子等細微之物可比，根本不能說是草蛇灰線；再說，從批點的形式看，脂批也沒有如金批那樣，一一注明「通靈玉一」、「通靈玉二」……，於此冒然斷之曰「草蛇灰線」，亦非批點之正格。第四十一回敘巧姐「忽見板兒抱著一個佛手，便也要佛手」，G1875【●庚辰夾】：「小兒常情，遂成千里伏線。」而後「眾人忙把柚子與了板兒，將板兒的佛手哄過來與他才罷。那板兒……忽見這柚子又香又圓，更覺好頑，且當球踢著頑去，也就不要佛手了。」G1876【●庚辰夾】：「抽（柚）子，即今香團之屬也，應與緣通。佛手者，正指迷津者也。以小兒之戲，暗透前後通部脈絡，隱隱約約毫無一絲漏泄，豈獨為劉姥姥之俚言博笑而有此一大迴文字哉？」「柚子即今所謂香團之屬」的「香團」，當為「香圓」之誤，下文「應與緣通」可證。香圓即香櫞，也就是枸櫞，《本草綱目》：「枸櫞產閩廣間，木似朱欒而葉尖長，枝間有刺，植之近水乃生。其實狀如人手，有指，俗呼為佛木柑。」脂硯齋誤柚子為香櫞（即佛手），則板兒與巧姐所玩竟為一物矣，「暗透前後通部脈絡」云云，幾於癡人說夢。

綜上所述，脂硯齋關於「草蛇灰線，伏脈千里」之批，是極為粗陋低劣的，充其量只不過是金批「腳底下泥」，談不上有什麼地位和

價值。但如果以為他的批點不過是婢作夫人式的不知輕重，那就未免太看輕了他了。脂硯齋以「文法」家的姿態信筆雌黃、尤其是不惜在「草蛇灰線」上大下功夫，無非是為了造成一種他確實深知《紅樓夢》「擬書底裏」的假象，從而為拋出若干有關「後數十回佚稿」的「信息」鋪平道路。如第三回賈母道：「我這裏正配丸藥呢，叫他們多配一料就是了。」A0341【◎甲戌側】：「為後菖菱伏脈。」第四十三回尤氏對平兒道：「我看著你主子這麼細緻，弄這些錢那裏使去？使不了，明兒帶了棺材裏使去！」G1894【●庚辰夾】批：「此言不假，伏下後文短命。」第四十四回鳳姐生日，尤氏敬酒道：「過了後兒，知道還得像今兒這樣不得了？趁著盡力灌喪兩鍾罷！」G1916【●庚辰夾】批：「閒閒一戲語，伏下後文，令人可傷，所謂盛筵難再。」尤氏之戲言不是什麼「讖語」，「灌喪兩鍾」不通，程甲本作「灌兩鍾子」，脂本擅加改動，又添寫批語，暗示中有伏筆，可謂費盡心機。第八十回迎春奶娘來，說起孫紹祖甚屬不端，王夫人因說：「我正要這兩日接他去，只因七事八事的，都不遂心……」，G2309【●庚辰夾】：「草蛇灰線，後文方不見突然。」王夫人所言「七事八事都不遂心」，不過是極平常的話語，脂批暗示它與後文的內容有某種關聯，亦是故弄玄虛。種種跡象表明：脂硯齋關於「文法」的批語，都是為了指向一個目標：唯有他是掌握了「原本」、尤其是掌握了後數十回的內容；如果去掉為製造氛圍的有關「伏線」的批語，單剩下幾條「探佚」的材料，不就太突兀了嗎？

脂硯齋還發明了一個理論術語：「正傳」。先將含十一個「正傳」的批語展示於後：

1. A0696【●甲戌回前】：「寶玉襲人，亦大家常事耳。寫得是已全領警幻意淫之訓。此回借劉嫗，卻是寫阿鳳正傳，並

非泛文，且伏二遞三遞及巧姐之歸著。」（圖5-6）

2. 「劉姥姥見平兒遍身綾羅，插金帶銀，花容玉貌的。」A0755【◎甲戌夾】：「從劉姥姥心中目中略一寫，非平兒正傳。」

3. 「端端正正坐在那裏。」A0764【◎甲戌夾】：「一段阿鳳房室起居器皿，家常正傳。奢侈珍貴好奇貸注腳，寫來真是好看。」

4. 「冷笑道，我就知道別人不挑剩下的，也不給我。」A0858【◎甲戌眉】：「余問：送花一回，薛姨媽云寶丫頭不喜這此花兒粉兒的，則謂是寶釵正傳；又主阿鳳惜春一段，則又知是阿鳳正傳；今又到顰兒一段，卻又將阿顰之天性從骨中一寫，方知亦係顰兒正傳。小說中，一筆作兩三筆者有之，一事啟兩事者有之，未有如此恒河沙數之筆也。」（圖5-7）

5. 「遂攜了王夫人、林黛玉、寶玉等過夾看戲，至晌午，賈母便回來歇息了。」A0912【◎甲戌夾】：「敘事有法。只管寫看戲，便是一無見世面之暴發貧婆矣。寫『隨便』二字，興高則往，興敗則回，方是世代封君正傳。且『高興』二字，又可生出多少文章來。」

6. 「又恐遇見別事纏繞，再或可巧遇見他父親。」A0916【◎甲戌側】：「本意正傳。實是曩時苦惱，歎歎。」

7. 「罕言寡語，人謂藏愚，安分隨時，自云守拙。」A0931【◎甲戌夾】：「這方是寶卿正傳，與前寫黛玉之傳一齊參看，各極其妙，各不相犯，使其人難其左右於毫末。」

8. 「雖在賈母跟前千伶百俐，嘴尖性大，卻到還不忘舊。」G2218【●庚辰夾】：「此一句便是晴雯正傳，可知無晴雯為

聰明風流所害也。一篇為晴雯寫傳，是哭晴雯也；非哭晴
雯，乃哭風流也。」

9. 「既領略得如此寥落淒慘之景，是以情不自禁，乃信口吟
成一律。」G2284【●庚辰夾】：「此回題上半截是灰聚向秉
獅，今卻偏連中山狼。倒裝業下情工細下膩寫來，可見迎
春是書中正傳，阿呆夫妻是副，殯主次序，嚴肅之至。其
婚聚俗禮，一概不及，只用寶玉玉一人過去，正是書中之
大吉。」

要明白「正傳」的原始，先須引魯迅先生《阿 Q 正傳》第一章
〈序〉：

我要給阿 Q 做正傳，已經不止一兩年了。但一面要做，一面
又往回想，這足見我不是一個「立言」的人，因為從來不朽之
筆，須傳不朽之人，於是人以文傳，文以人傳——究竟誰靠誰
傳，漸漸的不甚了然起來，而終于歸接到傳阿 Q，彷彿思想裏
有鬼似的。然而要做這一篇速朽的文章，才下筆，便感到萬分
的困難了。第一是文章的名目。孔子曰，「名不正則言不順」。
這原是應該極注意的。傳的名目很繁多：列傳，自傳，內傳，
外傳，別傳，家傳，小傳……，而可惜都不合。「列傳」麼，
這一篇並非和許多闊人排在「正史」裏；「自傳」麼，我又並
非就是阿 Q。說是「外傳」，「內傳」在那裏呢？倘用「內
傳」，阿 Q 又決不是神仙。「別傳」呢，阿 Q 實在未曾有大總
統上諭宣付國史館立「本傳」——雖說英國正史上並無「博徒
列傳」，而文豪迭更司也做過《博徒別傳》這一部書，但文豪
則可，在我輩卻不可。其次是「家傳」，則我既不知與阿 Q 是

否同宗，也未曾受他子孫的拜託；或「小傳」，則阿Q又更無別的「大傳」了。總而言之，這一篇也便是「本傳」，但從我的文章著想，因為文體卑下，是「引車賣漿者流」所用的話，所以不敢僭稱，便從不入三教九流的小說家所謂「閒話休題言歸正傳」這一句套話裏，取出「正傳」兩個字來，作為名目，即使與古人所撰《書法正傳》的「正傳」字面上很相混，也顧不得了。

　　所謂「不入三教九流的小說家所謂『閒話休題言歸正傳』這一句套話」，源於通俗小說與史書的關係。魯迅先生《中國小說史略》在歸納講史的特點是：「大抵史上大事，即無發揮，一涉細故，便多增飾，狀以駢儷，證以詩歌，又雜諢詞，以博笑噱。」說書人為了吸引聽眾，往往借「細故」以發噱，一旦發現離題過遠，便會以「閒話休題，言歸正傳」加以收束。所謂「閒話」，就是細故；所謂「正傳」，就是史書之所載述。中國的長篇小說往往以「傳」名書，如《水滸傳》、《英烈傳》、《飛龍全傳》、《說唐全傳》皆是。從內容看，《紅樓夢》可稱「賈寶玉傳」，或「賈寶玉林黛玉傳」，或「賈寶玉林黛玉薛寶釵傳」，或「金陵十二釵傳」。脂硯齋拈出「正傳」這個術語，說「送花一回」中，「寶丫頭不喜這此花兒粉兒」，是「寶釵正傳」；「主阿鳳惜春一段」，是「阿鳳正傳」；「到顰兒一段」，是顰兒正傳。一回之中，竟有三個人的「正傳」，是否在他看來，其它各回都是「閒話」呢？顯然不是。因為他壓根鐵不懂什麼叫「正傳」。A0912【◎甲戌夾】居然將「隨便」二字，看作世代封君賈母的「正傳」，G2218【●庚辰夾】把「千伶百俐，嘴尖性大，卻倒還不忘舊」一句話看作晴雯的「正傳」，就是典型的例證。

　　可以肯定，「正傳」一詞，是脂硯齋從別人那裏竊取的。據《四

庫全書總目》，題作「正傳」的古書有：《春秋正傳》三十七卷，明湛若水撰；《書法正傳》十卷，清馮武撰，都是訓詁闡釋類的著作。至於敘事的通俗小說，在非「閒話少說」場合用「正傳」的，還有一部《兒女英雄傳》。如第十四回：「上回書既把安、張兩家公案，交代明白；這回書之後，便入十三妹的正傳。」第二十九回：「前回書既將何玉鳳、張金鳳正傳結束清楚，此後便要入安龍媒正傳。」對「正傳」的界定，比脂硯齋清楚得多。從性質講，《兒女英雄傳》是「仿傚」《紅樓夢》之作，最早的刊本是光緒四年（1878）北京珍堂活字本。處於《紅樓夢》「抄閱」階段的脂硯齋，是決不可能讀到此書的。

在《兒女英雄傳》之後用「正傳」的，就是魯迅先生的《阿Q正傳》了。與《兒女英雄傳》僅在行文中偶而一提「正傳」不同，魯迅先生是在小說大題中使用「正傳」，並且還有一篇長序為之張目，故能給人留下深刻印象。《阿Q正傳》一九二一年十二月四日至一九二二年二月十二日每周或隔周刊登於北京《晨報副刊》，署名巴人。從脂硯齋頻頻呼鳳姐為「阿鳳」，及 A0696【●甲戌回前】、A0858【◎甲戌眉】兩稱「阿鳳正傳」看，說他是從魯迅先生那裏剽竊而來，應該說是有十成把握的。

第三節 「紅學兩支」臺柱辨

周汝昌先生說，「真正紅學」有四大支，其中「為了恢復作品的文字，或者說『文本』」的版本學，「研究八十回以後的情節，顯示原著整體精神面貌的基本輪廓和脈絡」的探佚學，是最重要的兩支（〈《石頭記探佚》序〉）；「紅學兩支」的臺柱，就是脂硯齋和他的批語。

一　「原本」的偽證炮製者

脂硯齋是有自知之明的，他懂得自己的命運與脂本息息相關。只有讓人相信脂本是《紅樓夢》「原本」，才能為自己爭得有利的地位。既要扮演「當事人」，又要扮演「證人」，雙重角色身份，不時使他陷入尷尬的境地。

現實世界擺著兩種《紅樓夢》的版本——抄本的脂本和印本的程本。前面說到，抄本的情況是很複雜的：它使用的可能是較早的紙張，抄錄時間卻可能相當靠後；在抄好的本子上，還可以隨時添加改動文字。相比之下，刊刻本一經出版，就也不能作任何更改了。就《紅樓夢》版本研究而言，程甲本是一個參照係。它自乾隆五十六年（1791）出版之後，就絕對定型了；要對別的版本定位，只要和程甲本比勘就可以了。其結果或是比程甲本早，或是比程甲本遲，二者必居其一。

這種比較，有時是很難判斷出先後早晚的。如程甲本第十七回作「大觀園試才題對額，榮國府歸省慶元宵」，第十八回作「皇恩重元妃省父母，天倫樂寶玉呈才藻」；脂本第十七回至十八回沒有分開，合用了「大觀園試才題對額，榮國府歸省慶元宵」回目。你可以說脂本是原稿，沒有來得及分回；你也可以說脂本是據程甲本抄錄的，因為粗心把兩回混抄在一起。

又如程甲本每回最後一行，另行頂格有「紅樓夢第××回終」字樣；己卯本《石頭記》第三十四回回末也另行頂格寫：「紅樓夢第三十四回終」。你可以說這是脂本「第一次」用《紅樓夢》標名，反映了由《石頭記》向《紅樓夢》的過渡；你也可以說是抄錄者的疏忽，未曾將程甲本痕跡徹底清除。

上述情況雖有一定可比性，但各人有各人的觀點，一時誰也說服

不了誰。但事實上還有另一種不具可逆性的情況，這就是在版本學中被經常採用的「竄行脫文」。如：

1、庚辰本第二十三回，敘元春「命太監夏忠到榮國府來下一道諭命寶釵等只管在園中居住不可禁約封錮命寶玉仍隨進去各處收拾打掃安設簾幔床帳」（圖 5-8）。在「寶玉仍隨進去」與「各處收拾打掃」間，明顯有脫漏文字。查程甲本第二十三回第三頁末三行為：

> 居住方妥命太監夏忠到榮府下一道諭命寶釵等在園中居
> 住不可封錮命寶玉也隨進去讀書賈政王夫人接了諭命夏
> 忠去後便回明賈母遣人進去各處收拾打掃安設簾幔床帳（圖
> 5-9）

程甲本半頁十行，每行二十四字，上引文句次行第十一、十二字是「進去」二字，三行第十一、十二字也是「進去」二字，抄錄者一時粗心眼花，跳過了一行，漏卻二十四字，於是變成「命寶玉仍隨進去各處收拾打掃」，使寶玉為打掃的廝役。況且，大觀園自幸過之後，賈政必定敬謹封鎖，無人居住，程本作「命寶釵等在園中居住」是對的，而脂本作「命寶釵等只管在園中居住」，好像寶釵等已經進居園中、或至少已經萌生在園中居住的念頭，顯然是錯的。寶玉之隨眾姊妹入園，更是蒙元春之特許，所以程本作「命寶玉也隨進去讀書」，脂本改「也」為「仍」，更是錯上加錯。

2、庚辰本第七十三回，敘探春與平兒的對話：「探春接著道我且告訴你若是別人得罪了我到還罷了如今那住兒媳婦和他婆婆伏著是媽媽又瞅著二姐姐好性兒如此這般私自拿了首飾去賭錢而且還捏造假帳妙算威逼著還要去討情和這兩個丫頭在臥房裏大嚷大叫二姐姐竟不能轄治所以我看不過才請你來問一聲還是他原是天外的人不知道理還是

誰主使他如此先把二姐姐制伏然後就要治我和四姑娘了平兒忙陪笑道
俗語說的物傷其類齒竭唇亡我自然有些驚心平兒道若論此事還不是大
事極好處置」（圖 5-10），在「我和四姑娘了」與「平兒忙陪笑道」間，
明顯有脫漏文字。查程甲本第七十三回第十一頁第三行至第八行為：

　　個丫頭在臥房裏大嚷大叫二姐姐竟不能轄治所以我看不
　　過才請你來問一聲還是他本是天外的人不知道理還是有
　　誰主使他如此先把二姐姐制伏了然後就要治我和四姑娘
　　了平兒忙陪笑道姑娘怎麼今日說這話出來我們奶奶如何
　　當得起探春冷笑道俗語說的物傷其類齒竭唇亡我自然有
　　些驚心平兒問迎春道若論此事極好處的但他是姑娘的奶（圖
　　5-11）

　　程甲本本頁第六行第六字是「笑」字，第七行第七字也是「笑」
字，抄錄者粗心眼花，跳過了一行，漏卻二十五字，於是將平兒「姑
娘怎麼今日說這話出來？我們奶奶如何當得起」的話漏掉，將探春的
「冷笑」當成了平兒的「陪笑」。請問，「物傷其類，齒竭唇亡」，能
算是陪笑麼？平兒自個自先說「物傷其類，齒竭唇亡」，之後居然當
著「刺戳手」的「玫瑰」探春的面說什麼「還不是大事」，豈非神經
有病？庚辰本不但因竄行而脫文，還肆意添加「還不是大事」五字。
　　曲沐先生曾列舉脂本「竄行脫文」的數十條例子，證明了：「脂
本庚辰本中大量的文字脫漏與錯亂乃是抄錄者怎樣的無意抄錯。由於
抄手的水準低下，工作態度馬虎，這些抄錯之處比比皆是，皆可以從
『程甲本』《紅樓夢》中尋找出其抄錯的原因。由此益可證脂本是晚
於程本之偽本，而不是什麼保存了曹雪芹『原稿的面貌』的本子。」
（《紅樓夢會真錄》，弘毅出版社，1996 年，頁 341-441）現在要著重
考察，脂硯齋對《紅樓夢》版本可能做過什麼手腳。

上面已經提到，第十八回寫元春省親，脂本有忽然多出的一段：

> ……此時自己回想當初在大荒山中青埂峰下，那等淒涼寂寞，若不虧癩僧跛道二人攜來此處，又安能得見這般世面？本欲作一篇〈燈月賦〉、〈省親頌〉以志今日之事，但又恐入了別書的俗套。按此時之景，即作一賦一贊，也不能形容得盡其妙；即不作賦贊，其豪華富麗，觀者諸公亦可想而知矣，所以到是省了這工夫紙墨，且說正緊的為是。

讀到這段文字，我們會立刻品出脂硯齋獨有的腔調。明明是敘寫元春的心理活動：本欲作一篇〈燈月賦〉、〈省親頌〉以志今日之事，怎麼會轉到「又恐入了別書的俗套」呢？元春貴為皇妃，她所擔心的至多是賦贊作得不好，或與自己的身份不稱，哪裏會聯想起「別書的俗套」？即使是曹雪芹本人，他如欲為元春代擬賦贊，亦當施展聰明才智，放手做去，也不必惶恐著擔心「入了別書的俗套」。須知，「別書的俗套」，乃是脂硯齋的職業用語。請看：

1. A0635【◎甲戌眉】：「此法亦別書中所無。」

2. J0306【●己卯夾】：「《石頭記》最難之處，別書中摸不著。」

3. J0386【●己卯夾】：「試看別書中專能故用一不祥之語為讖，今偏不然。」

4. G0386【◎庚辰眉】：「以破色取笑，非如別書認真說鬼話也。」

5. G2308【●庚辰夾】：「別書中形容妒婦，必曰黃髮鬖面，豈不可笑？」

——以上用「別書」

1. A1354【◎甲戌側】：「避俗套法。」
2. J0189【●己卯夾】：「門雅牆雅，不落俗套。」
3. J0732【●己卯夾】：「帖文亦蹈俗套之臼。」

——以上用「俗套」

下文「即不作賦贊，其豪華富麗，觀者諸公亦可想而知矣，所以到是省了這工夫紙墨，且說正緊的為是」，就更加不像元春的心思，脂硯齋乾脆直接跑出來向「觀者諸公」說話了。

脂硯齋將自己杜撰的文字胡亂加進文本，又要讀者相信那是「原本」面貌，便加批以「證實」之：

J0309【●己卯夾】、G0576【●庚辰夾】：「自『此時以下』，皆石頭之語，真是千奇百怪之文。」
G0575【◎庚辰眉】：「如此繁華盛極花圍錦簇之文，忽用石兄自語截住，是何筆力，令人安得不拍案叫絕？是閱歷來諸小說中有如此章法乎？」

純是狡辯之詞。被癩僧跛道攜來此處的石頭，其後身當是賈寶玉。他日日生活在大觀園中，對此種富貴風流早已熟視無睹，何須至此方發出感慨？且作〈燈月賦〉、〈省親頌〉以志盛事，亦非寶玉素來之秉性。且此段行文之中，絲毫看不出「石頭之語」的味道。它從元春的所見所思順序寫來，先是看到這說不盡太平氣象，不禁「自己回想」當初在大荒山青埂峰的寂寞淒涼，油然而生出對將自己「攜來此處」的僧道的感激之情，這樣一來，石頭的後身，竟然成了元春！下文之欲作〈燈月賦〉、〈省親頌〉，也確是元春的思想活動，有元春向諸姊妹言「異日少暇，必補撰〈大觀園記〉並〈省親頌〉等文以記今

日之事」為證。此處言欲作〈省親頌〉、又恐落了俗套而罷，下文卻
面許異日必補撰〈省親頌〉，足證此段文字決為後人所擅加。脂批為
彌合此一漏洞，以所謂「歷來諸小說中有如此章法」來百般搪塞，是
完全徒勞的。

有了這個突破口，再來看其它為脂硯齋塞進去的私貨，就容易得
多了。

在全部《紅樓夢》中，只有甲戌本第一回多出的一段用了一個
「別書」，現將脂本添加的文字用底線標出，相關之脂批隨錄於後：

石頭笑答道：「我師何太癡也。……雖不敢說強似前代書中所
有之人，但事蹟原委，亦可以消愁破悶也；有幾道歪詩熟話，
可以噴飯供酒。至若離合悲歡、興衰際遇，則又追蹤攝跡，不
敢稍加穿鑿，徒為供人之目，而反失其真傳者。今之人，貧者
日為衣食所累，富者又懷不足之心，總一時稍閒，又有貪淫戀
色、好貨尋愁之事，那裏有工夫去看那理治之書？所以我這一
段事，也不願世人稱奇道妙，也不定要世人喜悅檢讀（A0041
【◎甲戌側】「轉得更好。」），只願他們當那醉余飽臥之時，
或避世去愁之際，把此一玩，豈不省了此壽命筋力？就比那謀
虛逐妄，也省了口舌是非之害、腿腳奔忙之苦。再者，亦令世
人換新眼目，不比那些胡牽亂扯、忽離忽遇，滿紙才人淑女、
子建文君、紅娘小玉等通共熟套之舊稿，我師意為何如？」
（A0042【◎甲戌側】「余代空空道人答曰：不獨破愁醒眄，
且有大益。」）空空道人聽如此說，思忖半晌，將這《石頭記》
（A0043【◎甲戌側】「本名。」）再檢閱一遍，因見上面雖有
些指奸責佞、貶惡誅邪之語（A0045【◎甲戌側】「亦斷不可
少。」），亦非傷時罵世之旨（A0046【◎甲戌側】「要緊

句。」）；<u>及至君仁臣良、父慈子孝，凡倫常所關之處，皆是稱功頌德，眷眷無窮，實非別書之可比</u>。雖其中大旨談情，亦不過實錄其事，<u>又非假擬妄稱</u>（A0047【◎甲戌側】要緊句。）、一味淫邀豔約、私訂偷盟之可比，因毫不干涉時世（A0048【◎甲戌側】要緊句。）、<u>方從頭至尾抄錄回來，問世傳奇</u>。

上文曾經指出，脂硯齋不吝筆墨寫了那麼多「要緊句」，惟獨對原文「其中大旨談情」不著一詞，現在又找到了新的解釋。空空道人檢閱此書時，既已見上面有「指奸責佞、貶惡誅邪之語」，又怎能說「非傷時罵世之旨」、「毫不干涉時世」？曹雪芹既已立意要與「理治之書」劃清界限，書中又何來「君仁臣良、父慈子孝，凡倫常所關之處，皆是稱功頌德，眷眷無窮」？這種自相矛盾、大不近情之語，純是脂硯齋為了立異而妄加的，他的「實非別書之可比」，及在文句下批的「要緊句」，就是為了給假冒的「原本」提供偽證。

再來看一個例證。第二十五回寫寶玉鳳姐中邪，甲戌本本也多出了一長段文字：

> 平兒、豐兒等哭的淚天淚地，賈政等心中也有些煩難，顧了這裏，丟不下那裏。<u>別人荒張，自不必講，獨有薛蟠比諸人忙到十分去</u>（A1338【◎甲戌側】「寫呆兄忙，是愈覺忙中之愈忙，且避正文之絮煩。好筆伏，寫得出。」）：又恐薛姨媽被人擠倒，又恐薛寶釵被人瞧見，<u>又恐香菱被人燥皮，知道賈珍等是在女人身上做工夫的</u>（A1339【◎甲戌側】「從阿呆兄意中，又寫賈珍等一筆，妙。」）、因此忙的不堪；忽一眼瞥見了林黛玉，風流婉轉（A1340【◎甲戌側】「忙到容針不能，以

似唐突顰兒，卻是寫情字萬不能禁止者，又可知顰兒之豐神若
仙子也。」），已酥倒在那裏（A1341【◎甲戌夾】「忙中寫
閒，真大手眼，大章法。」）。當下眾人七言八語……

　　寶玉與鳳姐中邪，與薛蟠最無干係，為何偏要讓他廁身進來，甚
至「比諸人忙到十分去」？須知此事雖驚動賈府上下，但除王子騰夫
人外，並無外人混入；寶釵、香菱久居園中，根本沒有被人瞧見、被
人燥皮的問題。賈珍縱然品質不端，亦無覷覦寶釵與香菱之理。黛玉
和寶釵時時過從，與薛蟠不可能從未見面，竟要趁亂才得一窺芳容，
竟然「酥倒在那裏」！第十五回智慧道：「一碗茶也來爭，我難道手
裏有蜜？」A1183【◎甲戌側】批道：「一語畢肖，如聞其語，觀者
已自酥倒。」可見此乃脂硯齋慣用之語。他以此下流筆墨唐突「豐神
若仙子」的黛玉，居然談什麼「情字萬不能禁止者」，真無行文人之
惡劄也。庚辰本還嫌不夠過癮，G1440【◎庚辰側】又云：「寫呆兄
忙，是躲煩碎文字法。好想頭，好筆力，《石頭記》最得力處在
此。」明明是自己「煩碎文字」，卻硬說什麼「躲煩碎文字法」。因為
後句「當下眾人七言八語」之「當下」二字，就是緊接上文賈政之
「心中煩難」而來，益可證其為脂硯齋所擅加。為了使自己的私貨合
法化，脂硯齋居然一口氣加了四條批語，甚至厚顏贊道：「忙中寫
閒，真大手眼大章法。」
　　前面還說到石頭、神瑛、寶玉三者的關係，這個矛盾也是脂硯齋
製造出來的。且看甲戌本第一回：

那僧笑道：「此事說來好笑，竟是千古未聞的罕事（A0073
【◎甲戌眉】「全用幻。情之至，莫如此，今採來壓卷，其後
可知。）。只因西方靈河岸上、三生石畔（A0074【◎甲戌側】

「妙，所謂「三生石上舊精魂」也。」），有絳珠草一株（A0075【◎甲戌側】「點紅字。細思『絳珠』二字，豈非血淚乎。」），時有赤瑕宮（A0076【◎甲戌眉】「按瑕字本注，玉小赤也；又玉有病也。以此命名，恰極。」A0077【◎甲戌側】「點紅字玉字二。」）神瑛侍者（A0078【◎甲戌側】「單點玉字二。」）【程甲本作「那時，這個石頭因媧皇未用，卻也落得逍遙自在，各處去遊玩。一日，來到警幻仙子處，那仙子知他有些來歷，因他在赤霞宮居住，就名他為赤霞宮神瑛侍者。他卻常在靈河岸上行走，看見這株仙草可愛，遂」】日以甘露灌溉，這絳珠草便【程甲本作「始」】得久延歲月（A0079【◎甲戌眉】「以頑石草木為偶，實歷盡風月波瀾，嘗遍情緣滋味，至無可如何，始結此木石因果，以泄胸中悒鬱。古人之『一花一石如有意，不語不笑能留人』，此之謂耶？」）。後來既受天地精華，復得雨露滋養，遂得脫卻草胎本質【程甲本作「脫了草木之胎」】，得換人形，僅【程甲本作「僅僅」】修成了【程甲本無「了」字】女體，終日游於離恨天外，饑則食密青果為膳，渴則飲灌愁海水為湯（A0080【◎甲戌側】「飲食之名奇甚，出身履歷更奇甚，寫黛玉來歷，自與別個不同。」）【程甲本作「饑餐秘情果，渴飲灌愁水」】。只因尚未酬報灌溉之德，故其五衷便【程甲本作「故甚至五內」】鬱結著一段纏綿不盡之意（A0081【◎甲戌側】「妙極。恩怨不清，西方尚如此，況世之人乎？趣極警甚。」）。恰近日神瑛侍者凡心偶熾（A0082【◎甲戌側】「總悔輕舉妄動之意。」），乘此昌明太平朝世，意欲下凡，造歷幻緣（A0083【◎甲戌側】「點幻字。」），已在警幻仙子案前掛了號（A0084【◎甲戌側】「又出一警幻，皆大關鍵處。」）。警幻

<u>亦曾問及灌溉之情未償，趁此到可了結的。</u>那絳珠仙子道【程甲本作「常說」】：「他是甘露之惠【程甲本作「自己受了他雨露之惠」】，我並無此水可還；他既【程甲本作「若」】下世為人，我也去下世為人【程甲本作「我也同去走一遭」】，但把我一生所有的眼淚還他，也償還【程甲本無「償」字】得過他了。』（A0085【◎甲戌眉】「知眼淚還債，大都作者一人耳。餘亦知此意，但不能說得出。」A0086【◎甲戌側】「觀者至此，請掩卷思想，歷來小說可曾有此句千古未聞之奇文。」）因此一事，就勾出多少風流冤家來賠他們去了結此案。」（A0087【◎甲戌側】「余不及一人者，蓋全部之主，惟二玉二人也。」）

甲戌本與程甲本有幾個看似很小、實則很大的差異。其中之一是「赤瑕宮」與「赤霞宮」。A0076【◎甲戌眉】云：「按：瑕字本注：『玉小赤也。』又，『玉有病也。』以此命名，恰極。」A0078【◎甲戌側】又注「神瑛侍者」：「單點玉字二。」脂硯齋試圖通過「瑕」是玉，而神瑛（《玉篇》：「瑛，於京切，美石似玉。」）也是玉，證明「赤瑕宮」之名與寶玉「前身」神瑛有內在聯繫，當為「原本」所擬；而「赤霞宮」倒是後人的妄改。他忘記了一點，神瑛只不過是「侍者」（僕人），此宮豈能據以命名？

在程甲本中，石頭與神瑛本為一體。警幻仙子命他為神瑛侍者，常在西方靈河岸上行走，因見絳珠草十分嬌娜可愛，遂日以甘露灌溉。脂硯齋將此段無端刪去，似乎使得石頭與神瑛變得絕不相關。但A0079【◎甲戌眉】又道：「以頑石草木為偶，實歷盡風月波瀾，嘗遍情緣滋味，至無可如何，始結此木石因果，以泄胸中悒鬱。古人之『一花一石如有意，不語不笑能留人』，此之謂耶？」實際上還是

「木石前盟」，暴露了作偽的馬腳。

脂本第十六回寫秦鍾死後，懇求鬼判放他還陽，也多出了一段文字：

> 正鬧著，那秦鍾魂魄忽聽見「寶玉來了」四字，便忙又央求道：「列位神差，略發慈悲，讓我回去合這一個好朋友說一句話就來的。」眾鬼道：「又是什麼好朋友？」秦鍾道：「不瞞列位，就是榮國公孫子，小名寶玉的。」都判官聽了，先就唬慌起來，忙喝罵鬼使道：「我說你們放了他回去走走罷，你們斷不依我的話，如今只等他【程甲本作「如今等的」】請出個運旺時盛的人來才罷。」眾鬼見都判如此，也都忙了手腳，一面又抱怨道：「你老人家先是那等雷霆電雹，原來見不得『寶玉』二字。依我們愚見，他是陽，我們是陰，怕他們也無益於我們。」都判道：<u>「放屁！俗語說的好：『天下的官，管天下的事。』陰陽本無二理</u>（G0392【●庚辰夾】「更妙。愈不通愈妙，錯會意愈奇。脂研。」）。<u>別管他陰也罷，陽也罷，還是把他放回沒有錯了的。</u>」（G0393【◎庚辰側】「名曰搗鬼。」）<u>眾鬼聽說，只得將秦魂放回。哼了一聲，微開雙目，寶玉在側，乃免強歎道：「怎麼不早來？再遲一步，也不能見了。」</u>（G0394【◎庚辰側】「千言萬語只此一句。」）寶玉忙攜手垂淚道：「有什麼話留下兩句。」（G0395【●庚辰夾】「只此句便足矣。」）<u>秦鍾道：「並無別話。以前你我見識自為高過世人，我今日才知自誤了。</u>（G0396【●庚辰夾】「誰不悔遲。」）<u>以後還該立志功名，以榮耀顯達為是。</u>」（G0397【◎庚辰側】「此刻無此二語，亦非玉兄之知己。」）G0398【◎庚辰眉】「觀者至此，必料秦鍾另有異樣奇語，然卻只以此二語

為囑。試思若不如此為囑，不但不近人情，亦且太露穿鑿。讀此則知全是悔遲之恨。」）說畢，便長歎一聲，蕭然長逝了。（G0399【●庚辰夾】「若是細述一番，則不成《石頭記》之文矣。」）

　　脂硯齋添加的一段，敘事多不合情理。寶玉並非高官顯貴，其前身充其量是「神瑛侍者」，都判所謂「天下的官管天下的事」，純屬無的放矢；寶、秦二人之交往，脂本第九回回目是「戀風流情友入家塾，起嫌疑頑童鬧學堂」，程甲本回目是「訓劣子李貴承申飭，嗔頑童茗煙鬧書房」，足見脂本原要突出的是「戀風流」的「情友」，從未寫過二人自許「高過世人」，且與上文「紀念著家中無人掌管家務，又記掛著父母還存留積下來的三四千兩銀子，又記掛著智慧兒尚無下落」等心理相矛盾。又在「以後還該立志功名，以榮耀顯達為是」G0397【◎庚辰側】批道：「此刻無此二語，亦非玉兄之知己。」脂硯齋故作解人，讓瀕死之秦鍾道出「立志功名」、「榮耀顯達」，復稱讚如此方是寶玉的「知己」，更是對《紅樓夢》主旨的莫大歪曲。添加文字已經夠繁瑣的了，G0399【●庚辰夾】居然批道：「若是細述一番，則不成《石頭記》之文矣。」真是厚顏之極。

　　版本作偽的規律之一是「立異」，即對通行本進行刪改或增補，製造出若干明顯的異文以欺蒙讀者。脂硯齋的一套完全是從金聖歎那裏學來的。只是與金聖歎以後人身份，自稱「不得古本，吾亦何由知作者之筆法如是哉」不同，脂硯齋要以「原本」面目出現，就不可能「預見」到後來本子的不是，無法像金聖歎那樣放手對比新得的「古本」與流行「俗本」；只能採取在改動的文句下，特意添加批語以暗示它是早於印本的「原本」。這些批語大抵有三種類理：1、加注音訓，以顯其文字之「古」；2、評品技法，以顯示文筆之「真」；3、議

論旨歸，以顯其立意之「正」。從對這些批語剖辨入手，脂硯齋的盧山真面就將暴露無遺。也就是說，如果你發現脂硯齋所批的文句並無精彩之處，或是批語本身並無道理，甚至是信口亂道，文不對題，小題大做，那就可能有問題了。

隨便舉幾個細微例子。第一回敘絳珠仙草得神瑛侍者以甘露灌溉，修成女體，饑餐「秘情果」，渴飲「灌愁水」，文筆優美，寓意深湛。甲戌本改為「饑則食密青果為膳，渴則飲灌愁海水為湯」，A0080【◎甲戌側】批道：「飲食之名奇甚，出身履歷更奇甚，寫黛玉來歷，自與別個不同。」竟不管「秘情果」成了蜜漬青果，西方靈河岸上居然有一片「灌愁海」了。且「食……為膳」、「飲……為湯」，構詞亦復大不通，海水之味絕苦，亦不可飲，皆可見改動者之妄誕。此處言「神瑛侍者凡心偶熾」，尤為惡劣之俗套，A0082【◎甲戌側】竟批：「總悔輕舉妄動之意。」都是為了提供偽證，其效果卻適得其反。第三回回目，程甲本作「託內兄如海薦西賓，接外孫賈母惜孤女」，己卯本作「賈雨村夤緣復舊職，林代玉抛父進京都」，庚辰本作「賈雨村夤緣復舊職，林代玉抛父進都京」，只有甲戌本作「金陵城起復賈雨村，榮國府收養林黛玉」。其中以「收養林黛玉」最為不通。黛玉之母雖亡，但其父前科探花、欽點出為巡鹽御史的林如海尚在，且臨別對賈雨村道：「因賤荊去世，都中家岳母念及小女無人依傍教育，前已遣了男女船隻來接」，哪裏能說什麼「收養」？A0289【◎甲戌側】偏偏批道：「二字觸目淒涼之至。」這恰是甲戌本篡改原本的證據。又如賈雨村「輕輕謀了一個復職侯缺」，A0306【◎甲戌側】批道：「《春秋》字法。」所謂「《春秋》字法」者，為「輕輕」二字也，恰為程甲本所無。再如「成則王侯，敗則賊了」，A0262【◎甲戌側】：「《女仙外史》中論魔道已奇，此又非《外史》之立意，故覺愈奇。」「成則王侯敗則賊」，本極平常普通的俗語，既

與《女仙外史》之論魔道毫無關係，更談不上什麼奇，脂硯齋為什麼要加批？原來程甲本（包括己卯本）作「成則公侯敗則賊」──加批的目的，就是因為改了一個「公」字。再如「女子無才便有德」，A0473【◎甲戌側】批道：「有字改的好。」按程甲本作「女子無才便為德」，甲戌本改「為」字作「有」字，且謂：「有字改的好。」是誰改的呢？自然是脂硯齋自己了。

第二十一回「賢襲人嬌嗔箴寶玉」有一小段文字：

> 這一日，寶玉也不大出房（G1027【●庚辰夾】「此是襲卿第一功勞也。」），也不和姊妹丫頭等廝鬧（G1028【●庚辰夾】「此是襲卿第二功勞也。」），自己悶悶的，只不過拿著書解悶，或弄筆墨（G1029【●庚辰夾】「此雖未必成功，較往日終有微補小益，所謂襲卿有三大功也。」），也不使喚眾人，只叫四兒答應。

寶玉一天沒有出房，本來是極普通的事，脂硯齋卻一口氣加了三條批語，這就有點奇怪了。開頭一句「這一日，寶玉也不大出房」就不通：在同一時間裏，要麼出房，要麼不出房，什麼叫「不大出房」？按程甲本作：「這一日，寶玉也不出房門」，這個「大」字，就是脂硯齋添加的。第二句「也不和姊妹丫頭等廝鬧」就更怪了：既然未出房，又怎麼和姊妹丫頭廝鬧？查程甲本並無此句。脂硯齋添上這句不通的話，為的是要足「襲卿有三大功」。G0974【●庚辰回前】已事先標出：「此回襲人三大功，直與寶玉一生三大病映像。」故要在正文中加以落實；可惜的是，「三大功」一氣批下來，指的就是一回事，第三條還不得不承認：「此雖未必成功，較往日終有微補小益」；況且過不了多久，小說中襲人已經說道：「比不得你，拿著我的

話當耳旁風，夜裏說了，早起就忘了。」G1049【●庚辰夾】卻又批道：「這方是正文，直勾起『花解語』一迴文字。」可見所謂「襲人三大功勞」，純是批者的胡扯。

由此，我們卻得到了新的啟悟：脂硯齋那三千條「全沒相干」之評，多半並不是隨意而發的；從為偽造「原本」張目角度講，對脂硯齋來說倒是「極關緊要」的了。

二　「探佚」的虛誕訊息源

號為紅學「最有創造性、最有深刻意義」（周汝昌：〈《石頭記探佚》序〉）的「探佚學」，以其兼實證性與返思性於一身的特點，吸引了眾多研究者；脂硯齋扮演的第二個角色，便是充當「探佚」的訊息源。

從思維固有的線路看，脂硯齋要表明《紅樓夢》之「不完」，原本只要批上「書未成，芹為淚盡而逝」、「此回未成而芹逝矣」，再加上脂本自身的殘缺，本來已經足夠了。但一百二十回的全本在社會上廣為流傳，構成對脂本價值的猛烈衝擊，脂硯齋於是不得不使出另外一招：證明通行本的後半部，與他「所知」的內容截然不同，並不時透露他「所見」稿本的零星訊息，以喚起讀者的好奇嚮慕之心。

要了解脂硯齋「所見」殘稿的信息，需要懂得一些「舊時真本」的背景。由於程偉元、高鶚說過《紅樓夢》「無全璧、無定本」的話，他們搜求後四十卷的過程（如在鼓擔上購得十餘卷的事）難免啟人疑竇，由此誘發了書賈製造「真本」的動機，一班嗜古成癖的士大夫，也竟甘願上當而不悟，遂使「舊時真本熱」一浪高過一浪而不衰。茲略舉數端於後：

1、嘉慶二十四年（1819），犀脊山樵〈《紅樓夢補》序〉云：「余

在京師時，嘗見過《紅樓夢》元本，止於八十回，敘至金玉聯姻，黛玉謝世而止。」(《紅樓夢卷》，頁 50)

2、道光二十二年（1842），陳其泰《桐花鳳閣評紅樓夢》第三十一回回評云：「聞乾隆年間，都中有鈔本《紅樓夢》，一百回後，與此本不同。」

3、咸豐五年（1855），徐傳經評《紅樓夢》第三十一回云：「繼又云司馬云：曾觀舊抄本，寶玉後配湘雲，非寶釵也。」

4、咸豐十年（1860），李慈銘《越縵堂日記補》庚集下眉批：「涇縣朱蘭坡先生藏有《紅樓夢》原本，乃以三百金得之都門者，六十回以後，與刊本迥異。」(《紅樓夢卷》，頁 374)

5、解居士《石頭記集評》卷下：「山陰傅越石駕部鍾麟曰：同里朱味蓮太史，名槁，字肯甫，於都門廠肆購得抄本《紅樓夢》原稿，與坊本迥異，卷數較少。」

6、咸豐十一年（1861），趙之謙《章安雜說》云：「余昔聞滌甫師言，本尚有四十回，至寶玉作看街兵，史湘雲再醮與寶玉方完卷。」(《紅樓夢卷》，頁 375)

7、光緒二十二年（1896），甫塘逸士《續閱微草堂筆記》云：「戴君誠甫曾見一舊時真本，八十回之後皆不與今同。榮寧藉沒後，均極蕭條，寶釵亦早卒，寶玉無以作家，至淪於擊柝之流，史湘雲則為乞丐，後乃與寶玉仍成夫婦，故書中回目有『因麒麟伏白首雙星』之言也。」(《紅樓夢卷》，頁 395-396)

8、境遍佛聲《讀紅樓夢札記》云：「相傳舊本《紅樓》末卷作襲人嫁琪官後，家道隆隆日起，襲人既享溫飽，不復更憶故主。」(《說叢》第一期，1917 年 3 月)

這些「舊時真本」的蹤跡地域甚廣，除京都廠肆外，偏遠的西蜀，河北的淶水，山西的介休，都有它們的蹤跡。細按之，「舊時真

本」的內容，幾乎都是由程本派衍出來的。如陳其泰《紅樓夢》第三十一回回評云：

> 聞乾隆年間，都中有鈔本《紅樓夢》，一百回後，與此本不同。薛寶釵與寶玉成婚不久即死，而湘雲嫁夫早寡，寶玉娶為繼室。其時賈氏中落，蕭索萬狀，寶玉湘雲有除夕唱和詩一百韻，俯仰盛衰，流連今昔，其詩極佳。及付梓時，削去後四十回，另撰此書後四十回以易之，而標題有未改正處，此「因麒麟伏白首雙星」，尚是原本標題也。

陳其泰所謂「乾隆鈔本《紅樓夢》」，與程本的不同在第一百回以後，也就是說，二者有關金玉聯姻、黛玉謝世的內容是一致的。程本第九十七回為「林黛玉焚稿斷癡情，薛寶釵出閨成大禮」，第九十八回為「苦絳珠魂歸離恨天，病神瑛淚灑相思地」，正是寫「薛寶釵與寶玉成婚」的。又如傅鍾麟所敘之「抄本原稿」，其末卷大略云：「當甄寶玉至賈府時，人多錯認賈寶玉回來，歡喜若狂，迨進見王夫人，方才認明。鶯兒竊視之，心想世間既有此人，何不早早來京，深替寶釵後悔，不若嫁與甄寶玉，亦是一樣；又可惜襲人已嫁蔣家，否則襲人想亦必願嫁此人云云。」則抄本與程本不同者，只有第一百二十回了。

「舊時真本」中的絕大多數，都是針對程本第三十一回「因麒麟伏白首雙星」的回目另作發揮的。對於「白首雙星」，向有不同的詮解，或謂雙星即牽牛、織女二星，可釋為長期離異、永抱白頭之歎。然「真本」皆執「寶玉湘雲終配夫婦」之見，還故意製造秘聞以神其說。這類「舊時真本」滿足了社會上搜尋「紅樓夢原稿」的心理，大量應運而生。只是作偽者的想像力太貧乏，雖欲花樣翻新，無非在寶

釵早卒、未與寶玉結婚，或是寶釵婚後即死，寶玉淪於看街兵（擊柝之流）上打轉轉，思想平庸，才氣低下，連相信高鶚對原本作過「增改」、並見過寫史湘雲嫁寶玉「原本」的平步青也說：「原本與改本先後開雕，世人喜觀高本，原本遂湮，然廠肆尚有其書，癸亥上元曾得一帙，為同年朱味蓮攜去。書平平耳，無可置議。」（《紅樓夢卷》，頁 394-395）所謂「原本」「真本」終於在廣大讀者的比較鑑別的競爭中歸於失敗，一一湮滅。

在這個問題上，脂硯齋所做的不是製造新的「舊時真本」，而是製造「佚稿」的有關訊息。他做的頭一件事情，是揭示確有「後半部」書稿的存在，並說明書稿何以不存的原因。他是這樣做的：

1. 第二十回敘到「當日吃茶茜雪出去與昨日酥酪等事」，G0904【◎庚辰眉】批道：「茜雪至獄神廟方呈正文。襲人正文標昌『花襲人有始有終』。余只見有一次謄清時，與獄神廟慰寶玉等五六稿，被借閱者迷失，歎歎。丁亥夏，畸笏叟。」

2. 第二十六回敘到紅玉，G1493【●庚辰眉】批道：「獄神廟回有茜雪紅玉一大迴文字，惜迷失無稿。歎歎。丁亥夏，畸笏叟。」

3. 同回敘到馮紫英，G1568【●庚辰眉】批道：「惜衛若蘭射圃文字迷失無稿。歎歎。丁亥夏，畸笏叟。」

這三條批語，連同 G1470【◎庚辰眉】：「歎見寶玉懸崖撒於文字為恨。丁亥夏，畸笏叟。」（圖 5-12）（A1365【◎甲戌眉】「不能得」作「不得」，「寶玉」作「玉兄」，「撒於」作「撒手」，末無「丁亥夏，畸笏叟」六字）都是畸笏叟在丁亥年寫的，其中「茜雪至獄神

廟」、「與獄神廟慰寶玉」、「獄神廟回有茜雪紅玉一大迴文字」、「衛若蘭射圃」等等，都是通行本所沒有的內容，說明確有另一個本子在，而且還有「五六稿」之多。那麼，書稿到哪裏去了呢？畸笏叟說是「迷失」了。「迷失」一詞，經常和「迷失方向」、「迷失道路」連在一起；書不是人，決不會走進深山老林而「迷失方向」的。說「迷失」而不說「遺失」，用的大約是所謂「煙雲模糊之法」。好罷，就算「被借閱者迷失」，那「借閱者」又是誰呢？對於這種種疑問的追索，克非先生早已想到了，我自忖不論如何措辭，都難比他更淋漓痛快，不如「省了些壽命筋力」，索性抄錄在後面罷：

> 「被借閱者迷失」。借出的不會是曹雪芹的草稿，草稿多次增刪，前後挪動，塗抹必多，除作者本人外，別的人無法辨讀。借出的當是謄清稿。批語也說是譽清時被借去的。借稿迷失，草稿還在，為什麼不謄抄補上？整部書都一抄再抄，多抄幾個章回，恐怕不難，況且又是那麼緊要。
>
> 借閱者也怪。人家的書還在修改過程中，他就急急忙忙借來看，可見是個不尋常的愛好者。借了去，豈會不倍加愛惜而隨便迷失？借去的是整部、半部還是攔中半腰幾個章回？借閱幾個章回恐怕是沒有的，要借必借整部，至少半部。如是，迷失時，何以只失幾個章回，而不失其餘？
>
> 稿子還在創作過程中，曹雪芹會不會同意借給別人？哪一位作家不愛惜自己的稿子？即使不怕弄丟，也該擔憂被弄污弄皺弄破損！
>
> 稿子被人借，時間必不長，不過半月一月吧？長了，作者不放心，借者也會感覺不好。短短時間，何能「迷」而「失」？彷彿丟了東西連線索也找不到。難道遭了水火之災意外之禍，那

樣將是整個稿子被毀，而不會單損失幾個章回；小偷大約是不
會偷人書稿的；帶在身邊，旅途搞丟，也不可能。稿子迷失，
倘如這「失」是無法彌補的事（從脂批看，情形就是如此），
十年（實際是二十年）辛苦，忽然半付流水，曹雪芹焉能不痛
心疾首？！脂硯齋──畸笏焉能不呼天搶地？斷不會一個輕描
淡寫的「歎歎」便完事。必會拼命追尋，必會一而再再而三地
陳其情，必會指明何時何地被何人借去又因何失掉，必會詳細
開出清單列出失掉部分的內容情節。而這些，倘如有，就必然
在脂批中反映出來。

在曹雪芹死後，單是為了紀念死者，脂硯齋──畸笏也該義不
容辭地在脂批中較詳盡地將佚稿記錄在案，以資備忘，他
（們）不是「唯願造化主」「今而後」「再出一芹一脂」來完成
未完成的創作嗎？給後來者提供點方便也好呀！然而，他
（們）偏就不這樣做，寧願用大量筆墨去為自己賣弄招搖，去
抒發他（們）的低級趣味，去明目張膽地作偽。

這一切，為什麼？

「余只見有一次謄清時」，是說只見過一次謄清稿。他（們）
不是抄謄過幾次嗎，怎麼又說「只見有一次」？奧妙在何處？
顯然，假如承認抄過幾次見過幾次，這就承認本子不只一個，
再說「迷失」，豈不明白告訴別人是謊言。說「只見有一次」
便不同了，因為，「一次」稿迷失了，就再見不著了。但他
（們）忘記，還有據以謄抄的本子或原稿呢！編造，總難自圓
其說。

「余只見有一次謄清時……被借閱者迷失。歎歎！」看似明
白，實際含混。仔細捉摸，至少透露出幾層意思：

a、這「一次」謄清工作是別人做的，不是「余」做的。「余」
　　處於客觀地位，是個「只見」者；

b、「謄清時」，而不是「謄清後」，就是說剛剛謄清時便被借走
　　了。連「余」也沒來得及仔細看；

c、「余」從沒有做過謄清工作。如果做過，手上有完整的本
　　子，「余」就不會寫這條批語。要寫，也會說，那個本子上
　　的五六稿迷失了，「余」的還完整。自然也用不著「歎
　　歎」；

d、謄清稿不止一次，但「余只見」過「一次」，而這「一次」
　　的稿子又「被借閱者」迷失了五六稿，弄殘了，「余」見不
　　到全本，只好「歎歎」；

e、為什麼要「歎歎」？
　　因為沒法彌補。
　　為什麼沒法彌補？

因為找不到完整的本子來補抄。「余」手上沒有完整的本子，
「余」最初得到的本子就是個殘本。
為什麼不去向作者借草稿來抄一抄？
「余」跟作者不熟，不知他在哪裏，沒法去找。
為什麼不去把佚稿找回來？
弄丟了，找不到了。
為什麼不去找借閱者說清楚？
那次完整的謄清稿不是「余」的，「余」只是個「旁觀者」。是
「謄清稿」的主人借出的，「余」無權也無理由去問那「借閱
者」；「余」也不知道「借閱者」是誰，家住何方，何姓何名。
為什麼不在批語裏把佚稿的內容詳細羅列出來？

「余」只在人家「一次謄清時」匆匆「見」了一下，哪說得清楚。

不是我在此「自作多情」代人擬答。但是，不妨設想一下，倘如寫這條批語的畸笏叟在面前，我們照此問他，他能怎麼回答呢？相信他只有面紅耳赤，露出狐狸尾巴。（《紅樓霧瘴》，頁294-297）

克非先生已經問了這麼多，李國文先生又接著問道：

這位脂硯齋主人，竟然忍心坐視這部書的散失，而不加以任何匡救，實在是不可理解的。……若是他真的和曹雪芹在藝術上如此相知的話，到高鶚續書時，市面上尚能收集到斷章殘篇，那麼這位脂硯齋卻只知道埋頭批註，而不去書肆逛逛，到鼓書擔子轉轉，努力找到一些散佚的原稿，是無法說得過去的。程偉元之說，固然也有虛晃一招之嫌，但脂硯齋卻未道及他對佚文的任何搜羅行動，是很值得懷疑的，他究竟是不是曹雪芹的朋友？而珍重亡友的遺文，不使失落，千方百計把它付梓出版，以免湮沒，是我們中國文人的神聖義務。從他的批註口氣，此公性格是比較愛表現的。如果他曾經搜集過遺稿的話，他會不在評語裏誇誇其談他的功勞麼？但他曾經在批註中說過傳閱原作時，有散失現象，並表示遺憾。他知道散佚，卻不補救的感情，證明他和曹雪芹的關係，並非如他批註中說的那樣親密，親密到能夠介入其創作過程。（《樓外談紅》，頁256）

這麼多的疑問，相信脂硯齋也回答不出來，我們就不必再問了罷。須要補充指出的是，G0904【◎庚辰眉】是朱批，G1493【●庚

辰眉】和 G1568【●庚辰眉】是墨批，兩種批語的筆跡完全不同，肯定不是出於同一人之手，更說明有關「迷失」的批語是最不可靠的。脂硯齋做的第二件事，是隱隱約約地透露後半部的若干內容，炫耀自己所得的獨家之秘。按說，脂硯齋其人的誠信度之差，已昭然若揭，本來已沒有糾纏的必要，但行文既已至此，仍不妨將其自相矛盾之處略提幾條，以供賞玩：

　　1、脂硯齋借注第一回〈好了歌〉之機，加了許多批語，一一暗示他所知道的人物結局：

　　陋室空堂，當年笏滿床。（A0144【◎甲戌側】「寧榮未有之先。」）衰草枯楊，曾為歌舞場。（A0145【◎甲戌側】「寧榮既敗之後。」）蛛絲兒結滿雕梁，（A0146【◎甲戌側】「瀟湘館、紫芸軒等處。」）綠紗今又糊在蓬窗上。（A0147【◎甲戌側】「雨村等一干新榮暴發之家。」）A0148【◎甲戌眉】「先說場面，忽新忽敗，忽麗忽朽，已見得反覆不了。」）說什麼脂正濃粉正香，（A0149【◎甲戌側】「寶釵、湘雲一干人。」）如何兩鬢又成霜。（A0150【◎甲戌側】「黛玉、晴雯一干人。」）昨日黃土隴頭送白骨，今宵紅燈帳底臥鴛鴦。（A0151【◎甲戌側】「熙鳳一干人。」A0152【◎甲戌眉】「一段妻妾迎新送死，倏恩倏愛，倏痛倏悲，纏綿不了。」）金滿箱，銀滿箱，展眼乞丐人皆謗。（A0153【◎甲戌側】「甄玉、寶玉一干人。」A0154【◎甲戌眉】「一段石火光陰，悲喜不了，風露草霜，富貴嗜欲，貪婪不了。」）正歎他人命不長，那知自己歸來喪。訓有方，保不定日後做強梁。（A0155【◎甲戌側】「言父母死後之日。柳湘蓮一干人。」A0156【◎甲戌眉】「一段兒女死後無憑，生前空為籌畫，計算癡心不了。」）擇

膏粱，誰承望流落在煙花巷。因嫌紗帽小，致使鎖枷扛。
（A0157【◎甲戌側】「賈赦、雨村一干人。」）昨憐破襖寒，
今嫌紫蟒長。（A0158【◎甲戌側】「賈蘭、賈菌一干人。」
A0159【◎甲戌眉】「一段功名升黜無時，強奪苦爭，喜懼不
了。」）亂烘烘，你方唱罷我登場，（A0160【◎甲戌側】「總
收。」反認他鄉是故鄉。（A0161【◎甲戌側】「太虛幻境青埂
峰，一併結住。」A0162【◎甲戌眉】「總收古今億兆癡人，
共歷幻場。此幻事，擾擾紛紛，無日可了。」）甚荒唐，到頭
來都是為他人作嫁衣裳。（A0163【◎甲戌側】「語雖舊句，用
於此妥極是極。苟能如此，便能了得。」A0164【◎甲戌眉】
「此等歌謠，原不宜太雅，恐其不能通俗，故只此便妙極。其
說得痛切處，又非一味俗語可到。」）

乍一看去，所注有的似乎不無道理，如「笏滿床」是「寧榮未有
之先」，「衰草枯楊」是「寧榮既敗之後」。細細琢磨，方知這些「話
門面上話」，說了也等於不說。唯有「展眼乞丐人皆謗」指「甄玉、
寶玉一干人」，「保不定日後做強梁」指「柳湘蓮一干人」，頗有新奇
之意，以至逗引起某些探佚者的遐想，一時卻無法加以檢驗，只能姑
妄聽之；但「如何兩鬢又成霜」指「黛玉、晴雯一干人」，卻無論如
何是不真實的。第七十七回「俏丫鬟抱屈夭風流」，就寫到了晴雯的
死，那是庚辰本也寫到了的；前八十回雖然沒有寫到黛玉之死，第四
十二回「蘅蕪君蘭言解疑癖，瀟湘子雅謔補餘香」G1878【●庚辰回
前】云：「釵、玉名雖二個，人卻一身，此幻筆也。今書至三十八回
時已過三分之一有餘，故寫是回，使二人合而為一。請看代玉逝後寶
釵之文字，便知余言不謬矣。」批語中所悅的「余言」，乃「釵黛合
一」，已說到黛玉逝世後之事，加之脂硯齋又借〈離魂〉，G0657【●

庚辰夾】批道：「伏代玉死。」可見在脂硯齋看來，黛玉亦如杜麗娘般「離魂」而死，她們都不可能活到「兩鬢又成霜」的年紀。這些，證明脂硯齋是不能信任的。誰要是把他的話當真，就只能怪自己太輕信了。

2、J0421【●己卯夾】G0705【●庚辰夾】說：「補明寶玉自助何等嬌貴。以此一句，留與下部後數十回『寒冬噎酸虀，雪夜圍破氈』等處對看，可為後生過分之戒。歎歎。」G0904【◎庚辰眉】說：「襲人正文標冒：『花襲人有始有終。』」G0930【●庚辰夾】卻說：「有襲人出嫁之後，寶玉、寶釵身邊還有一人，雖不及襲人周到，亦可免微嫌小敝等患，方不負寶釵之為人也。故襲人出嫁後云「好歹留著麝月」一語，寶玉便依從此話。可見襲人雖去，實未去也。」試想：賈府若不敗落，安能讓襲人出嫁？若寶玉墮入「寒冬噎酸韭，雪夜圍破氈」無法留住襲人，又怎能留住麝月？換一個角度，若麝月能與寶玉同甘共苦，襲人又為何難於廝守？這又算什麼「有始有終」？

3、A1365【◎甲戌眉】批道：「歎不得見玉兄懸崖撒手文字為恨。」（G1470【◎庚辰眉】作「歎不能得見寶玉懸崖撒於文字為恨。丁亥夏，畸笏叟。」）G1034【●庚辰夾】又批道：「故後文方能『懸崖撒手』一回。」什麼叫「懸崖撒手」？脂硯齋自己就在「士隱便說一聲走罷」後，通過 A0166【◎甲戌眉】加了小注：「『走罷』二字，真懸崖撒手，若個能行。」則「懸崖撒手」就是出家的同義語，G1034【●庚辰夾】亦謂：「寶玉看此世人莫忍為之毒，故後文方能『懸崖撒手』一回。若他人得寶釵之妻、麝月之娘，豈能棄而為僧哉？」而出家為僧，不正是第十九回「寶玉卻塵緣」所寫的麼？脂硯齋又有什麼秘密可炫呢？

4、G1568【●庚辰眉】：「惜衛若蘭射圃文字迷失無稿。歎歎。丁亥夏，畸笏叟。」J0591【●己卯回後】、G1764【●庚辰回後】：

「後數十回若蘭在射圃所佩之麒麟,正此麒麟也。提綱伏於此回中,所謂草蛇灰線在千里之外。」金麒麟倒確是十分適宜充當「草蛇灰線」的對象,但小說並未如「哨棒」、「簾子」那樣敘許多「麒麟」;賈寶玉的麒麟,到數十回後卻變成衛若蘭在射圃所佩之麒麟,也根本不是「驟看之,有如無物,及至細尋,其中便有一條線索,拽之通體俱動」的情形。再說衛若蘭其人,唯第十四回秦可卿送殯名單中出現了一次,其後便杳如黃鶴,第二十六回敘馮紫英與寶玉、薛蟠相聚,無緣由地加上「惜衛若蘭射圃文字」,純係故弄玄虛。若其人後來果然與史湘雲成婚,前八十回中豈能毫不交代根蒂?「伏線」云云,亦係故弄玄虛。

5、脂硯齋對紅玉等似乎有特別的興趣,如 A1378【◎甲戌眉】:「紅玉一腔委曲怨憤,係身在怡紅,不能遂志,看官勿錯認為芸兒害相思也。」A1515【●甲戌回後】:「鳳姐用小紅,可知晴雯等理沒其人久矣,無怪有私心私情。且紅玉後有寶玉大得力處,此於千里外伏線也。」還有前引「獄神廟回有茜雪紅玉一大迴文字」、「與獄神廟慰寶玉」等,加之「靖本」第二十四回的一條批語:「醉金剛一迴文字,伏芸哥仗義探監。」遂引起紅學家極大聯想。周汝昌先生探佚道:「『探監』當指於獄神廟中探望在監禁中寶玉、鳳姐(或言庵與廟當指兩處,今不贅)。據吳世昌先生的考論。在小說原著中,賈家諸人為非作惡的種種罪狀暴露之後,寶玉、鳳姐亦被繫獄,先隨寶玉、後隨鳳姐的丫環小紅,其時已嫁賈芸,而賈芸與街坊倪二(醉金剛)有交,所以夫妻二人商定,浼求倪二,通過倪二的朋友——在監獄看管的某人,而前往探看,並由他們共同設法,加以解救。『仗義探監』,就是指的在『樹倒猢猻散』的情勢下,只有他倆肯於出面(這件事,在甲戌本、庚辰本脂批中亦一再有所提及)。和小紅同時(或先後)去『探監』的,還有一個早年被逐的小丫環茜雪。……茜雪所

嫁，疑即監獄看管人（楊霽雲先生說）。」（《紅樓夢新證》，頁1054）《紅樓夢》中的賈芸與紅玉，都是品性下劣的角色。賈芸極善逢迎，不惜以冰片、麝香等賄賂鳳姐，還認比自己小四五歲的寶玉為父；紅玉也是一心攀高枝的人物，一旦得鳳姐賞識，便自鳴得意，不可一世：總之皆可歸為勢利小人之屬，像這種心術不端、趨炎附勢的夥，居然會在賈府勢敗之後，一反常態「肯於出面」仗義探監、設法解救，是完全不可想像的。

以上幾條，脂硯齋也不過是信口亂道，不必當真。但下面兩個問題，倒頗有些學術色彩，需要認真辨析。

一是脂硯齋透露最後一回有一個「情榜」。脂批提到「情榜」的有：

1. 第八回　A1054【◎甲戌眉】：「按警幻情講（榜），寶玉繫情不情。凡世間之無知無識，彼俱有一癡情去體貼。」

2. 第十七和十八回　G0555【◎庚辰眉】：「樹處引十二釵總未的確，皆係漫擬也。至末回警幻情榜，方知正、副、再副、及三、四副芳諱。壬午季春，畸笏。」

3. 第十九回　J0461【●己卯夾】、G0750【●庚辰夾】：「後觀情榜評曰：『寶玉情不情，代玉情債。』此二評自在評癡之上，亦屬囫圇不解，妙甚。」

「情榜」之說，頗受紅學家的關注，尤其是他為寶、黛所擬「情情」和「情不情」的評語，因寓有相當哲理性而受到不少人的激賞，故特別需要認真對待。

「情榜」的模式，或起於《封神演義》「封神榜」、《儒林外史》「幽榜」的啟迪。《儒林外史》第五十六回敘御史單颺言上「請旌沉

抑之人才」疏，略云：

> 夫萃天下之人才而限於資格，則得之者少，失之者多。其不得
> 者，抱其沉冤抑塞之氣，噓吸於宇宙間，其生也，或為佯狂，
> 或為迂怪，甚而為幽僻詭異之行；其死也，皆能為妖為孽，為
> 災為祲，上薄乎日星，下徹乎淵泉，以為百姓之害。此雖諸臣
> 不能自治其性情，自深於學問，亦不得謂非資格之限制有以激
> 之使然也。臣聞唐朝有於諸臣身後追賜進士之典，方干、羅鄴
> 皆與焉。皇上旁求側席，不遺幽隱，寧於已故之儒主惜此恩
> 澤？諸臣生不能入於玉堂，死何妨懸於金馬。伏乞皇上，憫其
> 沉抑，特沛殊恩，遍訪海內已故之儒修，考其行事，第其文
> 章，賜一榜進士及第，授翰林院職銜有差，帽沉冤抑塞之士，
> 莫不變而為祥風甘雨，同仰皇恩於無既矣。

於是奉旨，將已故儒修等按其生平之事實文章，各擬考語，欽點
名次，揭榜曉示，以為全書之結束。「幽榜」之舉，將眾多「行列而
來，事與其來俱起，亦與其去俱訖」人物檢閱一過，在結構上起到將
「頗同短製」的故事單元「集諸碎錦，合為帖子」（魯迅：《中國小說
史略》）的作用。《紅樓夢》的情況則完全不同。早在太虛幻境「薄命
司」中，就通過「金陵十二釵正冊」預示作品的結局。警幻回答寶玉
「金陵極大，怎麼只十二個女子？如今單我家裏，上上下下，就有幾
百女孩子呢」的疑問時，解釋說，正冊是「十二冠首女子之冊」，並
冷笑道：「貴省女子固多，不過擇其緊要者錄之。下邊二廚則又次
之。餘者庸常之輩，則無冊可錄矣。」可見，「薄命司」中只有「正
冊」、「副冊」、「又副冊」，入冊者總共三十六人。小說既已用預示的
方法，就沒有必要像《儒林外史》那樣再出一榜收束了。

　　脂硯齋在計算「情榜」人物時，雖然力圖表明自己的「諳熟內情」，但又常常顯得張惶失據。警幻明明已經告訴，「余者庸常之輩，則無冊可錄」，而脂硯齋偏偏要捏造「三、四副」兩冊，若以每榜十二人計，則「情榜」共有六十人，與警幻之說相牴牾，不足為據。

　　再說「情榜」中有哪些人，脂硯齋自己也弄得昏頭昏腦。A0342【◎甲戌眉】云：「甄英蓮乃付十二釵之首，卻明寫癩僧一點。今黛玉為正十二釵之貫，反用暗筆。蓋正十二釵，人或洞悉可知，副十二釵或恐觀者惑略，故寫極力一提，使觀者萬勿稍加玩忽之意耳。」G0555【◎庚辰眉】「樹處（疑作「前處」或「茲處」）引十二釵總未的確」，針對的卻是 G0554【●庚辰夾】：

> 妙卿出現。至此細數十二釵，以賈家四豔，再加薛、林二冠有六，去秦可卿有七，再鳳有八，李紈有九，今又加妙玉，僅得十人矣。後有史湘雲與熙鳳之女巧姐兒者，共十二人。雪芹題曰「金陵十二釵」，蓋本宗《紅樓夢》十二曲之義。後寶琴、岫煙、李紋、李綺皆陪客也，《紅樓夢》中所謂副十二釵是也。又有又副刪三斷詞，乃情雯、襲人、香菱三人而已，余未多及，想為金釧、玉釧、鴛鴦、苗雲、平兒等人無疑矣。觀者不待言可知，故不必多費筆墨。

　　脂硯齋扳著指頭，一一數去，好像挺認真的樣子，但「金陵十二釵正冊」十二人，寶玉在「薄命司」中就已經看見，本不勞脂硯齋費事，但他一會兒說「黛玉為正十二釵之貫（冠）」，一會兒又將林黛玉放到第六位，已經有點張惶；那「副十二釵」、「又副十二釵」，本應為脂硯齋大顯身手機會，故自詡要「極力一提，使觀者萬勿稍加玩忽」。果然，「甄英蓮乃付（副）十二釵之首」，「後寶琴、岫煙、李

紋、李綺皆陪客」，加在一起，「副十二釵」還少了九人；至於說「襲
人、琥珀、素雲、紫鵑、彩霞、玉釧兒、麝月、翠墨，跟了史姑娘去
的翠縷，死了的可人和金釧，去了的茜雪。」G1955【●庚辰夾】統
計道：「余按此一算，亦是十二釵，真鏡中花，水中月，雲中豹，林
中之鳥，穴中之鼠，無數可考，無人可指，有跡可追，有形可據，九
曲八折，遠響近影，迷離煙灼，縱橫隱現，千奇百怪，眩目移神，現
千手千眼大遊戲法也。脂硯齋。」真說得玄之又玄，卻也不十分有把
握，什麼「皆係漫擬也」，什麼「不必多費筆墨」，皆是搪塞之詞。最
好笑的是第十六回寫「誰知那張家父母如此愛勢貪財，卻養了一個知
義多情的女兒，聞得父母退了前夫，他便一條麻繩悄悄的自縊了」，
在「知義多情的女兒」旁，G0264【◎庚辰側】批道：「所謂『老鴉
窩裏出鳳凰』，此女是在十二釵之外付者。」如此說來，被鳳姐害死
的張金哥，大約亦在「三、四副」兩冊中了。

　　二是脂硯齋對第十八回元春省親所點《豪宴》、《乞巧》、《仙
緣》、《離魂》「省親四曲」，特意加了批語，以暗示小說的結局：

> 第一齣《豪宴》：J0372【●己卯夾】、G0654【●庚辰夾】《一
> 捧雪》中，伏賈家之敗。
> 第二齣《乞巧》：J0373【●己卯夾】、G0655【●庚辰夾】《長
> 生殿》中，伏元妃之死。
> 第三齣《仙緣》：J0374【●己卯夾】、G0656【●庚辰夾】《邯
> 鄲夢》中，伏甄寶玉送玉。
> 第四齣《離魂》：J0375【●己卯夾】、G0657【●庚辰夾】伏
> 黛玉死，《牡丹亭》中。所點之戲劇伏四事，乃通部書之大過
> 節、大關鍵。

　　研究者歷來都認為這四齣戲有「讖語」性質，但究竟預示什麼，各家理解很不一致。話石主人《紅樓夢精義》云：「歸省四曲應元妃。」解居士《石頭臆說》云：「書中所演各劇皆有關合，如元妃所點之《離魂》……為元妃不永年之兆。」沈煌《石頭記分說》云：「《離魂》是元春讖兆。」妙復軒批云：「《豪宴》，本回事；《乞巧》，寶釵傳；《仙緣》，寶玉結果；《離魂》，黛玉傳。」黃小田批云：「頭一齣指目前，第二指宮中，第三指幻境，第四則謂薨逝矣。」

　　我們且通過具體戲目的分析，看究竟哪一種說法更合乎情理。

　　第一齣《豪宴》，出李玉《一捧雪》傳奇。演太僕寺卿莫懷古為玉杯「一捧雪」遭嚴世蕃陷害，老僕莫誠替主代戮，侍妾雪豔刺死負義之湯勤後自盡，因得戚繼光救護終獲昭雪事，主旨在表彰「忠孝子好收拾死裏逃生的無懷父，捐軀僕恰配享千貞萬烈的薛豔娘，仗義師堪媲美鐵膽銅肝的元敬友」，抨擊「趨炎漢活現出負恩忘義的中山狼」（《一捧雪・談概》）。從表面看，劇中的嚴府與書中的賈府，似有相近之處，故或以為作者「通過《豪宴》中嚴府子孫恃勢豪奢，『中山狼』之徒負義反噬」來「預示賈府之必將由盛而衰」。但把持朝綱、終被抄斬的嚴氏父子，在本劇中並非主角，「負義反噬」的湯勤，「噬」的是莫懷古而非嚴世蕃；劇中真正的中心莫家，則是「團圓會合，千載名標」：可見，無論從哪一角度講，都得不出「伏賈家之敗」的印象。實際上，《豪宴》是《一捧雪》的第五齣，演的是嚴世蕃設宴款待莫懷古，命新取的女優搬演雜劇侑觴，戲曲行話稱之為「戲中戲」，氣氛熱鬧非凡，正與省親場面相合，故妙復軒批「本回事」，黃小田批「指目前」，都是較為得宜的。

　　第二齣《乞巧》，出洪《長生殿》傳奇。演唐明皇與楊玉環的愛情故事。第二十二齣《密誓》，寫七月七夕織女渡過鵲橋，星河之下，隱隱望見香煙一簇，搖揚騰空，原來是楊玉環到長生殿向天孫乞

巧,「願釵盒情緣長久訂,莫使做秋風扇冷」,恰唐明皇至,二人遂對天密誓:「願世世生生,共為夫婦,永不相離。」然而,曾幾何時,「漁陽鼙鼓動地來,驚破霓裳羽衣曲」,楊玉環身死馬嵬驛,「地久天長」的願望,終成泡影。賈元春與楊玉環俱為貴妃,且皆不能終伴君王,謂此曲「中伏元妃之死」,似不無道理;然《紅樓夢》所寫之元妃,與君王絕無愛情可言,甚至沒有享受愛情的奢望,否則在省親時是不會說「當日既送我到那不得見人的去處」的,判定此曲與小說情節有關,難以成立。《紅樓夢》倒屢屢將寶釵比作楊妃,「滴翠亭楊妃戲彩蝶」回目即為明證,故此曲當與寶釵之命運有關。曹雪芹題此曲不用原本的《密誓》,而用舞臺本的《乞巧》,蓋有深意存焉。「密誓」者,男女雙方誓盟密矢,兩情無二;《乞巧》者,則惟女子單方虔然心香,伏祈鑒祐耳。寶釵一心要得到寶玉的愛情,結果仍不免「縱然是齊眉舉案,到底意難平!」妙復軒本謂「暗伏寶釵傳」,顯然是最為貼切的。

　　第三齣《仙緣》,出湯顯祖《邯鄲記》。演盧生在邯鄲店遇呂洞賓,因黃粱一夢而大悟,遂從之出家學道事。其第三十齣《合仙》(即《仙緣》),演呂洞賓度盧生甫至仙境,張果老說:「你雖然到了荒山,看你癡情未盡,我請眾仙出來提醒你一番,你一樁樁懺悔者。」眾仙遂逐一演唱「浪淘沙」以示點醒:

　　　〔漢鍾離〕甚麼大姻親?太歲花神,粉骷髏門戶一時新。那崔氏的人兒何處也?你個癡人!
　　　〔曹國舅〕甚麼大關津?使著錢神,插宮花御酒笑生春。奪取的狀元何處也?你個癡人!
　　　〔鐵拐李〕甚麼大功臣?掘斷河津,為開疆展土害了人民。勒石的功名何處也?你個癡人!

〔藍采和〕甚麼大冤親？竄貶在煙塵，雲陽市斬首潑鮮新。受
過的悽惶何處也？你個癡人！

〔韓湘子〕甚麼大階勳？賓客填門，猛金釵十二醉樓春。受用
過的家園何處也？你個癡人！

〔何仙姑〕甚麼大恩親？纏到八旬，還乞恩忍死護兒孫。鬧喳
喳孝堂何處也？你個癡人！

諸仙真唱罷，盧生均叩頭答介：「我是個癡人！」表示心悅誠
服。於是乎「富貴場中走一塵」的盧生，終於「著了役掃桃花閬苑童
身」。看劇中的盧生，一生「列鼎而食，選聲而聽」，「軒昂，氣色滿
華堂，立宮花濟楚珠佩玲琅，謝夫人賢達，許金釵十二成行」，自承
「弟子一生耽閣了個情字」，簡直活脫脫一個賈寶玉的身影！他的徹
底解悟，豈不是「寶玉結果」的讖兆？《邯鄲記》中，「金釵十二」
屢見，可見曹雪芹所受湯顯祖的影響，二人在思想意趣上，可說是相
通的。脂批硬說此曲「伏甄寶玉送玉」，較之說《乞巧》「伏元妃之
死」，還要不著邊際。

第四齣《離魂》，出湯顯祖的《牡丹亭》傳奇。第二十齣《鬧
殤》，演病勢轉沉的杜麗娘，中秋之夕，開軒欲見那皎皎月輪，春香
謊說「月上了」，然而，只見「剪西風淚雨梧桐」，遂冷厥過去，「殘
生今夜雨中休」。這曲「恨西風，一霎無端，碎綠摧紅」的悲劇，確
可為小說美麗女主人公不幸夭折的讖兆，在《紅樓夢》中，唯林黛玉
可以當之。在這一點上，妙復軒本與脂本的批語則是一致的。

最奇怪的是有正本，它四曲的夾批都與脂本一致，第一齣《豪
宴》：「《一捧雪》中，伏賈家之敗。」第二齣《乞巧》：「《長生殿》
中，伏元妃之死。」第三齣《仙緣》：「《邯鄲夢》中，伏甄寶玉送
玉。」第四齣《離魂》：「伏黛玉死，《牡丹亭》中。所點之戲劇伏四

事，乃通部書之大過節、大關鍵。」而第十八回回前總批卻有句云：
「黛林寶薛傳佳句，《豪宴》、《仙緣》留趣名。」分明又將《豪宴》
屬林黛玉，《仙緣》屬薛寶釵了。其實，從總體構思看，「省親四曲」
若有所預示，其間應有某種內在的聯繫。解居士與沈煒只說《離魂》
是元春讖兆而不及其它三曲，話石主人與黃小田認為四曲均與元妃有
關，都是片面的。妙復軒與脂硯齋一致以為，《離魂》是黛玉的讖
兆，以情理而論，其它幾曲亦應與主要人物相關才是。妙復軒說《仙
緣》為「寶玉結果」，《乞巧》為「寶釵傳」，與《離魂》為「黛玉
傳」，恰鼎足而三，尤見作者之匠心；脂硯齋卻沒有看懂曲文與小說
之相似相通，離開具體劇情去尋找「伏因」，將三曲分屬「元妃之
死」、「甄寶玉送玉」、「黛玉之死」，不符合小說創作之初衷。所謂元
妃之死乃「通部書之大過節、大關鍵」，不過是一般讀者心理的反
映。他們總是以為元妃一死，賈府遂失去了「靠山」；殊不知賈府非
因椒房之寵而發跡的外戚，而是憑九死一生掙下的開國勳臣，以此
「探」《紅樓夢》之「佚」，焉能不誤入歧途？

　　話要說回來，脂硯齋原先的動機，無非是想表明他知道後半部的
某些情節，以證明通行本之不真而已。至於脂批被視為「探佚」的信
息源，則要歸咎於紅學家盲目相信脂硯齋、畸笏叟「他們都是作者的
同時人，有的與作者關係很親近，了解作者的創作情況，特別是他們
有幸讀到過已散失的後半部原稿，其中某些回目和情節梗概，在他們
談『千里伏線』的批語中，往往也有所提及」（《蔡義江論紅樓夢》，
頁 121），在法律上是不能要脂硯齋承擔責任的。

　　曲沐先生在〈神龍無尾與連城全璧〉一文中說：「整部程甲本，
保持了小說故事的完整性、系統性，不論情節發展和人物性格、結
局，前後基本上是統一的。有的『探佚』者說寶玉出家和黛玉早死都
不是曹雪芹的原意。實際上兩位主人公的結局，正是前八十回所透露

的，是情節推演和人物性格發展的必然邏輯和歸宿。⋯⋯其它如寶玉
中舉、賈府抄家、寶玉寶釵成婚、寶釵守寡、以及元春早喪、探春遠
嫁、惜春為尼、妙玉被污、鳳姐之死等等，都可以從前八十回尋繹出
情節發展和隱伏的端倪。這說明前八十回和後四十回存在著內在的有
機聯繫，是一個有機整體。這種有機聯繫，使小說呈現著一種完整
美、結構美。而且後四十回情節已進入描寫人物結局與歸宿階段，作
者投入的智慧和傾入的感情就愈多，彷彿如江河奔流，波濤起伏，到
此已凝結彙聚，形成迴旋、激蕩、潰決之勢。」（《紅樓夢會真錄》，
頁 301）這是非常有見地的。探佚之所以必定歸於失敗，是因為它是
對原著蘊涵的社會政治觀和藝術審美觀的全面挑戰，「對著幹」的結
果，讀者看到的不是曹雪芹的「偉大頭腦和心靈」，而是探佚者在自
身知識結構和藝術趣味支配下對《紅樓夢》粗陋、膚淺的領悟和詮
解，它們既是違反歷史真實的，也是違反美學原則的。

中華文化思想叢書 A0100035

還原脂硯齋　中冊

作　　　者	歐陽健
責任編輯	蔡雅如
發 行 人	陳滿銘
總 經 理	梁錦興
總 編 輯	陳滿銘
副總編輯	張晏瑞
編 輯 所	萬卷樓圖書股份有限公司
排　　版	林曉敏
印　　刷	百通科技股份有限公司
封面設計	斐類設計工作室

出　　版　昌明文化有限公司

桃園市龜山區中原街 32 號

電話 (02)23216565

發　　行　萬卷樓圖書股份有限公司

臺北市羅斯福路二段 41 號 6 樓之 3

電話 (02)23216565

傳真 (02)23218698

電郵 SERVICE@WANJUAN.COM.TW

大陸經銷

廈門外圖臺灣書店有限公司

　電郵 JKB188@188.COM

ISBN 978-986-496-001-9

2017 年 7 月初版

定價：新臺幣 320 元

如何購買本書：

1. 劃撥購書，請透過以下郵政劃撥帳號：

　帳號：15624015

　戶名：萬卷樓圖書股份有限公司

2. 轉帳購書，請透過以下帳戶

　合作金庫銀行 古亭分行

　戶名：萬卷樓圖書股份有限公司

　帳號：0877717092596

3. 網路購書，請透過萬卷樓網站

　網址 WWW.WANJUAN.COM.TW

大量購書，請直接聯繫我們，將有專人為您

服務。客服：(02)23216565 分機 10

如有缺頁、破損或裝訂錯誤，請寄回更換
版權所有·翻印必究

Copyright©2016 by WanJuanLou Books CO., Ltd.

All Right Reserved　　　　　Printed in Taiwan

國家圖書館出版品預行編目資料

還原脂硯齋 / 歐陽健著.-- 初版.-- 桃園市：

昌明文化出版；臺北市：萬卷樓發行，

2017.07

　冊；　公分.-- (中華文化思想叢書)

ISBN 978-986-496-001-9(中冊：平裝).--

1.紅學 2.研究考訂

857.49　　　　　　　　　　106011184

本著作物經廈門墨客知識產權代理有限公司代理，由黑龍江教育出版社有限公司授權

萬卷樓圖書股份有限公司出版、發行中文繁體字版版權。